Wien vom Barock bis zur Aufklärung

Geschichte Wiens Band IV

Sylvia
Mattl-Wurm

Wien vom Barock bis zur Aufklärung

PICHLER
EDITION WIEN

UMSCHLAGBILDER:
Links: Szenographischer Plan der Innenstadt von Joseph Daniel Huber, 1778.
Rechts: Maria Theresia als junge Regentin. Ölgemälde von Martin van Meytens.

VOR- UND NACHSATZ:
Vorsatz: Ansicht vom Graben gegen den Kohlmarkt. Kolorierter Kupferstich von Carl Schütz, 1781.
Nachsatz: „Versammlung der schönen Welt bey den Kaffée-Häusern in der großen Prater-Allée. Kolorierter Kupferstich von Johann Ziegler nach einer Zeichnung von Laurenz Janscha, um 1779.

FRONTISPIZ:
Der Michaelerplatz im Jahre 1784; rechts das alte Hofburgtheater. Kolorierter Kupferstich von Carl Schütz (Ausschnitt).

IMPRESSUM

ISBN 3-85058-169-1

Lektorat: Kurt Rödhammer/Johannes Sachslehner
Umschlaggestaltung: Bruno Wegscheider
Design und Produktion: AG Werke
Druck: Elbemühl, Wien

Inhalt

Vorwort 6
1. Architektur und Repräsentation 11
*) JOHANN LUCAS VON HILDEBRANDT: EIN HALBES JAHRHUNDERT ARCHITEKTUR IN WIEN 26
2. Das „neue Rom": die kaiserlichen Bauten 29
3. Stadtalltag 39
*) SCHUHKNECHTE UND STADTGUARDISTEN 51
4. Die Vorstädte 55
5. Die Entdeckung des öffentlichen Raumes 67
6. Josephinische Polizey- und Wohlfahrtspolitik 75
*) LEOPOLD AUENBRUGGER UND DIE ANFÄNGE DER ERSTEN WIENER MEDIZINISCHEN SCHULE 83
7. Die Verdrängung der Toten aus der Stadt 85
8. Säkularisierung und Toleranz 91
*) JOHANN FRIES. DER AUFSTIEG EINES PROTESTANTEN IM KATHOLISCHEN WIEN 101
9. Auf dem Weg zum modernen Verwaltungsapparat 103
10. Die Systemisierung Wiens 111
11. Die ersten Intellektuellen 119
*) DER AUFGEKLÄRTE BLICK 127
12. Das Leben in der Stadt 131
13. Vom höfischen zum bürgerlichen Fest 143
*) DIE WIENER JAHRE DES WOLFGANG AMADEUS MOZART 154
14. Wien und seine „Fremden" 159
Epilog: Von der Kaiserstadt zur Großstadt 168

Karten 176
Zeittafel 178
Quellen- und Literaturnachweis 182
Bildnachweis 184

*) THEMENSCHWERPUNKTE

Vorwort

Das Schloß Belvedere gegen den Garten. Kolorierter Kupferstich von Carl Schütz, 1785. Die Wiener Vedutenserie „Collection de 50 vues de la ville de Vienne" von Carl Schütz, Johann Ziegler und Laurenz Janscha wurde ab 1779 bei Artaria verlegt.

Das 18. Jahrhundert gehört zu den faszinierendsten Zeitumbrüchen in der Geschichte Europas und seiner großen Städte. Es führt uns aus einer uns heute fremden barocken Welt in ein vertrautes, aufgeklärtes und säkularisiertes Ambiente, aus der höfisch-feudalen in eine frühbürgerliche, prämoderne Gesellschaft. Die Stadt selbst tritt als Mitgestalter dieser Entwicklung in Erscheinung, ihre wirtschaftlichen, kulturellen und sozialen Funktionen nehmen derart zu, daß sie nur noch schwer in der einen oder anderen Weise, beispielsweise durch ihre Monumente, Kirchen und Plätze, charakterisiert werden kann.

Das schnelle Wachstum Wiens und der Aufstieg zum Mittelpunkt eines regionalen Wirtschaftssystems machte die systematische Beschaffung von Informationen notwendig. Nicht zufällig liegen uns gerade aus dieser Zeit Texte zur Wiener Stadtgeschichte vor, nämlich die verschiedenen Stadtbeschreibungen, topographischer oder kultureller Art, die mit fortschreitendem Jahrhundert immer dichter werden und in immer kürzeren zeitlichen Abständen erscheinen.

Unser Bild von der Geschichte der Stadt und ihres Alltags beruht im wesentlichen auf diesen ersten systematischen Beschreibungen. Objektive faktische Aufzeichnungen wechseln hier mit der Wiedergabe subjektiver, stark gefühlsbetonter Eindrücke ab. Meist werden diese Bücher von der Außenperspektive her dominiert, immer jedoch sind sie mit der genauen Kenntnis und exzessiven Nutzung der vorausgegangenen Literatur verfaßt. So entsteht durch Einübung eine verbindliche Blickweise auf Wien und trägt dazu bei, daß früh festgeschriebene Klischees über Wien immer weiter getragen werden und als vermeintliche wienerische Charaktereigenschaften noch heute präsent sind. Vermutlich beginnen sie sich erst jetzt im Zeichen der Globalisierung (gänzlich) aufzulösen.

Betrachtet man die Texte dieser Zeit, so sind da zum einen die Briefe der Engländerin Lady Mary Montagu, der Gattin des englischen Botschafters Edward Wortley Montagu, von Bedeutung. Sie reist mit ihrem Ehemann in diplomatischer Mission und berichtet zwischen September 1716 und Jänner 1717 über eine Stadt, die ihr im Vergleich zu London ungemein beengt vorkommt. Dienstboten, Herrschaften und die einfachen Leute, so wundert sie sich, lebten dicht an dicht, selbst die reichen Familien bewohnten kaum mehr als zwei Stockwerke und hätten zahlreiche Mieter im Haus. Sie staunt über den Luxus der in den adeligen Häusern veranstalteten Diners, bei denen fünfzig verschiedene Fleischgerichte und achtzehn Weinsorten serviert würden, ebenso wie über das Phlegma, mit dem man hier selbst „Amouren

LINKS: *Die Engländerin Lady Mary Montagu; in ihren Briefen aus Wien 1716/1717 entwarf sie ein markantes Bild der Stadt und des Wiener Gesellschaftslebens.*

RECHTS: *„Das neue Jahrsfest in Wienn Ano 1782". Der kolorierte Kupferstich von Hieronymus Löschenkohl zeigt die höfische Gesellschaft in der Ära Josephs II.*

OBEN: *Der Berliner Friedrich Nicolai (1733–1811), ein engagierter norddeutscher Aufklärer, beurteilte in seinem zwölfbändigen Kompendium* (Beschreibung einer Reise durch Deutschland und die Schweiz ...) *das katholische und „phäakische" Element Wiens sehr kritisch.*

UNTEN: *Der Kunsthändler, Drucker und Verleger Pasquale Artaria, Mitbegründer der Kunsthandlung und des Musikverlags Artaria.*

und Querelen", nicht jedoch der Etikette gegenüberstünde. Die Wiener Briefe der Lady Montagu zählen zu den detailreichsten Beschreibungen des barocken Wien, die in der Folge immer wiederkehrende Genres des Stadtlebens festlegen.

Der Protestant und Jurist Johannes Basilius Küchelbecker, geboren 1697 in Thüringen, weilte zumindest zweimal mehrere Monate in Wien und verfaßte eine erste voluminöse, „systematische" Beschreibung und Darstellung Wiens. Sie umfaßt neben einer „Kurzen Geschichte" auch die Topographie und das gesellschaftliche, kulturelle und geistige Leben Wiens. Seine „Allerneueste Nachricht/ vom/ Römisch/ Kayserl.Hofe/ Nebst einer ausführlichen/ Historischen Beschreibung/ der Kayserlichen/ Residentz=Stadt Wien ..." ist in der ersten Auflage in Hannover 1730, in der zweiten 1732 erschienen. Die rund 730 Seiten umfassende Darstellung Wiens – aus der Distanz des Protestanten geschrieben – liefert mit seiner nachdrücklichen Darstellung des Alltagslebens eine scharfe Kritik des katholischen Rituals, das den Tagesablauf und das öffentliche Leben beeinflußte.

In den 1770er Jahren entwickelte sich, was man als Frühform der Reiseführer bezeichnen könnte. Pater Matthias Fuhrmanns „Historische Beschreibung und kurz gefaßte Nachricht von der Römisch.kaiserl. und Königlichen Residenz-Stadt Wien, und seinen Vorstädten", 1766 und 1770 erschienen, ist hier ebenso zu nennen wie Weiskerns Topographie von Niederösterreich mit seinem Wien-Band von 1770, der erstmals eine systematische Aufstellung aller Wiener Häuser gab – allerdings noch bevor man von den (außer für die Steuer und das Militär) unbrauchbaren Konskriptionsnummern zur fortlaufenden Numerierung der Häuser nach Straßenzügen überging. Anonym erschien 1779 die „Neueste Beschreibung aller Merkwürdigkeiten Wiens", die zahlreiche Nachfolgepublikationen nach sich zog und die uns erkennen läßt, daß die Darstellung des Kaiserhauses und des Hofes im Laufe des Jahrhunderts an Stellenwert verlor.

Zu den kritischsten Beschreibungen Wiens zählt die mehrere Bände umfassende Darstellung des Berliner Verlegers und Buchhändlers Friedrich Nicolai, eines der bedeutendsten Vertreter der Spätaufklärung in Preußen. Mit seinen Anmerkungen zur „Phäakenstadt" Wien in der „Beschreibung einer Reise durch Deutschland und die Schweiz, im Jahre 1781" begründete er einen lange währenden Antagonismus zwischen den Hauptstädten Berlin und Wien, wobei er Berlin als Stadt der aufgeklärten Vernunft favorisierte. Johann Friedel, „Wahlwiener", vorerst Buchhändler in Berlin, dann Schauspieler in der Truppe Emanuel Schikaneders am „Freihaus", dämmte in seinen „Fünfzig Briefe(n) aus Wien verschiedenen Inhalts an einen Freund in Berlin" (erschienen Leipzig und Berlin 1784) die Aufregung, die sich gegen Norddeutsche wegen Nicolais Auslassungen in Wien

OBEN: *Johann Joseph Pezzl (1756–1823) entwarf in seiner* Skizze von Wien *ein eindrückliches und dichtes Bild des josephinischen Wien (Porträtsilhouette von Hieronymus Löschenkohl).*

UNTEN: *Porträtsilhouette des Schriftstellers und Journalisten Joseph Richter (1749–1813), Autor der berühmten* Briefe eines Eipeldauers an seinen Herrn Vetter in Kakran.

eingestellt hatte, wieder ein – nunmehr wurde der angeblich norddeutsch/grüblerischen Mentalität ein und einer österreichisch/sinnenfrohes Lebensgefühl positiv gegenübergestellt.

Um 1780, nach der Öffnung des Augartens und des Praters, mit der zunehmenden Mobilität der Wiener, die sie erstmals über den Linienwall hinausführte, mit dem Aufstieg des Theater-, Konzert- und Verlagswesens, mit der deutlichen Zunahme von Gasthäusern und Cafés, mit der neuen Institution der Kasinos und Tanzsäle, war Wien zur bürgerlichen Stadt geworden. Dieses bürgerliche Wien fand mit Johann Pezzls zwischen 1786 und 1790 erschienenen „Skizze von Wien" eine systematische Würdigung. Johann Pezzl stammte aus Bayern und kam 1784, nachdem er drei Jahre lang in Zürich gelebt hatte, nach Wien. Er war erklärter Anhänger der Reformpolitik Josephs II. und Mitglied der Freimaurerloge „Zur Wohltätigkeit". Mit seiner „Skizze" liefert er die eindrücklichste und pointierteste Beschreibung des josephinischen Wiens. Erschienen in 6 Heften in der Kraußschen Buchhandlung, hat das voluminöse Werk mehrere Auflagen erlebt, doch mußten in den Jahren der politischen Repression seine markanten Charakterisierungen des öffentlichen Lebens verkürzt und die Beschreibungen mitunter auf die Topographie zurückgenommen werden.

Der Satire bediente sich der populäre und bis heute in Neuauflagen erscheinende Kommentar des Wiener Schriftstellers Joseph Richter. Seine „Briefe eines Eipeldauers an seinen Herrn Vetter in Kakran über d'Wienerstadt" erschienen in erster Folge 1785 und wurden dann ab 1794 fortgesetzt. Der junge Bauernbursch aus Leopoldau (damals Eipeldau), einem Dorf, in welchem damals hauptsächlich Schweine, Enten und Gänse für die Märkte der Großstadt gezüchtet wurden, besucht Wien, erlebt hier den Fasching, den Verkehr und die Wiener Vergnügungen und beschreibt diese in tölpelhafter Weise seinem zurückgelassenen Vetter in Kagran.

Die Geschichte der Stadt des 18. Jahrhunderts wird bereits auch „visuell" geschrieben. Haben wir für das vorausgehende Jahrhundert bloß wenige marginale, schwer zugängliche und kaum breiter bekannte Bildquellen, so wird unser „Bild" von Wien nun durch drei Ansichtenserien der Stadt gestützt: zunächst durch die Stichfolge „Prospecte und Abriße einiger Gebäude von Wien ..." nach Zeichnungen Johann Bernhards und Joseph Emanuels Fischer von Erlach, gestochen vom Nürnberger Johann Adam Delsenbach. Dieses Sammelwerk erschien, jeweils erweitert, in drei aufeinanderfolgenden Ausgaben 1713, 1715 und 1719. Bedeutend ist weiters das große Ansichtenwerk von Wien nach Zeichnungen des Augsburgers Salomon Kleiner, der zwischen 1724 und 1737 alle wesentlichen alten und neuen Bauten, Paläste, Kirchen, Klöster sowie Straßen und Gärten in vier Teilen zu je 33 Blättern festhielt. Gestochen wurden die Blätter von verschiedenen

Die Nordseite des Platzes Am Hof, Kupferstich von Johann August Corvinus nach Salomon Kleiner. Beide Künstler – Corvinus und Kleiner – stammten aus Augsburg; ihre Ansichtenserien prägen bis heute unsere Vorstellung vom barocken Wien.

Augsburger Kupferstechern, u. a. von Johann August Corvinus. Im letzten Viertel des 18. Jahrhunderts schließlich entstand eine Ansichtenserie von Carl Schütz und Johann Ziegler, zu denen in der Folge noch der Landschaftsmaler Laurenz Janscha hinzukam. Die Kunsthandlung Artaria am Kohlmarkt hat die 57 Blätter dieser Künstler zwischen 1779 und 1798 aufgelegt und vertrieben (vgl. dazu S. 118), so daß sie umgangssprachlich vielfach als „Artaria"-Stiche bezeichnet werden. Die kolorierten Blätter, die uns das spätbarocke Wien im Übergang zum Klassizismus vor Augen führen, dokumentieren alle großen Bauten der theresianischen und josephinischen Zeit sowie in den Staffagen auch die Vielfalt des Alltags – ein Aspekt, der sich allerdings auch schon bei Salomon Kleiner findet. Auch von den in Wien lebenden Stadt-„Typen" haben wir visuelle Kenntnis. Johann Christian Brand setzt uns mit seiner Serie der „Wiener Kaufrufe" – einem hochstilisierten neuen Genretypus – in die Lage, eine sehr genaue Vorstellung von den Menschen, die das damalige Wien ausmachten, zu entwickeln.

Nicht zuletzt sind uns die Stadtarchitektur und die Stadt selbst eine einzigartige Quelle für das 18. Jahrhundert. Viele der im folgenden Text genannten Bauten sind Teil unseres heutigen Lebens, des öffentlichen Raums, in dem wir uns bewegen – ob es sich nun um den Graben in der Innenstadt handelt, der von seiner Aufgabe als Marktplatz in den 1750er Jahren befreit und zur Promeniermeile geworden ist, oder um das vor kurzem zum Universitätscampus umgestaltete alte „Allgemeine Krankenhaus", um die ehemalige kaiserliche Menagerie im Tierpark von Schönbrunn oder um den 1766 für alle Wiener geöffneten Prater. Dieses Buch soll uns in die Lage versetzen, in den heutigen Straßenverläufen und Plätzen die soziale und politische Geschichte der städtischen Gemeinschaft eindringlich „erleben" zu können.

1. Architektur und Repräsentation

Die Jahrzehnte, die auf die zweite Belagerung Wiens durch die Türken (1683) folgten, sollten die bis dahin einschneidendsten und umwälzendsten architektonischen Veränderungen in der Geschichte der Stadt bringen. Die Historiker sprechen von einer Art „Gründerzeit" aristokratischer Repräsentationsbauten. Innerhalb der Stadtmauern blieb kaum ein Stein auf dem anderen, Wien wurde zur Großbaustelle. Die bisher mehrheitlich bürgerlichen Häuser und Einzelgebäude wurden in großem Maßstab aufgekauft, zusammengelegt und zu adeligen Stadtpalais umgebaut.

Bernardo Bellotto gen. Canaletto, Der Lobkowitzplatz, Öl auf Leinwand, Kunsthistorisches Museum. Von Canaletto sind siebzehn Ansichten der Stadt und deren Umgebung erhalten, die er von Ende 1758 bis Anfang 1761 malte. Neben ihrem topographischen und künstlerischen Wert sind die Gemälde als ausgezeichnete Dokumente des Wiener Alltagslebens von großer Bedeutung. Auftraggeber der großen Ölgemälde waren Kaiserin Maria Theresia, Fürst Josef Wenzel Liechtenstein und Staatskanzler Wenzel Anton Graf Kaunitz.

Die Freyung mit dem Palais Harrach im Vordergrund, im Hintergrund das Palais Daun-Kinsky. Kupferstich von Johann Adam Delsenbach nach Salomon Kleiner. Der gebürtige Nürnberger Delsenbach (1687–1765) kam um 1710 nach Wien und arbeitete zunächst für Johann Bernhard Fischer von Erlach, später auch für Anton Florian Fürst Liechtenstein.

Glanz und Grandeur der eigenen Familie sollten durch die neue barocke Architektur unterstrichen werden, wobei ein überaus reiches und heute kaum mehr nachvollziehbares Spektrum an Rangabstufungen bestand, das sich in den Bauwerken widerspiegelte. Die Adelsfamilien schufen sich mit den Palais eine „eigene" aristokratische Repräsentationsbühne, einen Raum, in dem sie sich dem Hofe entziehen und sogar auf kulturellem Gebiet mit den Herrschern in Konkurrenz treten konnten. Deshalb gehörte nicht nur die große Küche zu den unverzichtbaren Elementen des Stadtpalais, sondern auch die Kunstsammlung und die Bibliothek.

Die wirtschaftliche Grundlage für die explodierende Bautätigkeit war bereits im Zuge der Gegenreformation geschaffen worden, als man gewaltige Reichtümer zugunsten des habsburgtreuen katholischen Adels „umverteilt" hatte. Die neuen Bauherren rekrutierten sich aus jenen Familien, deren gesellschaftlicher Einfluß von der Nähe zum kaiserlichen Hof abhängig war. Exzellente und dauerhafte Beziehungen zum Hof und damit zum Kaiserhaus waren in der aristokratisch-absolutistischen Gesellschaft wichtig und wurden nicht selten durch große finanzielle Aufwendungen erkauft. Ein oftmals zitiertes Beispiel lieferte Gundacker Thomas Graf Starhemberg, der sich das Amt eines Hofkammerrates, dann jenes des Vizepräsidenten und 1703 schließlich das Präsidentenamt der Hofkammer über verschiedene Kredite und Zuwendungen an das Kaiserhaus erkaufte. Er demonstrierte seine erlangte Machtposition auch in der Wahl des Standortes seines Sommerpalastes (späteres Schönburgpalais) und siedelte sich auf der Wieden in unmittelbarer Nähe der kaiserlichen „Favorita" an.

Küchelbeckers vielzitierte Beschreibung der Stadt Wien zu Beginn der 1730er Jahre zählt die wichtigsten Palais des Adels in der nachfolgenden

„Prospect des Hauses zu den sieben Säulen auf dem Hohen Marckt". Kupferstich von Johann August Corvinus nach Salomon Kleiner.

Reihe auf – wir können diese Liste auch als Spiegel der realen Machtverteilung in der Stadt lesen: das Stadtpalais des Prinzen Eugen, „weil es die andern alle, sowohl an Schönheit, als Kostbarkeit übertrifft"; die fürstlich Liechtensteinschen Palais in der Herrengasse, beim Landhaus und am Bauernmarkt; das Gräflich Batthyanysche Palais auf der Freyung, das Gräflich Questenbergische Haus in der Johannesgasse; das Fürstlich Schwarzenbergische Palais am Neuen Markt, welches außen unspektakulär aussah, „inwendig desto magnifiquer und unvergleichlich meubliret" war; das Gräflich Dietrichsteinische Haus, das damals als das größte unter allen Palais galt; das Gräflich Harrachsche Haus auf der Freyung; weiters das Gräflich Daunsche Palais (heute Palais Daun-Kinsky auf der Freyung), welches „an Schönheit und Pracht keinem andern etwas nachgiebt".

Bei einem aktuellen Rundgang durch die Innenstadt müßten wir Küchelbeckers Liste heute wohl um einige kunsthistorisch bedeutende Bauten, die seiner Aufmerksamkeit entgangen sind, erweitern. Um das Palais Mollard-Clary in der Herrengasse (erbaut 1696) etwa oder um das Palais Neupacher-Breuner in der Singerstraße, das ab 1716 vom Bauspekulanten Christian Neupauer als Mietpalais errichtet wurde.

Wolfgang Pircher hat in seiner Studie über „Verwüstung und Verschwendung. Adeliges Bauen nach der Zweiten Türkenbelagerung" in einer groben Schätzung nicht weniger als 46 Palais-Neubauten aus der Zeit zwischen 1683 und 1749 ausgemacht. Etwa die Hälfte dieser Palais wurde in der heutigen Innenstadt gebaut, die zweite Hälfte – verbunden mit großzügigen Gartenanlagen – vor den Toren Wiens, in den 1683 zerstörten und daher weitgehend unverbauten Vorstädten. Hier schuf der 1704 neu angelegte Linienwall, der als Befestigungsring die Vorstädte nach außen hin schützen

Die Pestsäule am Graben, geweiht der Heiligen Dreifaltigkeit. Das architektonische Konzept zu diesem Meisterwerk des Hochbarock (eingeweiht 1693) stammte von Lodovico Burnacini; das ikonographische Programm entwarf der Jesuitenpater Franciscus Menegatti.

sollte, einen bisher nicht dagewesenen Sicherheitsfaktor, der die Bauintensität in den Vorstädten rapide ansteigen ließ.

Die Gravitationszentren des adeligen Bauens bildeten naturgemäß die Residenzen des Herrschers. Innerhalb der Stadtmauern waren dies die Hofburg und die Regierungsgebäude. Tatsächlich läßt sich eine besondere Konzentration in der Herrengasse, der Bankgasse, dem Minoritenplatz, bis hin zur Freyung und zur Renngasse hin ausmachen. In den Vorstädten waren dies die kaiserlichen „Favoritas" im Augarten und auf der Wieden. Die dem Kaiser in der Rangordnung am nächsten stehenden Personen ließen nicht selten vom Hofarchitekten Johann Bernhard Fischer von Erlach bauen. Das Stadtpalais des Prinzen Eugen oder das Palais Strattmann für den Hofkanzler Theodor Athletus Graf Strattmann sind Beispiele hierfür. Auf diesem Gebiet entwickelten sich schier unglaubliche Konkurrenzen, wie etwa beim Bau des Palais Dietrichstein, das vom italienischen Architekten Giovanni Pietro Tencala begonnen, wenig später aber von Fischer von Erlach „modernisiert" wurde.

„Gross, gratiosum und amplum" waren, wie es der architekturtheoretisch gut geschulte Fürst Karl Eusebius von Liechtenstein ausdrückte, die Anforderungen, die an ein aristokratisches Bauwerk dieser Zeit gestellt wurden. Die enge mittelalterliche Struktur der Innenstadt ließ der neuentstandenen barocken Prachtarchitektur allerdings kaum Spielraum.

Die tradierte Gestalt Wiens entsprach auch nicht im mindesten den Ansprüchen einer „idealen" Barockstadt, die großzügige Plätze und gerade, breite Achsenstraßen haben sollte. Im Gegenteil: Die Paläste standen zumeist im Zeilenverband eines dicht verbauten, engen Straßennetzes.

Dem Chevalier de Jaucourt war in seinem Artikel „Vienne" in der französischen „Encyclopédie" die Beengtheit Wiens unangenehm aufgefallen – ein Urteil, das zum immer wiederkehrenden Topos der späteren Wien-Beschreibungen werden sollte. „Es ist zu bedauern", fand auch Küchelbecker, „daß diese prächtigen Palais, wegen der engen Straßen, nicht so schön in das Gesichte fallen, als wenn dieselben an grossen Plätzen und in weiten Gassen gelegen wären, da man derselben Schönheit im Prospect weit vollkommener würde observiren können (...) Denn es sind die meisten Gassen der Stadt sehr enge und klein, und dessen ungeachtet findet man in solchen die schönsten Palläste und Häuser ..." Die Stadtmauer mit ihren Basteien und dem vorgelagerten, mit Bauverbot belegten Glacis ließ eine Expansion des Stadtgebietes nicht zu. Auch die bestehenden Plätze waren nicht mehr ausgestaltbar. Größere Durchbrüche, Straßenverlängerungen und -erweiterungen oder gar die Umwidmung von Plätzen konnten – im Gegensatz zu Städten wie Paris – nicht stattfinden. Die innerstädtische Platzregulierung, die anderswo gleichzeitig mit der Anlage aristokratischer Stadtpalais bewerkstelligt wurde, fand in Wien nicht statt.

Das Sommerpalais Trautson, erbaut nach Plänen Johann Bernhard Fischers von Erlach 1710–1712, mit seiner gegen die Stadt gerichteten Fassade. 1746 erwarb es Maria Theresia und stellte es der Ungarischen Garde zur Verfügung. Kupferstich von Johann August Corvinus nach Salomon Kleiner.

Im zeitlichen Verlaufe des Barock gewann die Gestaltung des Inneren immer mehr an Bedeutung. Innerhalb des Raumkonzeptes versuchte man – ganz im Sinne der kontrollierten Steigerung der Gefühle, die das barocke Programm ausmachte – durch eine Prachtsteigerung von Zimmer zu Zimmer zur Belebung der „Empfindung" beizutragen. Die barocken Palaisbauten – Ausdruck des Ranges und des Standes des Bauherren – unterwarfen sich damit auch im Wien des frühen 18. Jahrhunderts der Logik des Zeremoniells und der Privatheit. Am wichtigsten waren Vestibül und Stiegenhaus sowie der erste Saal, der die Bühne der Repräsentation darstellte; hier konnten Souveränität der Bewegung, Nähe und Distanz der Akteure und die Hierarchien unter den Gästen in idealer Form zum Ausdruck kommen.

Die aufwendigste Lösung bei der Innenraumgestaltung fand das Stadtpalais des Prinzen Eugen in der Himmelpfortgasse (heute Finanzministerium), das schon zu Lebzeiten Prinz Eugens mit dem Terminus „Winterpalais" versehen wurde. Es vermittelt dennoch ein anschauliches Bild von Dimension, Gliederung sowie innerer Gestaltung eines barocken Adelspalastes in der Innenstadt. Der Bau mußte sich, wie viele andere Stadtpalais auch, an einem Vorgängerbau bzw. an bereits vorhandener Bausubstanz orientieren. Daraus entstand vorerst 1696 ein siebenachsiger Grundbau von Johann Bernhard Fischer von Erlach, der dann in zwei Etappen bis 1719 von Lucas von Hildebrandt nach beiden Seiten auf siebzehn Achsen erweitert wurde.

Die Geschoßaufteilung ist auch für viele andere Palais kennzeichnend: Im Erdgeschoß befanden sich Küchen, Stallungen und Wagenremisen, im Mezzanin eine Zuckerbäckerei sowie einige Beamtenzimmer. Über der

Prinz Eugen von Savoyen war nach dem Kaiserhaus der wichtigste Bauherr Wiens; sein Stadtpalais in der Himmelpfortgasse und seine Sommerpaläste – das Untere und Obere Belvedere – zählen zu den schönsten Barockbauten Wiens. Ölgemälde, vermutlich von Johann Gottfried Auerbach, um 1728 (Privatbesitz).

Beletage des Hausherren, der übrigens vor allem die letzten Lebensjahre tatsächlich hier gewohnt hat und auch hier gestorben ist, lagen das „Mobiliendepot" sowie die Räume der Bediensteten, die aber auch in benachbarten Häusern untergebracht waren.

Das Innere zeigt zuerst die übliche, hier jedoch besonders aufwendig gestaltete Raumabfolge Portal-Vestibül-Prunktreppe, von der man den über eineinhalb Stockwerke gehenden großen Saal betrat. Dort präsentierte Prinz Eugen in riesigen Ölgemälden seine wichtigsten Schlachten (bei Zenta, Hochstädt, Turin). Kriegs- und Herrschaftssymbolik waren omnipräsent; etwa das immerwiederkehrende Herkulesmotiv, das auch die Säulen der Prunktreppe (Herkulesstatuen) bestimmt.

Das anschließende Parade-Schlafzimmer mit dem benachbarten Porzellan-Spiegel-Kabinett sowie das Audienz- und Konferenzzimmer mit einem Baldachin kennzeichneten das Winterpalais als fürstliches Haus, in welchem sich die innerhalb des Adels herrschende hierarchische Ordnung spiegelte. (Der Bezug des theaterhaften Parade-Schlafzimmers zu Ludwig XIV. liegt nahe, gehörte doch zu dessen politischem Kult die Einrichtung des „se lever", des morgendlichen Erwachens und Aufstehens des „Sonnenkönigs", an dem die seiner Kontrolle unterworfenen Höflinge teilnehmen mußten, um sozusagen das Aufgehen der Sonne zu bestätigen; man glaubte zwar nicht mehr an Magie und verheimlichte den Spielcharakter der Vorführung durchaus nicht, aber auch ein bloß formales Ritual kann als Indikator von Herrschaftsrängen lange überleben und zu verschwenderischen Ausgaben führen.) Die Privaträume wie das Vorzimmer, der Speisesaal, ein kleines Arbeitszimmer, die Hauskapelle und das Schlafzimmer waren wiederum eher klein dimensioniert und auch um eineinhalb Meter niedriger als die Repräsentationsräume gehalten. Im zeitlich letzten Erweiterungsbau ließ Prinz Eugen einen eigenen Bibliothekstrakt anlegen.

In Details der Inneneinrichtung kommt schließlich der Luxus der barocken Einrichtungen zum Ausdruck. In einer zeitgenössischen Beschreibung von Johann Georg Keyssler aus Hannover wird vier Jahre nach Eugens Tod festgehalten: „... unter den vielen Tapeten dieses Pallastes ist diejenige vor vielen anderen sehenswürdig, welche einen Schiffbruch, woraus etliche Leute geretet werden, abbildet. Etliche Zimmer sind mit rothem Sammet meubliert, sonderlich dasjenige, worinnen der Prinz unter einem Baldachin und auf einem Sessel mit Aermen, dem türkischen Botschafter vor etlichen Jahren Audienz ertheilet hat. In diesem Gemach ist der Ofen aus Metall und stellet den Herkules dar, wie er die Hydra erlegt. In einem andern Zimmer steht ein Schreibcabinet, so ganz von Schildkröten verfertigt ist. Das Spiegelzimmer ist sehr schön, auch sonst allenthalben an kostbaren Gemälden, Spiegeln und Kaminen nichts gesparet, wie denn einer von den letzteren

LINKS und **UNTEN:** *Winterpalais des Prinzen Eugen, Stiegenhaus mit Atlanten von Giovanni Giulani und Relief von Lorenzo Mattielli.*
RECHTS: *Der Stadtpalast des Prinzen Eugen, begonnen 1696 durch Johann Bernhard Fischer von Erlach, wurde in zwei Bauphasen durch Lucas von Hildebrandt auf einen siebzehnachsigen Bau erweitert.*

aus grauen Marmor, zwanzig tausend Gulden gekostet hat; ein krystallener Kronleuchter ist mit zehntausend Gulden bezahlet worden. Die allhier befindliche Bibliothek ist sehr kostbar. Es ist bekannt, was für grosse Summen Geldes der Prinz auf rare Bücher gewandt ..."

Auch Lady Mary Montagu war überrascht von der sich im Inneren der Wiener Palaisetagen bietenden Pracht, die sie vergleichsweise über die ihr bekannten europäischen Interieurs stellte: „Sie bestehen meistens aus einer Suite von acht bis zehn großen Räumen, alle mit eingelegten Parkettböden, die Türen und Fenster sind reich geschnitzt und vergoldet, die Einrichtung so wie man sie nur selten in den Palästen regierender Fürsten in anderen Ländern antrifft: die Tapeten, die schönsten Tapisserien aus Brüssel, ungeheuer große Spiegel in Silberrahmen, schöne japanische Tische, die Betten, Stühle, Baldachine und Vorhänge aus reichstem Genueser Damast oder Samt, beinahe ganz mit goldener Spitze oder Stickerei bedeckt – das ganze wird durch Bilder, große Vasen aus japanischem Porzellan und beinahe in jedem Raum von großen Lustern aus Bleikristall belebt." Gleichzeitig fand sie es jedoch als überaus ungehörig, daß niemand mehr als zwei Stockwerke darin besaß, eines für den Eigenbedarf, das andere für die Dienerschaft; die übrigen Wohnungen wurden vermietet, an wen auch immer. Dies ergab für Lady Mary Montagu eine unverständliche Wohnsituation: „Die Wohnungen der vornehmsten Damen und sogar die der Staatsminister sind nur durch eine dünne Wand von denen eines Schneiders oder Schusters getrennt ...", beanstandete sie und empörte sich außerdem über das gemeinschaftliche und dadurch stets schmutzige Stiegenhaus.

Ihren stärksten Ausdruck findet die architektonische Synthese von Selbstdarstellung, Macht und (mathematisch-geometrischer) Vernunft in

RECHTS: *Der Garten im Belvedere: Brunnengruppe mit den Göttern Neptun und Thetis. Kupferstich von Johann Gottlieb Thelott nach Salomon Kleiner, 1737.*

UNTEN: *Kunstvoll ornamentierter Galaschlitten, gebaut für Maria Theresia.*

Wien indes nicht in den Stadthäusern, sondern in den konzentrisch um die Innenstadt entstehenden Gartenpalais. Während, wie schon erwähnt, die historische Struktur der Innenstadt den Palais nicht viel mehr Spielraum als die Betonung der Straßenfront ließ, war in den durch Krieg und Belagerung verwüsteten Vorstädten genug Raum vorhanden, um eine dem Rang des Bauherren entsprechende, demonstrative Prachtentfaltung und Weite in der Gesamtanlage zu realisieren.

Nach den Regeln barocker Architekturprogramme galt es für den Palastbau eine ideale Lage zu finden, eine sanft ansteigende Hanglage, die durch das abfallende Terrain die Anlage von Wasserkünsten, Kaskaden, Quellen etc. ermöglichte und eine schöne Aussicht, ein Grundsatz der seiner-

Franz Michael Regenfus nach Salomon Kleiner, „Prospect des Bosquet" mit Orangenbäumen im Liechtensteinschen Garten. Kupferstich.

LINKS: *Fassadenteil vom Oberen Belvedere (Südseite). Prinz Eugen nützte das Schloß nur für festlich-repräsentative Veranstaltungen.*

RECHTS: *Sphinx im Park des Belvedere. Die Gestaltung des Belvedereparks erfolgte nach Plänen des bayrischen Garteningenieurs Dominique Girard.*

zeitigen Gartentheorie, bot. Hier konnte sich neben dem Gebäude, auch die zeitgemäße Gartenarchitektur entfalten, die die Anlage von Kanälen und Bassins, Brunnen und „Wassertheatern", Grotten, Alleen, Dreistrahlbrunnen, Bosketten, Blumen- und Broderieparterren, Terrassierungen und Aufteilungen in Kompartimente einschloß. Zumeist wurden die Gärten geplant und angelegt, noch bevor über die Architektur des Gebäudes entschieden war.

Die räumliche Konzentration der adeligen Sommerpalais ist heute am besten rund um das Prinz Eugensche „Belvedere", dem wichtigsten barocken Sommerpalast Wiens, erahnbar. Es wird auf einer Seite vom Schwarzenberg-Palais flankiert, auf der anderen Seite vom Kloster-Kirche-Palais-Komplex der Salesianerinnen am Rennweg, den sich Wilhelmine Amalie, Gattin Josephs I., als Witwensitz erbauen ließ. Hier sind die Gartenanlagen, die Salomon Kleiner in vielen Stichen festgehalten hat (beinahe wie eine Musterkollektion von Baum- und Boskettenschnitten), noch vorhanden. Diese sind bei den meisten anderen Sommerpalästen verschwunden, so etwa beim Palais Trautson (1710/12 von Johann Bernhard Fischer von Erlach), beim Palais Weltz-Rofrano (heute Palais Auersperg, ab 1706 von Lucas von Hildebrandt) oder beim Palais Liechtenstein (ab 1691 von Domenico Martinelli).

Von den oben genannten Sommerpalais ist wiederum jenes des Prinzen Eugen das glanzvollste und aufwendigste. Als Refugium mit großem Barockgarten parallel zum Winterpalais geplant, wird es erst zwanzig Jahre später, dann allerdings in atemberaubendem Tempo, errichtet. 1714–1716 entstand vorerst das Untere Belvedere, 1721/22 folgte in ebenso kurzer Bau-

Bernardo Bellotto, gen. Canaletto, Das Gartenpalais des Fürsten Liechtenstein in der Roßau, Gartenansicht. Öl auf Leinwand, 1758/61, Vaduz, Sammlungen des Regierenden Fürsten von Liechtenstein.

zeit das obere Schloß, dessen Innenausstattung 1723 von Lucas von Hildebrandt gestaltet wurde. Die endgültige Gartengestaltung durch den bayrisch-französischen Garten- und Wasserbauspezialisten Dominique Girard war 1725 abgeschlossen. Bis zu 1.300 Taglöhner sollen gleichzeitig am Schloßbau und am Garten gearbeitet haben.

Salomon Kleiner hat ab 1731 in seinem „Wunderwürdiges Kriegs- und Siegeslager des Helden Eugen von Savoyen" genannten Ansichtenwerk in nicht weniger als 140 Kupferstichen die beiden Schlösser, die Nebengebäude, den Garten und auch die berühmte Menagerie publiziert. Die Ansichtenfolge des Unteren Belvedere, in dem Prinz Eugen tatsächlich gewohnt hat, ist erst nach dessen Tod erschienen.

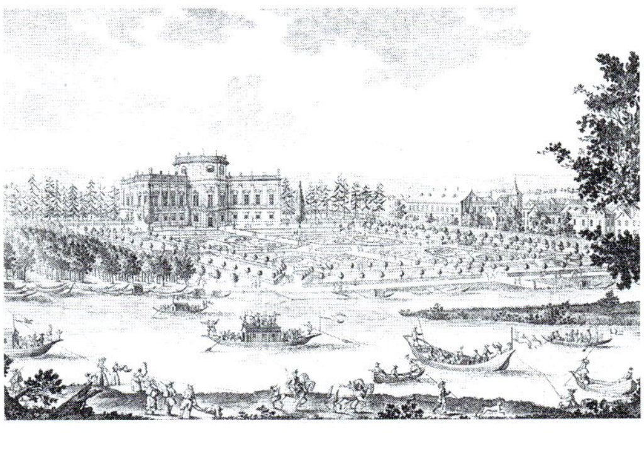

Bernardo Bellotto, gen. Canaletto, Blick auf Wien vom Oberen Belvedere, um 1759/61.

Abbildungen linke Seite unten:

LINKS: *Brunnenanlage im Garten des Palais Liechtenstein in der Roßau. Kupferstich von Johann August Corvinus nach Salomon Kleiner.*

RECHTS: *Das Palais Althan war wegen der Wasserspiele, die es der Nähe eines Donauarmes verdankte, berühmt; es fiel in den sechziger Jahren des 19. Jahrhunderts dem Bau des Franz-Josefs-Bahnhofes zum Opfer.*

Das „Wiener Bauwunder" erstreckte sich über mehrere Jahrzehnte, von etwa 1690 bis 1730. Wie kaum auf einem anderen Gebiet kam hier der Hochbarock mit seiner paradoxen Gleichzeitigkeit von Vernunftordnung und Ritual, von systematischer wissenschaftlicher und künstlerischer Arbeit und verschwenderischem Festgehabe, von ernsthafter Auseinandersetzung mit Wirtschaft und Technik und der Vorstellung einer göttlichen Anwesenheit in der Architektur zum Ausdruck. Im Wiener Zusammenhang ging es allerdings weniger um Stadtbaukunst als um repräsentative Einzelbauten.

Das rasante Errichten von Großprojekten des Adels fand ziemlich plötzlich in den dreißiger Jahren des 18. Jahrhunderts ein Ende und wird erst in den 1780er Jahren wieder aufgenommen. (Kaum überblickbar erscheint die Bautätigkeit an kleineren Vorstadthäusern. Bei Durchsicht von Fuhrmanns Beschreibung der Vorstädte aus dem Jahre 1770 finden sich mehrere hundert Neubauten, die im Laufe der ersten Hälfte des 18. Jahrhunderts errichtet worden sind.) Nicht nur der Baustil hat sich in diesen 50 Jahren verändert – die Bauten sind nun dem Klassizismus zuzuordnen –, sondern auch die gesellschaftlichen Voraussetzungen. Bauherren wie Johann Fries oder Johann Thomas Trattner gehören einer neuen bürgerlichen Wirtschaftselite an, die nach und nach in den Adelsstand erhoben wurde. Johann Fries etwa kaufte Teile des aufgelassenen Königinklosters in der Dorotheergasse auf und ließ gegenüber der Hofbibliothek von Ferdinand Hetzendorf von Hohenberg, einem Architekten des Kaiserhauses, das Palais Fries (heute Pallavicini) errichten. Gegen die Gestaltung des Palais wurde wegen der Schmucklosigkeit der Fas-

LINKS: *Feldmarschall Franz Moritz Graf Lacy, 1766–1773 Präsident des Hofkriegsrats, reorganisierte die österreichische Armee. Zeitgenössischer Punktierstich.*

RECHTS: *Ansicht des Parkes von Neuwaldegg; Lacy kaufte sich in Neuwaldegg ein und errichtete dort ab 1766 den ersten „romantischen" Garten Wiens.*

sade eine heftige Polemik geführt, so daß nachträglich Dekorationselemente angebracht wurden. Während der Bankier und Manufakturbesitzer Fries, der es bis zur Erhebung in den Grafenstand brachte, mit seinem Palais durchaus noch das Repräsentationsbedürfnis der ersten Hälfte des 18. Jahrhunderts weiterführt, beginnt der in kurzer Zeit sehr reich gewordene Hofbuchdrucker und Buchhändler Johann Thomas Trattner ein riesiges Bauprojekt neuen Typs. Er kaufte über eine Versteigerung den Freisinger Hof sowie fünf davorstehende Häuser auf, ließ diese großflächig demolieren und durch den heute eher unbekannten Architekten Peter Mollner ein monumentales Zinspalais, den sogenannten Trattnerhof, errichten. Friedrich Nicolai hat es als das schönste und größte Privatgebäude in Wien bezeichnet: sechs Stockwerke hoch, mit je vierzehn Fenstern und mit vielen größeren und kleineren Wohnungen sowie 119 großen und kleineren Läden und Buden. Ein Zinsertrag von 27.000 Gulden pro Jahr wurde kolportiert. Trattner selbst bewohnte darin eine großzügige Wohnung, unterhielt ein eigenes „Kasino" und eine Buchhandlung.

Auch auf dem Gebiet der Gartenarchitektur kündigt sich eine Trendwende vom barocken Schematismus zu mehr „Natürlichkeit" an; der Militäradel kauft sich in der Wiener Umgebung ein und legt hier dem neuen Geschmack entsprechend romantisch-englische Gärten an. Feldmarschall Lacy in Neuwaldegg und Feldmarschall Laudon in Hadersdorf ließen die berühmtesten dieser Gärten errichten; Lacy hat im übrigen seinen 1766–1769 angelegten und später immer wieder vergrößerten Garten, der als „Sehenswürdigkeit" Wiens galt, für das Publikum freigegeben.

Während der Adel einen Palast nach dem anderen hochzog, beschränkte sich der Magistrat als Bauherr der Stadt nach 1683 vorerst auf Ausbesserungsarbeiten an den Befestigungsanlagen und schließlich auf einige wenige größere Umbauten von älteren Gebäuden. Der Grund dürfte in der Knappheit der finanziellen Ressourcen gelegen sein.

Feldmarschall Ernst Gideon Frh. von Laudon, Sieger in der Schlacht von Kunersdorf 1759, siedelte sich in Hadersdorf bei Wien an. Stahlstich, Mitte 19. Jh.

Die Stadt trat als Bauherr zudem mehrmals bei jenen ephemeren, aufwendig gestalteten und aufgeführten Festarchitekturen auf, die man für wenige Tage zu besonderen Feierlichkeiten wie Geburten, Hochzeiten, Krönungen, und Todesfällen der Habsburger errichtete. Die besten Architekten der Zeit, wie Johann Bernhard Fischer von Erlach und Lucas von Hildebrandt, entwarfen „Triumphpforten", „Freuden-" oder „Trauergerüste" aus Holz, Papiermaché und ähnlichen Materialien, von deren Aussehen wir anhand überlieferter Kupferstiche eine Vorstellung bekommen. An den prominentesten Plätzen und in den bedeutendsten Kirchen Wiens aufgestellt, prägten sie oft für mehrere Wochen das Stadtbild.

Die beiden wichtigsten Bauunternehmungen der Stadt waren zweifellos die Umbauten des Rathauses und der Umbau des Wiener Bürgerlichen Zeughauses. Das Alte Rathaus (Wipplingerstraße 8/Stoß im Himmel 2, Salvatorgasse 7), das als unansehnliches, armseliges Gebäude ohne jegliches künstlerisches Gepränge beschrieben wird,erhielt nun eine neue repräsentative Fassadengestaltung. Der Name des verantwortlichen Architekten, der hier von 1699 bis 1702 tätig war, ist nicht tradiert, die Gestaltung wird aber von Kunsthistorikern gerne in die Nähe von Johann Bernhard Fischer von Erlach gerückt. Die mächtige Straßenfront bekam das Rathaus allerdings erst um 1780, als man die ursprüngliche Fassadengestaltung historisierend verdoppelte.

Das Wiener Bürgerliche Zeughaus am Hof war 1683 dermaßen devastiert worden, daß der Umbau (durch Anton Ospel) längst überfällig war. Schließlich sollten die Wiener Bürger im Kriegsfall aus diesem Depot mit Ausrüstungsgegenständen versorgt werden. Nach einer Neugestaltung im Inneren wurde 1731/32 die gegen den Platz am Hof gerichtete Fassade ge-

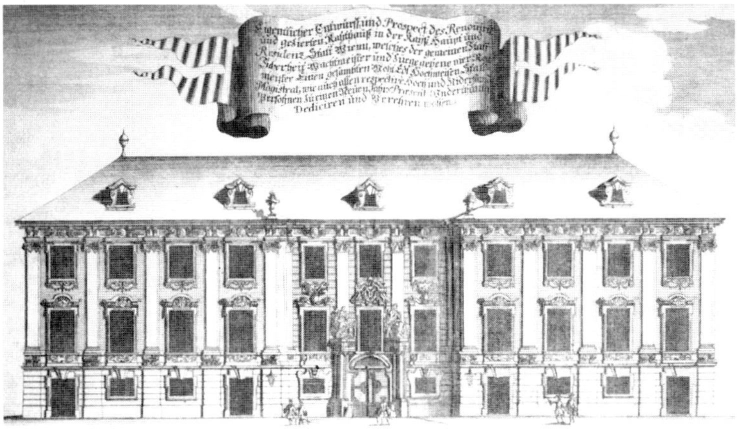

Die barocke Fassade des „Alten Rathauses" in der Wipplingerstraße, um 1706. Kupferstich von Jakob Hofmann. Das Rathaus war 1699–1702 mit einer neuen Fassade ausgestattet worden.

RECHTS: *Das Wiener Bürgerliche Zeughaus mit seiner neuen barocken Fassade von Anton Ospel gegen den Platz Am Hof, 1737. Kupferstich von Johann August Corvinus nach Salomon Kleiner; damals das Waffen- und Ausrüstungsdepot der Wiener Bürger, heute Sitz der Wiener Feuerwehrzentrale.*

UNTEN: *Bleifiguren vom Brunnen Georg Raphael Donners am Mehlmarkt, 1739. Originale im Barockmuseum im Unteren Belvedere („Die March", „Die Traun" und „Providentia").*

UNTEN RECHTS: *Der Andromedabrunnen von Georg Raphael Donner im Hof des Alten Rathauses, 1740/41.*

baut, die mit ihrer Bekrönung, der vergoldeten Weltkugel und den beiden allegorischen Figuren, die sich auf den Wahlspruch Karls VI. – *Constantia et fortitudo* – beziehen, auf die allgegenwärtige Präsenz der Habsburger in der Stadt verweist.

In den 1730er Jahren scheint sich der Stadtmagistrat einigermaßen konsolidiert zu haben, denn er vergibt einen weiteren, vielleicht seinen wichtigsten Bauauftrag im 18. Jahrhundert: 1737 faßte der Stadtrat den Beschluß, einen Brunnen in der Mitte des Mehlmarktes aufzustellen, da Karl VI. den hier befindlichen Pranger und Galgen aus der Stadt verlegen

LINKS: *Ein Barockjuwel: Hochaltar der 1703–1708 nach Plänen von Gabriele Montani erbauten Peterskirche. Das Altarblatt „Heilung des Lahmen an der Schönen Pforte des Tempels" stammt von Martino Altomonte.*

RECHTS: *Portal des Liechtensteinschen Majoratshauses (Minoritenplatz 4/Bankgasse 9). Der Bau dieses Palais war 1694 nach Plänen von Domenico Martinelli begonnen worden und wurde 1705 fertiggestellt.*

hatte lassen. Dieser Brunnen sollte von großem künstlerischen Wert sein und daher vom besten Künstler der damaligen Zeit gefertigt werden. Man entschied sich für den Bildhauer Georg Raphael Donner, der den Auftrag erhielt, eine Glorifizierung der „weisen Stadt" in den Mittelpunkt seines Kunstwerks zu stellen. Es entstand die Figur der „Providentia", ausgestattet mit den Attributen der Voraussicht und der Klugheit – im *Wienerischen Diarium* wurde sie anläßlich der Erstpräsentation als „Vorsichtigkeit mit dem gedoppelten Januskopf" bezeichnet – und umgeben von vier Putten, die mit den am häufigsten in der Donau vorkommenden Fischen spielen. Am Beckenrand lagern zwei männliche und zwei weibliche Figuren, die die Flüsse March, Enns, Traun und Ybbs darstellen. Der Brunnen auf dem Mehlmarkt war seit dem Mittelalter der erste größere Bauauftrag, den die Stadtverwaltung vergab. Erstmals wurde damit in Wien ein profanes Brunnendenkmal aufgestellt. Nachdem schon alle anderen wichtigen Plätze Wiens, wie etwa der Graben oder der Hohe Markt, mit religiösen Denkmälern, die einen Bezug zu den Habsburgern intendierten, ausgestattet waren, gelang hier erstmals ein Denkmal im Sinne des 19. Jahrhunderts.

Auch der zweite von Georg Raphael Donner für die Stadt geschaffene Brunnen, der Andromedabrunnen im Hof des Alten Rathauses, hat profanen Charakter. Er verweist mit der Darstellung der Andromeda auf die gewichtige Rolle der Stadt in der Abwehr der Türken.

*) JOHANN LUCAS VON HILDEBRANDT: EIN HALBES JAHRHUNDERT ARCHITEKTUR IN WIEN

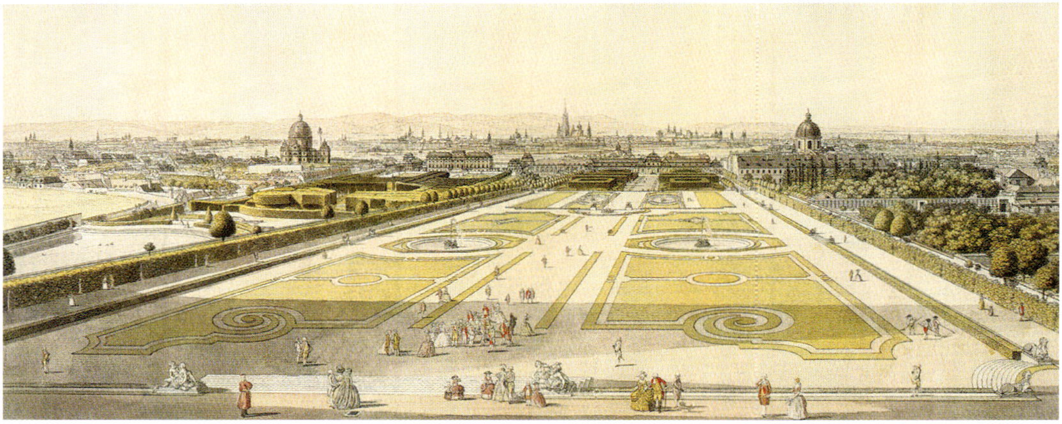

Wien vom Belvedere gesehen. Kolorierter Kupferstich von Carl Schütz, 1784.

Johann Lucas von Hildebrandt, geboren 1668 in Genua, 12 Jahre jünger als Johann Bernhard Fischer von Erlach, jedoch um 25 Jahre älter als dessen Sohn Joseph Emanuel, zählt neben den beiden Fischers zu den wichtigsten Architektenpersönlichkeiten Wiens. Von den Kunsthistorikern wird Johann Lucas von Hildebrandt vielfach als der vielseitigste Architekt seiner Zeit bezeichnet. Sein Schaffensspektrum reicht von Entwürfen zur kaiserlichen Hofburg bis zu einfachen Wirtschaftsgebäuden. Sein weitaus bekanntester Bau ist das Belvedere, welches er im Auftrag des Prinzen Eugen innerhalb kürzester Zeit vollendete; auch auf die Ausgestaltung der Innenräume nahm er wesentlichen Einfluß.

Über das Leben von „Jean Lucas", wie er selbst unterschrieb und genannt wurde, sind wir relativ gut unterrichtet. Er kam Ende des Jahres 1696 nach Wien, wo er in der Folge ein halbes Jahrhundert tätig war. 1698 wurde er kaiserlicher Rat, und schon ein Jahr später suchte er um die Stelle eines Hofbaumeisters an. Tatsächlich erhielt er im Jahr 1700 die Stelle eines „Kayserlichen Hoff-Ingenieurs" mit 600 fl. (Gulden) Gehalt und freiem Hofquartier. Sein erster Auftraggeber war Heinrich Graf Mansfeld Fürst Fondi, für den er auf dem damals noch unbebauten Gelände entlang der heutigen Prinz-Eugen-Straße ein Palais mit großem Garten anlegte (ab 1716 durch Verkauf das Palais Schwarzenberg). Er wird in der Folge zum Eugen soll sogar Besprechungen mit Leibniz unterbrochen haben, um mit „Jean Luca" über sein Bauprojekt zu diskutieren. Prinz Eugen sollte gemeinsam mit dem Reichsvizekanzler Friedrich von Schönborn über Jahrzehnte hinweg der wichtigste Auftraggeber Hildebrandts bleiben.

Es mangelte ihm nicht an Aufträgen und Einkünften. 1719 ließen es seine Vermögensverhältnisse sogar zu, daß er in der Alservorstadt das Haus „Zum heiligen Florian" in der Schlösselgasse erwarb. 1720 wurde er von Kaiser Karl VI. in den Reichsadels-

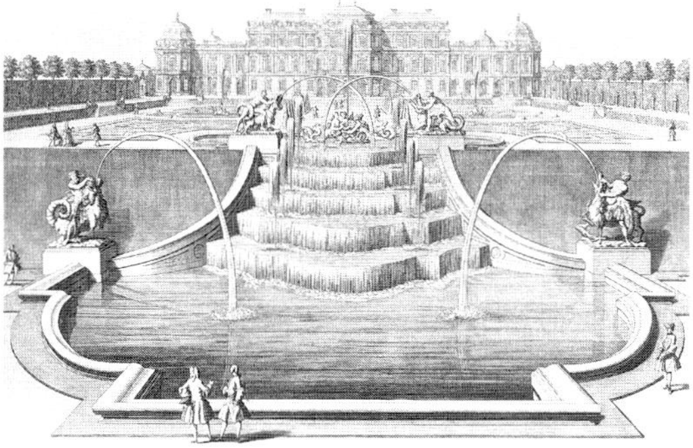

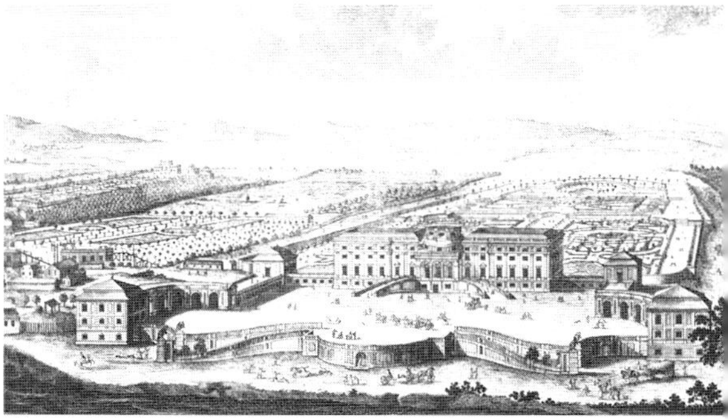

größten Konkurrenten von Johann Bernhard Fischer von Erlach, wobei dieser vor allem bei Aufträgen des Kaiserhauses stets als „Sieger" hervorging (z. B. Karlskirche). Um so wichtiger war es für Lucas von Hildebrandt, daß ihm seitens des Prinzen Eugen der Vorzug gegeben wurde. Ab 1708 baute er das von Fischer von Erlach errichtete Stadtpalais aus. Sein Verhältnis zum Bauherren Prinz Eugen dürfte ein äußerst intensives gewesen sein. stand erhoben. Alles sprach dafür, daß er nach dem Tode von Johann Bernhard Fischer von Erlach den Part des Hofarchitekten übernehmen sollte. Tatsächlich erhielt er 1723 die Stelle des Ersten Hofbaumeisters, die sein Gehalt auf 1.500 fl. (Gulden) jährlich steigen ließ.

1741, wenige Jahre vor seinem Tod, war Hildebrandt im Besitz eines Hauses und eines Ziegelofens in Matzleinsdorf, wo er guten und alten Wein eingelagert hatte. Die

LINKS: *Das Obere Belvedere mit der großen Kaskade. Kupferstich von Jakob Gottlieb Thelott nach Salomon Kleiner, um 1730.*

RECHTS: *„Lust Gebäude und Garten Schwarzenberg". Stich von Johann Adam Delsenbach nach Josef Emanuel Fischer von Erlach.*

Ferdinand Bonaventura II. Graf Harrach im Kreis seiner Familie. Ölgemälde von Johann Wilhelm Hofnas (1727–1795).

Anlage eines Hauses und eines Weinkellers galten im 18. Jahrhundert als übliche Wertanlage und vor allem als Altersversorgung. Hildebrandt wohnte nicht in seinem eigenen Haus, sondern als Mieter in der Nähe der Fleischbänke innerhalb der Stadtmauern. Hildebrandt wird als stets kränkelnder Mann beschrieben; so ist bekannt, daß er an Epilepsie gelitten hat, die manchmal angesichts unvorhergesehener Ereignisse sehr plötzlich auftreten konnte. Er starb 1745, zwei Tage nachdem er das 77. Lebensjahr vollendet hatte. Seine nur zwei Jahre vor ihm verstorbene Gattin stellte ihm kein gutes Zeugnis aus; sie setzte ihn nicht als Erben ein, da sie angeblich von ihm ihr Lebtag lang außer einem Paar Schuhe nichts bekommen hatte.

Lucas von Hildebrandt ist in jenem halben Jahrhundert, das er in Wien lebte, zwar außerordentlich viel gereist, aber kaum in das Ausland. Seine Reisen beschränkten sich vielmehr auf „Bauaufsichten", die er zu tätigen hatte. Hildebrandt, der sogar ganz kleine Aufträge übernahm, hatte zumeist mehrere Bauten nebeneinander zu betreuen.

Zu seinen wichtigsten Bauten in Wien zählen: das schon oben genannte Sommerpalais Schwarzenberg (zur Bauzeit: Mansfeld-Fondi); das Stadtpalais Questenberg; der Gartenpalast Starhemberg-Schönburg; das Gartenpalais Schönborn; der Stadtpalast Daun-Kinsky; das Schloß Belvedere und das Gartenpalais Harrach. An kleineren Bauaufgaben übernahm er das Wohnhaus Bartolotti-Partenfeld, Ecke Graben/Dorotheergasse, das „Merkleinsche" Haus am Hof und den Teubelhof in der Annagasse.

Auch am Bau zweier wichtigter Kirchen Wiens war Lucas von Hildebrandt vermutlich beteiligt: an der Peterskirche am Graben sowie an der Piaristenkirche Maria Treu im heutigen achten Bezirk. Für den Hof hat er nach dem Tod von Johann Bernhard Fischer von Erlach einzig die Geheime Hof- und Staatskanzlei auf dem Ballhausplatz errichtet und kleinere Umbauten an der Hofburg durchgeführt. In seinem Todesjahr 1745 war Hildebrandt als Hofarchitekt längst in Vergessenheit geraten. Jetzt reüssierte eine neue Generation französischer Architekten.

2. Das „neue Rom": die kaiserlichen Bauten

„In Ermangelung glänzender Kriegstaten beweist nichts die Größe und den Geist eines Fürsten in höherem Maße als die Errichtung von Bauwerken ... die ganze Nachwelt mißt die Fürsten am Maßstab der herrlichen Gebäude, die sie während ihres Lebens geschaffen haben ..." Mit diesen Worten riet der französische Minister Colbert 1664 Ludwig XIV., seine Politik am Gedächtnis der Nachwelt auszurichten. Es entstand Versailles, das weitaus prächtigste Barockschloß der Welt, welches einen über 10.000 Personen umfassenden Hofstaat beherbergen sollte.

Auch in der nach 1683 zunehmend reicher werdenden Residenzstadt Wien nahm man Kurs auf einen grandiosen höfischen Repräsentationsbau. Galt es doch für die Habsburger, dem politischen Gegner, aber auch dem loyalen Adel auf dem Gebiet der gebauten Zeichen der Macht die viel-

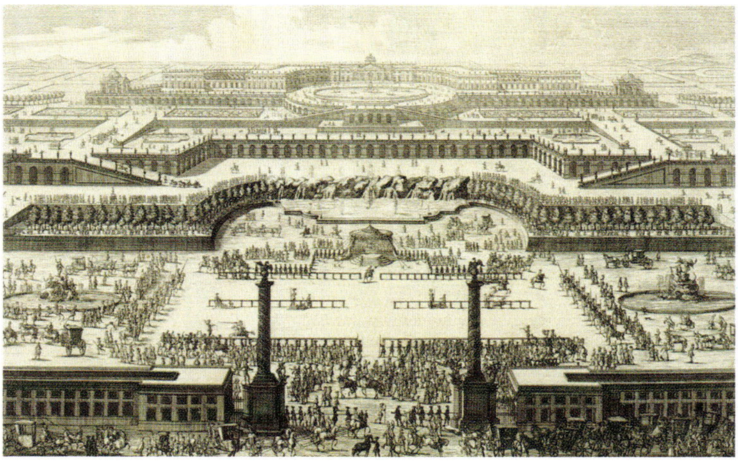

Ein perfekt inszeniertes Barockschloß: erstes Projekt (Idealentwurf) für Schönbrunn, 1696. Kupferstich von Johann Adam Delsenbach nach Johann Bernhard Fischer von Erlach.

OBEN LINKS: *Das Rocaille, aus Muschelformen entwickeltes Grundornament des Rokoko.*
OBEN RECHTS: *Bernardo Bellotto, gen. Canaletto, Das Schloß Schönbrunn, Hofseite, 1758/61, Öl auf Leinwand. Die Ansicht zeigt den Bestand nach der endgültigen Fertigstellung durch Nikolaus Pacassi 1748.*
UNTEN: *Das Kaiserpaar Franz Stephan von Lothringen und Maria Theresia mit dem 1741 geborenen Erzherzog Joseph. Gemälde von einem unbekannten Künstler.*

fach größeren Ansprüche zu demonstrieren. Vorerst sollte es in Wien jedoch nur bei einem „Idealentwurf" bleiben. Aus dem Jahr 1688 stammt der Entwurf für Schloß Schönbrunn, einer neuen kaiserlichen Residenzanlage außerhalb der Stadt, von der wir in einem Kupferstich von Johann Adam Delsenbach Kenntnis haben. Der junge Architekt Johann Bernhard Fischer von Erlach, der am Anfang seiner Karriere stand, hatte in diesem zeichnerischen Architekturstück ein „ideales" Schloß für die Habsburger, die der Sieg über die Türken zum Höhepunkt ihrer Macht geführt hatte, entworfen. Die grandiose Schloßanlage sollte auf dem heutigen Gloriettehügel mit Blick auf die Residenzstadt Wien und zu den Grenzen Ungarns stehen. Der Entwurf, möglicherweise als Probestück des Architekten zu seiner Vorstellung bei Hof gefertigt, strotzt, wohl um seine Kunstfertigkeit und seine architekturhistorischen Kenntnisse zu belegen, von zahlreichen architektonischen historischen Motiven. Johann Bernhard Fischer von Erlach zitiert die berühmtesten Monumente der Welt – das vatikanische Belvedere, die Stufenanlage des Fortunaheiligtums von Praeneste, das altrömische Motiv der Triumphsäulen, Berninis Louvreprojekt, die Fassade der Peterskirche in Rom – und setzt einen perfekt inszenierten Garten mit Terrassen, Auffahrtsrampen, Wasserkünsten, Alleen, Rasenparterren und Bosketten davor. Vor dem Garten liegt als unterer Abschluß ein weiter Platz für Feuerwerke, Turniere und Feste, ein gewaltiges Forum für die Repräsentation imperialer Größe und die Selbstdarstellung der Hofgesellschaft. Die Ereignisse eines Hofturnierfestes sind gerade im Gange. In der Mitte dieses Forums ist ein Thron unter einem Baldachin plaziert, der das Himmelszelt und damit die Unbegrenztheit der im Gottesgnadentum fundierten kaiserlichen Herrschaft symbolisiert. Dieser Projektentwurf, dessen Realisierung nicht in Betracht kam, war wohl mit all seinen architektonischen und figuralen Anspielungen vor allem eines: eine politische Illustration, die der Apotheose der habsburgischen Dynastie dienen sollte.

OBEN: *„Der Eingang in das Schloß Schönbrunn". Kolorierter Kupferstich von Carl Schütz, 1783.*

UNTEN LINKS: *Wilhelm Beyer, Nymphe der Flora. Plastik aus dem Gartenparterre des Schönbrunner Schloßparkes, 1773–1780.*

UNTEN RECHTS: *Das schmiedeeiserne Haupttor in Schönbrunn.*

Der dann schließlich ab 1696 ausgeführte Bau Schönbrunns (1696– 1713), blieb in seinen Dimensionen durchaus gemäßigt und eher bescheiden. Der Schloßbau, vorerst als Jagdschloß, dann als Residenz für Joseph I. ebenfalls von Johann Bernhard Fischer von Erlach entworfen, wurde nun nicht am Bergrücken, sondern „unten" im Wiental ausgeführt. Gleichzeitig wurde in der Breite des großen Gartenparterres der Barockgarten mit den seitlichen Bosketten und den orthogonalen Alleen vom französischen Gartenkünstler Jean Trehet angelegt. Der österreichische „Sonnenkönig" Joseph I. bezog den Mitteltrakt des Schlosses 1700, die Fertigstellung der Seitenflügel erfolgte erst nach seinem Tode 1711. Das Schloß blieb vorerst unvollendet. Josephs Bruder und Nachfolger Karl VI. wendete sich anderen Bauaufgaben zu. Erst dreißig Jahre später, im Jahre 1743, nahm dann seine Tochter Maria Theresia die Bautätigkeit in Schönbrunn wieder auf.

In der Stadt selbst bestanden wenig Möglichkeiten zu großzügigen Veränderungen. Aus der zeitgenössischen Hagiographie Josephs I. wissen wir zwar, daß dieser sich zeit seines Lebens mit neuartigen städtebaulichen Aufgaben persönlich und – als Schüler Fischer von Erlachs – auf hohem Niveau befaßt hat. Dazu gehörten auch Pläne für eine „Wiener Kaiserburg", eine Art

Louvre, die, wie der Biograph Eucharius Gottlieb Rinck 1712 in „Josephs, des siegreichen Kaysers, Leben und Thaten" schrieb, „durch die Fortifikation an die Stadt" anzuhängen gewesen wäre und „welche wegen der Größe der Gebäude und Begriff der Gärten, auch Vortrefflichkeit des Angebens und der Anlage ihresgleichen in Europa nicht würde gehabt haben".

Der Ausbau der Hofburg als der innerstädtischen Residenz der Habsburger hat dann auch Karl VI. sehr beschäftigt. Hier mußte den vielen neuen adeligen Palais seitens des Kaiserhauses etwas entgegengesetzt werden. Dies geschah vorerst mit den Hofstallungen (heute Wien VII., Museumsquartier), die mit ihrer gewaltig dimensionierten, über 300 Meter langen Fassade außerhalb der Mauern auf dem Terrain des Glacis der Hofburg gegenübergestellt wurden. Sie sollten die bisher in der Stadt in verschiedenen Gebäuden untergebrachten sechshundert kaiserlichen Pferde aufnehmen. Der Bau wurde 1718 nach Entwürfen von Johann Bernhard Fischer von Erlach begonnen und 1721/23 von dessen Sohn Josef Emanuel vollendet. Es folgten innerhalb der Mauern der Ausbau des Reichskanzleitraktes der Hofburg (1723 nach einem Entwurf von Lucas von Hildebrandt begonnen, dann als Teil der geplanten Umgestaltung des Burghofes 1726–1730 von Joseph Emanuel Fischer von Erlach weitergebaut); die Winterreitschule (errichtet 1727–1735 von Joseph Emanuel Fischer von Erlach), der Präsentationsraum der Spanischen Reitschule und der Baubeginn am Michaelertrakt (ab 1726). Letzterer war mit seiner konkaven, gegen die Stadt gerichteten Fassade sicher der städtebaulich interessanteste Bauteil, er wurde jedoch nur zum Teil ausgeführt und erst im späten 19. Jahrhundert vollendet.

Im Mittelpunkt der aufgeregten Bautätigkeit dieser Jahre standen jedoch zwei kaiserliche Großbauten: die Karlskirche und die Hofbibliothek. Karl VI. hatte am 22. Oktober 1713 aus Anlaß der Abwendung der Pest gelobt, seinem Namenspatron Karl Borromäus, dem Pestheiligen, einen Kirchenneubau zu widmen. In der Folge wurde eine Ideenkonkurrenz ausgeschrieben

LINKS: *Nur die schönsten Hengste wurden für die Lipizzaner-Zucht verwendet: „Ein Karster Schimmel". Ölgemalde von Johann Georg von Hamilton, um 1720 (Kunsthistorisches Museum).*

RECHTS: *„Innere Ansicht der K.K. Hofburg", um 1792, kolorierter Kupferstich von Carl Schütz.*

LINKS: *Kaiser Karl VI. vor der Karlskirche. Aquarellierte Federzeichnung von einem unbekannten Künstler (Kurpfälzisches Museum Stadt Heidelberg). Auf den Triumphsäulen vor der Kirche ließ er sich als „neuer Augustus" feiern.*

RECHTS: *Mit dem Bau der Karlskirche löste Karl VI. sein Gelöbnis, nach dem Pestjahr von 1713 eine Kirche zu errichten, ein.*

– deren Ergebnis war schließlich, daß Johann Bernhard Fischer von Erlach gegenüber seinen Mitbewerbern Lucas von Hildebrandt und Ferdinand Galli-Bibiena den Zuschlag erhielt. Zu Ende des Jahres 1715 begann man mit den Erdaushubarbeiten. Als Standort wurde der äußere Rand des Glacis gewählt. Um einen entsprechend großen und wirkungsvollen Kirchenbau verwirklichen zu können, mußte man vor die Tore der Stadt auweichen.

Jenseits des Wienflusses, am innersten Rand der Vorstadt Wieden in der Nähe des kaiserlichen Sommerschlosses „Neue Favorita" (heute Theresianum), erhaben auf einem Hügel gelegen, mit der Schaufassade gegen die Stadt und zur Hofburg hin ausgerichtet, entstand eine Votivkirche, die sich in erster Linie als Apotheose Karls VI. und der Macht des Hauses Habsburg lesen läßt. Der Philosoph Wilhelm Leibniz, der sich 1714 zeitweilig als Gast Prinz Eugens in Wien aufhielt und gemeinsam mit dem berühmten Hofantiquar Carl Gustav Heraeus mit den Vorplanungen zur Gründung einer wissenschaftlichen Akademie befaßt war, hat auf das komplexe allegorisch-symbolische Programm sowie auf die schwierige Verknüpfung der Idee eines „Denkmals dynastischer Größe" mit dem „Gedanken eines vollkommenen Kirchenbaues" Einfluß genommen.

Hier strebte man eine symbolische Wiedervereinigung von Fürstenmacht und Kirche unter der Vorherrschaft des Fürsten an: „Die Idee eines von zwei Säulen flankierten Kuppelbaues stammt vom Tempel von Jerusalem, der Wurzel des Bauens in Säulenordnungen nach damaliger Anschauung, der seit der Renaissance in dieser Weise rekonstruiert wurde. Zugleich wird damit auf Karl VI. als ‚neuen Salomo' angespielt." Die römischen Triumphsäulen, die der Kunsthistoriker Hans Aurenhammer als ar-

Die nach Plänen von Johann Bernhard Fischer von Erlach errichtete Hofbibliothek ist hier noch freistehend gemalt, davor der alte Augustinergang, der erst 1767 abgerissen worden ist. Durch den Bau der Redoutensäle wurde der Platz vor der Hofbibliothek zum heutigen Josefsplatz geschlossen. Im Bild die Auffahrt der Prunkkarossen anläßlich des Einzugs von Isabella von Parma, der Braut Josephs II., am 6. Oktober 1760. Gemälde von Martin van Meytens.

chäologisch unrichtig konstruierte Vorhalle des römischen Jupitertempels interpretiert, feiern den Kaiser „als neuen Augustus und Wien als neues Rom." Die beiden Säulenmonumente mit den Reliefdarstellungen zum Leben des Karl Borromäus sollen weiters das Emblem Karls VI. verkörpern, welches die Säulen des Herkules bedeuten, die er als letzter habsburgischer König von Spanien gegen Frankreich verteidigt hatte. Daher erscheinen auf ihnen Reichsadler als Brüstung und spanische Kronen als Laternenaufsätze.

Es war damals üblich, daß dem Bauherrn bzw. dem Architekten sogenannte „Programmverfasser" aus dem geistlichen oder (später) in der Folge aus dem weltlichen Bereich zur Seite standen. Die Bauwerke, die dadurch zu Wort-Bild-Synthesen wurden, vermochten ohne Kenntnis der architekturhistorischen Symbolik wohl kaum interpretiert werden. Nur ein kleiner Kreis an einschlägig gelehrten Kennern konnte die aufwendigen Programme tatsächlich „lesen". Die zeitgenössischen Beschreibungen sahen den symbolischen Gehalt einfacher und betonten vor allem die architektonische Größe des Baues. Johann Basilius Küchelbecker, der die Kirche fast fertig sah, sprach von einem Dom mit mächtiger Kuppel. Sechzig Jahre später war die Karlskirche jedenfalls schon ein Muß für die sich eben formierenden ersten Stadttouristen. Der „Neueste wienerische Wegweiser für Fremde und Inländer" von 1792 bezeichnet die Kirche St. Karl als die schönste Kirche Wiens. Gerühmt wird die freistehende Anlage auf einer Anhöhe, die achteckige mit Kupfer gedeckte Kuppel, das Portal mit den sechs korinthischen Säulen, das man über elf Stufen erreicht. Große Aufmerksamkeit erregten die beiden sehr dicken, freistehenden dorischen Säulen, auf deren Spiralbändern im Relief die Vita des heiligen Karl Borromäus dargestellt war. Im Inneren der

Säulen konnte man über eine Wendeltreppe bis zu den schon oben erwähnten vier gegossenen, vergoldeten und an den Flügeln zusammenstoßenden Adlern, die als Brüstungen dienten, hinaufsteigen.

Dem Kirchenbau, dem mit der Ausrichtung auf eine gedachte Achse Reitschulgasse/Augustinerstraße/Michaelertrakt eine heute kaum mehr erkennbare städtebauliche Intention mitgegeben ist, dürfte Teil eines viel größeren Wiener Architekturkonzeptes gewesen sein. Seine Fertigstellung zog sich aufgrund der Schwierigkeiten mit der Dachkonstruktion und der Krankheit von Johann Bernhard Fischer von Erlach, die schließlich 1723 zu dessen Tod führte, in die Länge. Wie bei so vielen anderen von seinem Vater begonnenen Bauten, stellte Joseph Emanuel Fischer von Erlach die Kirche fertig. Die Kuppel, innen ursprünglich als Kassettendecke geplant, erhielt 1725 das Kuppelfresko von Johann Michael Rottmayr. Erst 1737 wurde die Kirche mit der Weihe des Hochaltares baulich abgeschlossen. Die Karlskirche, eines der Hauptwerke des österreichischen Hochbarock, ist zugleich auch bedeutendstes Architekturwerk von Johann Bernhard Fischer von Erlach. Kunsthistoriker unseres Jahrhunderts haben ihm wegen der Anwendung charakteristischer Zeichen, die Ruhm und Tradition des Hauses Habsburg darstellen, die Entwicklung eines „Reichsstils" zugeschrieben – eine These, die heute immer nachhaltiger problematisiert wird. Allgemein akzeptabel scheint die Zuschreibung, daß Fischer von Erlach in einem „äußerst komplizierten System von Anspielungen auf das klassische Altertum" die Person des Kaisers und römischen Königs als endgültigen Überwinder der Türken und damit Retter des Christentums in den Mittelpunkt seiner architektonischen Werke gestellt und damit einen sogenannten „Kaiserstil" geschaffen hat.

Dieser konnte beim profanen Bau der Hofbibliothek noch viel mehr als beim Bau der Karlskirche zur Entfaltung kommen. Das Projekt der Hofbibliothek, zwischen 1719 und 1726 realisiert, ging aus dem Umbau eines bestehenden Reitschulbaues am Josephsplatz aus dem 17. Jahrhundert hervor. Lage, Ausrichtung und Größe des Baues waren also vorgegeben. Der Neu-

LINKS: *Das Starhemberg-Schönburg-Gartenpalais (Rainergasse 11), erbaut um 1705/06 nach einem Entwurf von Johann Lucas von Hildebrandt für Gundacker Thomas Graf Starhemberg. Rechts ist das Engelskirchnerpalais, erbaut 1710/11 für den jüdischen Hofhandelsmann Leopold von Engelskirchen, zu sehen. Kupferstich von Johann Adam Delsenbach.*

RECHTS: *Die „Neue Favorita", die Sommerresidenz Karls VI., die Maria Theresia nach dem Tod ihres Vaters im Jänner 1740 nicht mehr betreten sollte. Sie widmete diese 1746 zu einer Ausbildungsstätte (heute: Theresianum) um.*

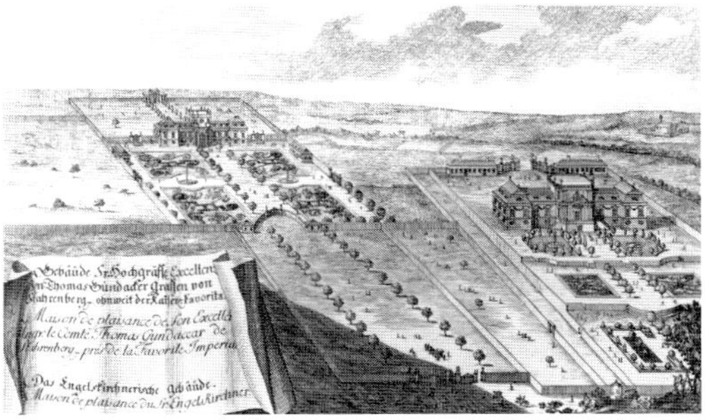

RECHTS: *Ein prachtvoller hochbarocker Bibliotheksbau: der über zwei Geschosse gehende Kuppelsaal der Hofbibliothek (heute Österreichische Nationalbibliothek) mit den Fresken Daniel Grans.*

LINKS: *Josefsplatz nach Erweiterung der Hofbibliothek durch Nikolaus Pacassi in den Jahren 1767 und 1773. Kupferstich von Carl Schütz, um 1780.*

bau stand damals noch frei und war noch nicht mit der Hofburg verbunden. (Erst in den 1760er Jahren wurde anläßlich der Umgestaltung des Platzes der Bau integriert.)

Von Beginn an war die neue Hofbibliothek als öffentlich zugänglich konzipiert. Mit Zunahme des Jahrhunderts wurde dies immer wichtiger. Wien-Führer der 1770er Jahre geben tägliche Öffnungzeiten außer Sonn- und Feiertag von 8 bis 12 Uhr, im Winter von 9 bis 12 Uhr für das allgemeine Publikum an. Um 1780 war die Bibliothek auf Hunderttausende von Bänden angewachsen. Zahlreiche berühmte Privatbibliotheken, darunter die Bibliothek des Prinzen Eugen oder jene des kaiserlichen Leibarztes und Reformers der Wiener Universität Gerard van Swieten, waren in die kaiserliche Sammlung integriert worden. Zirka vierzig Personen konnten in einem seitlich vom Prunksaal gelegenen Lesesaal auf einer langen Tafel und auf einigen Nebentischen wissenschaftlich arbeiten; Tintenfässer standen bereit, um exzerpieren und Notizen machen zu können.

Johann Bernhard Fischer von Erlach hatte die bedeutendsten historischen Bibliothekstypen zum Vorbild für die Hofbibliothek genommen; die berühmte Renaissancebibliothek des Escorial wird mit der langen, tonnengewölbten Galerie ebenso „zitiert" wie hochbarocke formale Lösungen mit dem über mehrere Geschosse gehenden rechteckigen Bibliothekssaal oder mit den in den vier Ecken des Raumes angeordneten Treppentürmen.

OBEN: *Schloß Schönbrunn, Gartenseite. Ölgemälde von Bernardo Bellotto, gen. Canaletto, um 1759.*
UNTEN: *Skulpturenschmuck aus dem Garten des Palais Schwarzenberg: Entführungsgruppe von Lorenzo Mattielli.*

Der in die Mitte gestellte längsovale Bau, der im Inneren einen über zwei Stockwerke gehenden runden Kuppelsaal aufweist, ist ein von der Idee des Gesamtkunstwerkes gekennzeichneter Bibliotheksraum. Die Fresken Daniel Grans nach dem Programm des Hofgelehrten Conrad Adolph von Albrecht mit hundertfünfzig (!) allegorischen Figuren, die Plastiken, die Bibliotheksmöbel und die Bucheinbände bilden eine formale Einheit. Im Mittelpunkt des Raumes steht die plastische Figur Kaiser Karl VI. als „Hercules Musarum" (Herkules der Musen), eine Apotheose Karls als Förderer der Künste und Wissenschaften; im Deckenfresko wird er als Apoll dargestellt. Der Hauptraum wird flankiert von je einem Kriegs- und Friedensflügel, wobei die Kaiserfigur den Besucher in den Kriegsflügel verweist.

Mit Schloß Schönbrunn, Karlskirche und Hofbibliothek sind die markanten imperialen Bauten umrissen, die das Erscheinungsbild Wiens bis heute mitprägen. Beachtenswert scheint, daß nach der Phase der Großbauten, die sich auf die Zeit zwischen 1710 und 1730 konzentrieren, nur noch mit dem Ausbau von Schönbrunn eine architektonische Manifestation der kaiserlichen Macht erfolgt, und sich Ende des Jahrhunderts die Bauten der Habsburger schon in den Dimensionen des „Privaten" bewegen.

Maria Theresia, die nach ihrer Regierungsübernahme kurzfristig das eher unrealistische Projekt eines *Espéce de serail*, eines Palastbezirkes unter Zusammenziehung der Neuen Favorita mit dem Salesianerinnenkloster am

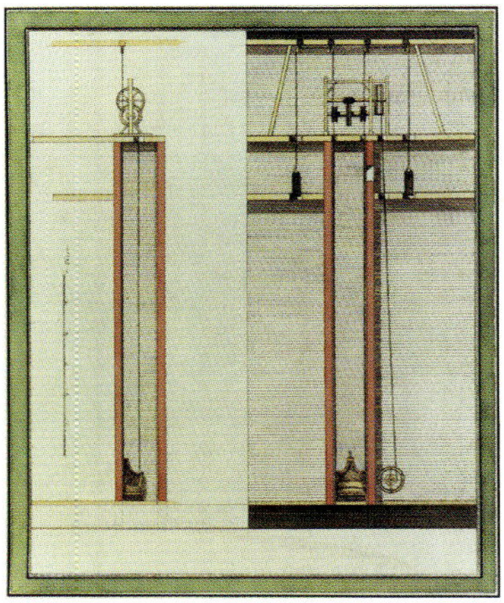

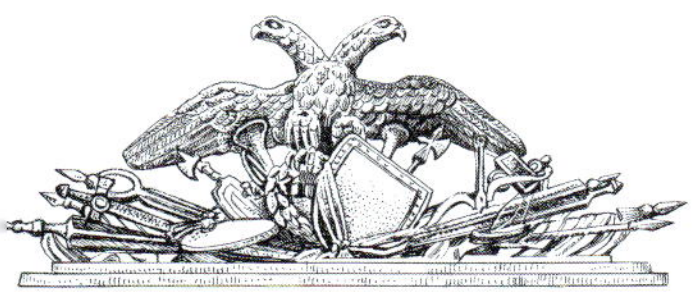

OBEN LINKS: *Die Gloriette, von Johann Ferdinand Hetzendorf von Hohenberg im Zuge der Gestaltung des Schönbrunner Schloßparkes 1772/75 errichtet.*

OBEN RECHTS: *Plan des Aufzuges zur Plattform der Gloriette. Kolorierter Kupferstich von Carl Schütz.*

UNTEN: *Das „Trophäum" am Giebel der Gloriette erinnert an die Gefallenen der österreichischen Armeen.*

Rennweg und dem Schwarzenbergischen Sommerpalais, erwogen hatte, konzentrierte sich gemeinsam mit ihrem Gatten Franz Stephan von Lothringen ganz auf den Ausbau der Sommerresidenz Schönbrunn. Das Schloß wurde zwischen 1743 und 1749 durch den jungen Architekten Nikolaus Pacassi außen teilweise, innen vollständig umgebaut. Im Inneren wechseln glanzvolle Repräsentationsräume mit aufwendig gestalteten, fast privatimen Räumen im Stil des hierorts sonst unbekannten Rokoko ab. Der Bau des 1747 eröffneten Schloßtheaters, die Anlage des kaiserlichen Tiergartens 1751/52, die Neugestaltung des Gartens und dessen Ausstattung mit Skulpturen unter der Leitung von Wilhelm Beyer, der Bau der Gloriette durch Johann Ferdinand Hetzendorf von Hohenberg und die Anlage zahlreicher Brunnen in den 1770er Jahren stellen noch Ausläufer einer spätabsolutistischen Herrschaftsauffassung dar. Aber auch Schönbrunn mußte sich den neuen gesellschaftlichen Entwicklungen anpassen. 1779 wurde – nach Prater und Augarten – auch der Schönbrunner Schloßpark öffentlich zugänglich gemacht. Vor allem an Sonntagen war er beliebtes Ausflugsziel der „besseren" Gesellschaft.

Mit dem Josephsstöckl, einem betont einfachen und schlichten Gartenhaus, das sich Joseph II. 1780 durch Isidor Canevale im Augarten als „Sommerresidenz" errichten ließ, sehen wir uns dann endgültig einem neuen Lebensstil gegenübergestellt. Karl Graf von Zinzendorf hat dieses Refugium des Kaisers beschrieben: „... das Schlafzimmer ist allen vier Windrichtungen ausgesetzt. Das Kellergeschoß ist gut durchlüftet. Im oberen Stock ein Salon mit vier ganz verschiedenen Ausblicken, auf den Augarten, auf die Stadt, auf die Donau und auf den Prater ...". Joseph II., der sich im seit 1775 geöffneten Augarten gerne unter die Leute mischte, nimmt das „bürgerliche" Lebenskonzept der ersten Hälfte des 19. Jahrhunderts vorweg.

3. Stadtalltag

Der „Neueste wienerische Wegweiser" von 1792 unterscheidet und qualifiziert 12 kleine und 7 große Plätze in der heutigen Wiener Innenstadt. Unter ihnen sind: der Hof, der größte; der Graben, der angenehmste, aber verkehrsreichste; der Hohe Markt mit der Schandbühne, ein Zentrum der Jurisdiktion; die Freyung, deren Unebenheit und Unregelmäßigkeit getadelt wird usw. Die Plätze waren im 18. Jahrhundert vieles zugleich, u. a. die Orte der großen Märkte. Am Graben wurde täglich der „Grünmarkt" (Gemüse, Obst etc.) abgehalten; außerdem durften hier die Leopoldauer Bauern das ganze Jahr hindurch Schweinefleisch anbieten. Am benachbarten Petersplatz bekam man Eier, Butter, Honig, Vögel, schwarzes und rotes Wildpret, geselchtes Fleisch, Geflügel, diverse Kräuter, Pilze, Schnecken etc.; im Winter standen hier auch die Krautschneider. Der Neue Markt war täglich Hühnermarkt und drei

„Prospect des Hohen Marckts". Kupferstich von Georg Daniel Heumann nach Salomon Kleiner.

Der Graben, der Mehlmarkt (später der Neue Markt) und der Platz Am Hof zählten zu den wichtigsten Marktplätzen Wiens; ab 1753 wurden die Märkte sukzessive an die äußeren Ränder der Inneren Stadt verlegt.

OBEN LINKS: *„Prospect des Wienerischen grünen Marckts, der Graben genannt…“, 1719. Kupferstich von Johann Adam Delsenbach nach Josef Emanuel Fischer von Erlach.*

OBEN RECHTS: *Der Mehlmarkt. Ölgemälde von Bernardo Bellotto, um 1759.*

UNTEN LINKS: *Der Mehlmarkt (Neue Markt) vier Jahrzehnte später: Der „bürgerliche“ Charakter des Stadtalltags ist bereits unverkennbar.*

UNTEN RECHTS: *Der Platz Am Hof. Kolorierter Kupferstich von Carl Schütz, 1780.*

Mal in der Woche Markt für Mehl- und Hülsenfrüchte, auf dem sich bis zu 40 Müller einfanden. Der Hohe Markt war der Standplatz der „Haeringer“, die Fisch, aber auch Geflügel verkauften. Neben Fischsorten wie Hausen wurden Schildkröten, Stockfisch und Heringe, aber auch Gänse, Enten, Spanferkel sowie Käse, Schmalz, Butter, Flachs oder gedörrte Zwetschken angeboten. An Fasttagen reichten die Fischstände bis zu den Tuchlauben. Auch „Am Hof“ wurde ein Fisch- und Grünmarkt abgehalten. Am Tiefen Graben waren die Fleischbänke, bei denen ebenfalls Geflügel aus Leopoldau angeboten wurde. Abgesehen von den genannten Standorten gab es viele kleinere Märkte wie den Grünmarkt auf der Freyung oder den Vogelmarkt auf der verlängerten Bräunerstraße und Stallburggasse.

Marktstände und -hütten wechselten mit den „Höckerweibern“, ambulanten Händlerinnen, die durch ihr lautstarkes Anpreisen der Waren bekannt waren. (Johann Christian Brand hat einige davon in den „Wiener Kaufrufen“ verewigt.) „Tragerweiber“ waren den Kunden beim Abtransport der Waren behilflich, und zahlreiche Dolmetscher schalteten sich in die Verkaufsverhandlungen ein.

Seit Mitte des Jahrhunderts waren die Marktbeamten aufgestockt worden, aber mit vier Marktrichtern und drei Fisch- und Fleischbeschauern

LINKS: *Gewichtssatz Augsburg, 2. Hälfte 18. Jh., Messing.*

MITTE: *Das Milchweib, 1775/76.*

RECHTS: *Ein Müllersbursche, 1782.*

immer noch viel zu wenige. Sie beaufsichtigten die Platzeinteilungen, kontrollierten die Maße, Gewichte und die Lebensmittel und sollten das Verwässern der Milch und den Verkauf unreifen Obstes oder verdorbenen Fleisches unterbinden. Darüber hinaus hatten sie den ungesetzlichen Zwischenhandel zu verfolgen. Die Bauern durften nur zu bestimmten Zeiten am Markt verkaufen, deshalb hatte sich der „Beruf" der „Ablöser" bzw. Zwischenhändler herausgebildet, die schon in der Früh von den Bauern kauften und – natürlich teurer – weiterverkauften. Mitte des 18. Jahrhunderts waren bis zu 1.500 sogenannte Ablöser oder „Fratschler" in Wien tätig. Zumindest in den nicht-zünftisch organisierten Geschäften liberalisierte der Magistrat den Handel. Seit 1767 war es den Bauern erlaubt, ihr Obst und Gemüse an allen drei Markttagen zu verkaufen, seit den späten 70er Jahren waren sie keinen zeitlichen Beschränkungen mehr unterworfen. Das brachte eine deutliche Verbilligung der Waren. Doch auch die „Ablöser" versuchte man zu „legalisieren": Seit 1776 erhielten sie sogenannte „Polletten", das waren Konzessionsausweise, die allerdings mit einer Marktordnung aus dem Jahre 1792 wieder abgeschafft wurden.

Aus der Serie Johann Christian Brands „Zeichnungen nach dem gemeinen Volke besonders der Kaufruf in Wien", Wien 1775: „Mädchen mit Honig und Obst", „Schneckenweib", „Wälsche Würste kauf!".

LINKS: *„Prospect des Visendischen Hauses unten den Tuchläden…". Kupferstich von Johann August Corvinus nach Salomon Kleiner, 1733.*

RECHTS: *Ehrenmonument des Hl. Johannes Nepomuk vor dem Rotenturmtor. Rechts im Bild wird das Gepäck von ankommenden Reisenden visitiert, die hier „Wasser-Maut" bezahlen mußten. Kupferstich von Johann August Corvinus nach Salomon Kleiner.*

Mitte des Jahrhunderts begann mit der sogenannten „Victualien-Märkte-Transferierung" (14. August 1753) die Verdrängung der Märkte aus dem Zentrum an die Ränder der Innenstadt. Die Fischstände wanderten vom Hohen Markt und den Tuchlauben auf den Schanzl vor dem Roten Turm, wo die Bottiche für die lebenden Fische mit Donauwasser gefüllt werden konnten und auch die Reinigung der Straßen nach den Marktzeiten einfacher war. Die „Häringer" übersiedelten auf die Brandstätte. Der Grünmarkt wanderte auf den Salzgries bzw. ebenfalls auf den Schanzl. Die Hühnerkrämer und Schmalzhändler gingen zum Verkauf auf die Seilerstätte. Schneckenweiber und Dürrkräutlerinnen mußten die Mauer des St. Petersfriedhofes mit jener des Schottenfriedhofes wechseln. Die „Kienbauern", die Kienspäne verkauften, übersiedelten vom Judenplatz auf die Freyung.

Es mangelte nicht an herber Kritik an dieser einschneidenden Veränderung. Die Märkte lagen nun viel weiter auseinander, und der Einkauf war schwieriger geworden. Joseph Richter, der mit seinen berühmten „Eipeldauerbriefen" ein die Zeiten überdauerndes Wien-Bild der 1780er und 90er Jahre vermittelt hat, schreibt über die verärgerten Dienstboten: „Mich wunderts gar nicht …, daß d'Menscher so Fux wild sind, wenns auf den Markt kommen, sind doch die Märkte so weit auseinander, daß man eine kleine Kirchfahrt machen könnt, bis man von einem zum andern kommt."

Die Märkte bildeten das Versorgungszentrum und damit das Herz der Stadt. Sie legten den Tagesrhythmus fest. Wie Johann Pezzl stark typisierend schreibt, waren es die Dienstmädchen aus den Küchen der Herrschaftshäuser und den Zimmern der Bürgerhäuser, die zwischen sechs und halb sieben in der Früh als erste (übrigens „im nachlässigen Morgenanzug") aufbrachen. „Indessen wird es auf dem Hof, der Freiung, dem Wildbretmarkt, dem Fischmarkt, der Seilerstatt, dem Bauernmarkt ziemlich lebhaft", schildert er. „Ein ganzer Strom von Köchinnen ergießt sich über diese Gegenden und führt eine ganze Schöpfung von Gemüse, Obst, Butter, Eiern, Hühnern, Enten, Kapaunen, Tauben, Fasanen, Hasen, Vögeln usw. usw. mit sich weg

RECHTS: *Bernardo Belotto, gen. Canaletto, Die Freyung von Südosten, 1758/61. Öl auf Leinwand (Kunsthistorisches Museum).*

MITTE: *Hasenbalgkrämerin. Kolorierter Kupferstich von Quirin Mark nach Johann Christian Brand, 1775/6.*

UNTEN: *Der Hühnerkrämer. Kolorierter Kupferstich von Friedrich August Brand nach Johann Christian Brand, 1775/76.*

... gegen acht Uhr trippeln die Weiber und Töchter der geringeren Kanzleibeamten, Künstler, Herrschaftsoffiziere auf eben diese Plätze (...) Das größte Gewirre auf diesen Küchenmagazinen dauert bis gegen zehn Uhr, wo es dann abnimmt."

Auf den Märkten war, wie die zeitgenössischen Wien-Besucher vermerkten, alles, was man sich denken konnte, verfügbar. Aus Oberösterreich und anderen an der Donau gelegenen Provinzen wurde Getreide, Salz, Rhein- und Moselwein, Holz und Stroh eingeführt, aus Ungarn kamen wöchentlich Fuhren von etlichen hundert Ochsen, viel Wildbret, Geflügel, Schafe, aus der Steiermark Wildbret, Wein, Geflügel, Eisen. Aus Tirol und Italien wurden Wein, Früchte, Seidenware, Samt, Strümpfe, Öl, Austern oder Seefische gebracht.

Die Mitglieder der mit Privilegien ausgestatteten Handelsgremien residierten in festen Lokalen oder „Gewölben", wo man je nach Handelszweig Apothekerwaren, Öle, aber auch Erbsen und dergleichen kaufen konnte. In manchen Gewölben wurden Marmeladen und eingemachte Säfte angeboten. Tee, Kaffee, Schokolade konsumierten jene, die es sich leisten konnten, im Kaffeehaus, wo laut Küchelbecker die Schriftsteller verkehrten und auch Zeitungen auflagen. Immerhin gab es in den 1730er Jahren schon dreißig solcher Wiener „Institutionen". Ein halbes Jahrhundert später waren es an die siebzig. In den achtziger Jahren hatte sich das Kaffeehaus, wo man auch schnell frühstücken konnte, bevor es zur Arbeit ging, in der Stadtkultur vollends etabliert.

Essen und Trinken war mehr als die Befriedigung physischer Bedürfnisse. Wien hatte seit der Beschreibung durch den Dichter und Historiographen Enea Silvio Piccolomini im 15. Jahrhundert das Image einer

LINKS: *Jean-Etienne Liotard, „La belle chocolatière" (Das Schokoladenmädchen). Öl auf Leinwand (Dresden, Staatliche Kunstsammlungen).*

MITTE: *Szene aus dem Vorstadtalltag: „Ein kaiserlicher Kanonier, eine Bierhaus=kellnerinn und der Bretzen-Bek". Aquatinta, koloriert, 1804/12.*

RECHTS: *Buchillustration von Johann Ernst Mansfeld aus:* Bildergalerie weltlicher Mißbräuche *von Joseph Richter, 1785.*

„Die tägliche Tafel der Leute vom Mittelstand, der geringeren Hofbedienten, der Kaufleute, Künstler und besseren Handwerker besteht aus sechs, acht bis zehn Gerichten, wobei zwei, drei bis vier Gattungen Wein aufgesetzt werden", berichtete der Aufklärer Johann Kaspar Riesbeck (1754–1786) in seinen kritischen Briefen eines reisenden Franzosen über Deutschland *(Zürich 1783).*

„Phäakenstadt", einer äußerst genußsüchtigen Gesellschaft. Dieses Image wurde in der Literatur des 18. Jahrhunderts durchgängig gepflegt. Lady Montagu vermerkte anläßlich ihres Wien-Besuches 1716/17 die Pracht der Eßtafeln, die sie bei Adeligen sah: „Mehr als einmal wurde ich mit fünfzig Fleischgerichten bewirtet, alle auf Silber serviert und schön angerichtet, das Dessert war dementsprechend und in herrlichem Porzellan aufgetragen; das Überraschendste ist jedoch die Vielfalt und der Reichtum ihrer Weine ... manchmal habe ich achtzehn verschiedene Sorten gezählt, alle auserlesen in ihrer Art." „Die Fülle und Vortrefflichkeit aller Arten von Lebensmitteln", berichtet sie weiter, „ist größer als an irgend einem anderen Ort, wo ich gewesen bin; und es ist nicht sehr teuer, eine glänzende Tafel zu führen. (...) Es geht (den Wienern) nichts ab außer Schalentiere, Austern haben sie sehr gerne, sie lassen sie aus Venedig kommen und essen sie sehr gierig, stinkend oder nicht stinkend."

Rund ein halbes Jahrhundert nach Lady Mary Montagus Diner-Einladung begann die Wiener Bevölkerung auch „auswärts" zu essen: in Wirtshäusern – Restaurants im heutigen Sinne gab es in den 1780er Jahren noch nicht, sie etablieren sich erst in der Biedermeierzeit – oder bei den Trakteurs, wo man zu den verschiedensten Tarifen (allerdings mit anderen Gästen aus einer Schüssel) tafeln konnte. Die Wirtshäuser hatten den Vorteil, daß man hier zu jeder Zeit speisen konnte, und es erhielt auch jeder sein eigenes Gericht, wobei man die Preise der einzelnen Gerichte erfragen mußte. Bei den wenigen Trakteurs, von denen es in der Wiener Innenstadt zirka dreißig gab, konnte man zwischen 11 und 15 Uhr gut, teuer oder billig, essen. Die Preise reichten bei Hauptgerichten von 4 1/2 Kreuzern bis zu einem

„Die Bradelbraterin". Kupferstich von Jakob Adam, der 1777 eine 100 Blatt umfassende Serie „Abbildungen des gemeinen Volkes zu Wien" herausbrachte.

Eine Köchin. Kolorierter Kupferstich von V.G.Kieninger und S. Mansfeld.

Gulden. Hier waren Leute aus allen Ständen anzutreffen: Beamte, Offiziere, Geistliche, Musikanten, Handwerksburschen, Bedienstete des Adels. Johann Pezzl nennt z. B. „Die Blaue Flasche", wo in zwei mittelmäßigen Zimmern täglich binnen drei Stunden „dritthalbhundert" Menschen speisten: „Der Tisch für 8 kr. besteht aus vier Speisen; Suppe, Rindfleisch mit einer Brühe, grüne Speise mit Beilage, Braten oder Eingemachtes. Die Portionen sind so groß, daß der einen gewaltigen Freßmagen haben müßte, welcher sich nicht vollkommen satt daran äße. Jeder Gast hat jede Speise auf einem besonderen eigenen Teller, alles von Zinn; nur das Brot liegt gemeinschaftlich da ..." Wasser wurde pro Tisch in einem Zinnbecher abgegeben, gegen Bezahlung gab es selbstverständlich auch Wein oder Bier.

An den wenigen sogenannten Wirtstafeln oder *tables d'hote* aß man gemeinschaftlich, zu einem fixen Zeitpunkt und zu einem festgesetzten Preis. Hier mußte man allerdings sehr auf die richtige Platzwahl achten, damit man zu seiner Portion kam. Auch in den neu eingerichteten Kasinos, wo vor allem Adelige, aber auch Beamte und Kleriker verkehrten, gab es *tables ronds* bzw. *tables d'hôte*.

Größere technische, rechtliche, hygienische und finanzielle Probleme als die Sicherung der Ernährung bereitete die Versorgung der barocken Stadt mit Wasser. Hausbrunnen waren die wichtigste Ressource, doch galt ihr Wasser als stark belastet und wenig wohlschmeckend. Bereits 1724 erschien die Abhandlung „Physisch-medizinische Geschichte des Brunnenwassers der Stadt Wien", die dem Wiener Wasser kein gutes Zeugnis ausstellte. Fremde wurden gewöhnlich nach einer Woche von heftigen Diarrhöen befallen.

Von gutem trinkbarem Quellwasser für alle konnte im 18. Jahrhundert keine Rede sein. Es bestand bloß ein Gemenge an Gemeinde-, Hof- und Privatwasserleitungen, die als Gefällsleitungen aus dem Wienerwald in die Stadt geführt wurden. Die „erste" Hofwasserleitung Wiens, die Siebenbrunner Hofwasserleitung, speiste seit der Mitte des 16. Jahrhunderts ein Reservoir unter der Albrechtsrampe und versorgte die Hofburg, die Neue Favorita, sowie diverse Stadthäuser und Klöster. Noch älter war die Hernalser Wasserleitung, die bis zur Mitte des 19. Jahrhunderts Ausläufe in der Alser Straße, Am Hof und am Hohen Markt hatte und das Wiener Bürgerliche Zeughaus, das Alte Rathaus und die Schranne mit Wasser belieferte.

Im Zuge des umfangreichen Bauprogramms zu Beginn des 18. Jahrhunderts finanzierten auch immer mehr Adelige den Bau von Wasserleitungen. So entstanden die Schönborn'sche oder die Liechtenstein'sche Wasserleitung. Für das Belvedere und das Palais Schwarzenberg wurde eine eigene Leitung aus Quellen am Laaerberg angelegt. (Architekt und Maschinenbauer Josef Emanuel Fischer von Erlach ließ im Palais Schwarzenberg 1722 eine „Feuermaschine" errichten, die als erste Dampf-

Die „Wiener Kaufruffiguren" wurden ab den 1750er Jahren von der (1718 begründeten) Wiener Porzellanmanufaktur in der Roßau hergestellt: Der Brezelbäck, um 1755; Die Maronibraterin, um 1760.

kraftanlage Österreichs 75 m hohe Fontänen produzierte.) Aus einer Lainzer Quelle wurde ab 1744 die Versorgung des Schlosses und der Gärten von Schönbrunn ermöglicht. Befanden sich die Quellen auf herrschaftlichen Gründen, mußten sie wie etwa im Fall der „Karolyschen Wasserleitung" (von Gründen der Grafen Althan) finanziell abgelöst werden. Mit dieser Wasserleitung konnten allerdings mehrere Auslaufbrunnen im Bereich des heutigen 4. Bezirkes (Mozartplatz) gespeist werden.

Der Wasserbedarf der Stadt stieg mit dem Wachstum der Bevölkerung. Aber auch die Ottakringer und Dornbacher Hofwasserleitungen, die große Wassermengen über die Josefstadt bis zum Neuen Markt bzw. zur Josefstädter Kavalleriekaserne und zu den Hofstallungen bringen konnten, brachten nur für einen kleinen Teil der Wiener Bevölkerung Erleichterung. Die am Wienfluß gelegenen Vorstädte, die sich nach und nach zu Industriedörfern entwickelten und bevölkerungsmäßig am schnellsten wuchsen, blieben das ganze 18. Jahrhundert hindurch ohne Wasser. Der berühmte Brillantengrund – heute der sechste und siebente Bezirk – wurde erst mit der Albertinischen Wasserleitung ab 1805 versorgt.

Das „Wasserproblem" Wiens dehnte sich mit dem schnellen Anwachsen der Vorstädte vermehrt auf die außerhalb der Stadtmauern liegenden Stadtteile aus und wurde mit der Zunahme von Bevölkerung und Verkehr in immer mehr Bereichen des Alltags spürbar. Während die Bevölkerungszahl der Innenstadt (rund 59.000) stagnierte, war die Bevölkerung in den Vorstädten seit den 1750er Jahren um mehr als 47.000 Personen auf fast 169.000 Menschen angestiegen; zudem lebten laut Johann Pezzl in den späten 1780er Jahren rund 20.000 Pferde und rund 24.000 Hunde innerhalb der Linien. Wir können heute kaum nachvollziehen, wie schmutzig und von welch üblem Geruch die kaiserliche Haupt- und Residenzstadt zu Anfang des 18. Jahrhunderts war. Man tat allerdings bereits einiges, um dem Unrat und Kot Herr zu werden; so wurden 1706 die regelmäßige Leerung der Senkgruben, der Einbau von Kanälen und das nächtliche Wegführen durch Unratwägen verpflichtend. 1724 erhielten die Straßen der Inneren Stadt eine Wölbung, so daß Spülwasser abfließen konnte. In den 1760er und 70er Jahren ging man dazu über, auch die Nebenstraßen mit gewölbten unterirdischen Schläuchen auszustatten, welche den Unrat aus den Häusern direkt ableiten sollte. Die Hauptstraßen waren bereits mit hohen gemauerten Kanälen ausgestattet, die die Abtritte und die „Gossen aus den Küchen" der meisten großen Häuser aufnahmen; aber es gab noch keine Trottoirs, die die Städter trockenen Fußes durch die sich bildenden Rinnsale geleitet hätten. Während seines Wien-Aufenthaltes beobachtete Friedrich Nicolai auf den Straßen alle 150 Schritt Löcher, in die der Abfluß von der Straße ging und die „zur Verhütung des Kindsmordes" mit Eisengittern versehen waren.

Fleischhauer und Fleischhauerin. Aquarelle, 1782.

Die Kanäle mußten sehr oft gereinigt werden, wobei es 1796 verboten wurde, den Unrat – wie bisher üblich – auf Sandplätzen nahe der Donau abzulagern. (Dieser Unrat war teilweise als Dünger verkauft worden; nun wurde er verpflichtend in das Fließwasser befördert).

Ende des Jahrhunderts war beinahe die gesamte Innenstadt mit Kanälen untergraben, die allerdings in die offenen Wasserläufe der Stadt mündeten. Diese wurden damit schnell zu gefährlichen Kloaken. Das gilt nicht nur für den Wienfluß, sondern auch für den Ottakringer-, den Alser- sowie den Währingerbach, die alle erst Mitte bzw. Ende des 19. Jahrhunderts eingedeckt worden sind. Entlang der Gewässer herrschte, wie wir aus zeitgenössischen Beschreibungen wissen, beständig ein fauliger Geruch. Erst 1794 wies eine Verordnung die Fleischhauer an, Fleischwasser, Knochen und Abfälle nicht mehr auf die Straßen zu schütten, die ohnedies von Kot, Pferdemist und Kehricht übersät waren; wenig später verbot man auch das Schwemmen der geschlachteten Pferde und Schweine im Wienfluß, der schon 1781 als schwer belastet galt und reguliert werden sollte. Das Wohnen in der Nähe des Flusses wurde als gesundheitsschädlich eingestuft.

Die Stadt litt besonders unter dem Staub. Schon im Mittelalter war es üblich geworden, prominente Plätze und Straßen mit Sandstein zu pflastern; von diesem Material, das aufgrund der starken Beanspruchung durch den Wagenverkehr viel Staub entwickelte, ging man nun im 18. Jahrhundert ab und wählte ein härteres Gestein, welches man aus den Steinbrüchen nördlich der Donau zwischen Wien und Passau holen ließ. Man gab überdies die „Katzenkopfpflasterung" (quadratisches, unregelmäßig bearbeitetes Pflaster) auf und begann die Stadt mit großen rechteckigen Steinen zu pflastern. In der Innenstadt ging man dazu über, nicht nur die Haupt-, sondern auch die Nebenstraßen zu pflastern, die Vorstädte, wo die Staubentwicklung am größten war, blieben noch bis Ende des Jahrhunderts ungepflastert. Immer wieder wurde den Hausbesitzern mehrmaliges Aufspritzen pro Tag (frühmorgens und am Nachmittag) angeordnet (1782). Zwischen 30 und 100 Personen, zumeist Taglöhner, teilweise aber auch Zuchthäusler, Bettler und Vagabunden wurden zur Reinigung der Straßen herangezogen. Schon damals war der Stadtmagistrat für das Reinhalten der Straßen und für Ausbesserungsarbeiten am Straßenpflaster verantwortlich.

Das gesamte Jahrhundert hindurch finden wir in der zeitgenössischen Literatur Klagen über die zunehmende Verkehrsbelastung Wiens. Das beständige Fahren, welches vom frühesten Morgen bis in die späteste Nacht dauerte, strapazierte offenbar die Nerven der Stadtbewohner. Die Straßen vor Häusern reicher Personen, welche krank waren oder im Wochenbett lagen, wurden daher oftmals knöchelhoch mit Stroh bestreut, berichtet Friedrich Nicolai. Dies wiederum führte besonders nachts zu Unfällen, da man das Kommen der Wägen nicht mehr hören konnte. Auch das Schnellfahren wurde beklagt, wie aus den zahlreichen Verordnungen dagegen hervorgeht.

In zeitgenössischen Schriften wurde die Verkehrsplage in der Innenstadt immer wieder beklagt. (Das Verkehrsaufkommen auf dem Michaelerplatz; Buchillustration von Johann Ernst Mansfeld. Aus: Bildergalerie weltlicher Mißbräuche *von Joseph Richter, 1785)*

Der dichter werdende Verkehr ist zweifelsohne ein neues Phänomen. Relativ spät, im letzten Drittel des 17. Jahrhunderts, etablierten sich in Wien „Lohnwagen" und „Fiacres", die angemietet werden konnten. Sie unterschieden sich insofern voneinander, als erstere unnumeriert waren und quasi als Ersatz für eine eigene Kutsche stundenweise, aber auch für Tage, Wochen oder Monate angemietet werden konnten, während die Fiaker an drei Seiten deutlich mit Nummern bezeichnet werden mußten, also für etikettemäßige Besuche nicht standesgemäß waren. Der Aktionsradius der Lohnkutschen und Fiaker war auf eine 4-Meilen-Grenze festgelegt. Man unterschied Stadt- und Vorstadtlohnkutschen. Wollte der Fahrgast weiter hinaus, mußte er zu den Landkutschern wechseln, denen es wiederum nicht erlaubt war, die Pferde zu tauschen. Für weitere Strecken war man schließlich auf die Postkutschen angewiesen.

Das Aufkommen des „neuen" Transportmittels Tragsessel ist in vielen europäischen Städten (wie etwa in London oder Paris) zu beobachten. In Wien faßten die Tragsessel mit der Vergabe des Gewerbes 1703 an den kaiserlichen Kammerdiener Heinrich Ernst Rauchmiller Fuß und wurden rasch zu einem brauchbaren, wenn auch äußerst teuren innerstädtischen „Verkehrsmittel". Die Tarife waren gesetzlich geregelt: So kostete die „Fahrt" mit dem Tragsessel 14 Kreuzer, eine „Wartestunde" 6 Kreuzer, für einen ganzen Tag durften maximal 1 Gulden und 30 Kreuzer verrechnet werden. Als Joseph II. 1781 das Gewerbe freigab, existierten immerhin über hundert Tragsessel in Wien, die sich auf sechs Standplätze verteilten. Beide – Lohnkutschen wie Tragsessel – dienten fast ausschließlich der Beförderung von Einzelpersonen. Mit den „Zeiselwägen", einfachen Bauernleiterwagen mit Sitzbrettern,

LINKS: *„Laufer" (aus einem Kupferstich nach Salomon Kleiner): Der vor oder neben den Karossen laufende „Laufer" hatte die Aufgabe, dem Wagen mit Stöcken freie Durchfahrt zu schaffen; in der Nacht trug er Windlichter oder Fackeln voraus, um die Fahrwege auszuleuchten.*

RECHTS: *Straßenpflasterer vor dem Hochfürstlich Liechtensteinschen Haus. Zeitgenössischer Kupferstich.*

die mit Rohrdecken gegen die Witterungseinflüsse ausgestattet waren, bürgerte sich etwa ab 1740 ein frühes Massentransportmittel ein. Sie waren für die unteren Bevölkerungsschichten erschwinglich und verkehrten auch außerhalb der Linien. Im Winter dienten diese Wägen vielfach dazu, den Unrat aus der Stadt zu bringen, im Sommer fuhren sie die Wallfahrer nach Mariazell oder Maria Taferl. Die Zeiselwägen wurden aber auch zu Ende des Jahrhunderts das bevorzugte Transportmittel der bürgerlichen Bevölkerungsschichten für die ersten Landpartien.

Welches Ausmaß der Verkehr zu Ende des 18. Jahrhunderts erreicht und wie dies von den „Fußgängern" empfunden wurde, wird in der zeitgenössischen Literatur eindringlichst geschildert: „Wien hat dreitausend Herrschaftswagen, 599 numerierte Fiaker, 300 sogenannte Lohnkutschen und noch etwa dreihundert Landkutschen und Chaisen von Privatleuten ... Das Heer aller inner den Linien wohnenden Reit- und Zugpferde macht einen Haufen von 20.000 Köpfen ... Das Gefahre ist unaufhörlich, besonders in den Hauptstraßen und an Feiertagen viel heftiger als an gemeinen Tagen. Stellt man sich an einem Sonntagsabend im Sommer auf den Stock-im-Eisenplatz, auf den Graben oder Kohlmarkt, so befindet man sich zwischen 8 und 10 Uhr in einem beständigen Donnergerassel. Die Wagen dringen zu allen Toren herein, alles, was den Tag auf dem Lande, in den Vorstädten, im Prater und Augarten genossen hat, eilt dann nach Hause. Ein Provinzler, der zum erstenmal in die Residenz kommt, schleicht anfangs wie ein Strauchdieb an den Häusern hin und glaubt sich bei jedem Kutscherschrei unter Rädern und Pferdehufen zerschmettert."

Dem großen Verkehrsaufkommen trug man auch insoferne Rechnung, als man im Laufe des 18. Jahrhunderts nun solche Bauwerke, die „Passagen" verstellten, demolierte. So wurde z. B. das Peilertor, das ursprüngliche Südtor des Römerlagers Vindobona an der Ecke Graben/Tuchlauben, 1732,

„Nachtwächter" und „Schornsteinfeger". Kupferstiche aus der Kaufrufserie von Jakob Adam, 1777.

das Rotenturmtor, das noch aus babenbergischer Zeit stammte, 1766 geschliffen. 1769 ließ Joseph II. den „Augustinergang" , der den Platz vor der Hofbibliothek verbarrikadierte, abreißen. Nicht zuletzt ist auch die Regulierung des Stephansplatzes ab 1792 (bis 1803) als verkehrsverbessernde Maßnahme einzuordnen.

Kaum vorstellbar erscheint uns heute das Bild einer dunklen, unbeleuchteten Stadt. Noch zur Zeit der Zweiten Türkenbelagerung 1683 konnte man sich nach Einbruch der Dunkelheit nur durch das Mittragen von Fackeln und Handlaternen ein wenig Licht auf den Straßen verschaffen. Der Aufenthalt in den nächtlichen Straßen war ein Sicherheitsrisiko und deshalb verboten. Dieser Umstand lieferte auch das Hauptargument für die Einführung der Illuminierung der Stadt: „Wegen so mannigfaeltigen veruebten Insolentien, auch begangenen Mordthaten" wurde per Verordnung vom 24. September 1687 die Beleuchtung der Straßen und Plätze vorgeschrieben. Vorerst führte man in der Dorotheergasse mit 17 Laternen eine Art Probebeleuchtung durch. Jedoch bereits am Pfingstsamstag des folgenden Jahres konnte erstmals die ganze Innenstadt beleuchtet werden. Innerhalb eines Dreivierteljahres hatte man Tausende Laternen an den Häusern auf Stangen, in ca. 15 Fuß Höhe und alle 16 Schritte angebracht, so daß die Gassen nun hell erleuchtet waren. In einem gewaltigen Arbeitsaufwand hatten Schlosser und Klampferschmiede aus den Vorstädten den Stadtmeistern unter Zwang helfen müssen. Sogar Handwerker aus niederösterreichischen Städten waren zur Mithilfe herangezogen worden.

Die Durchsetzung der Illuminierung der ganzen Innenstadt und insbesondere deren Finanzierung waren durch den Stadtmagistrat erfolgt. Ab nun hatten die Hausbesitzer Sorge und Kosten zu tragen, was organisatorisch – es mußten jeden Tag Unschlitt nachgefüllt bzw. die Lampen geputzt werden – schwierig wurde. Da sich das System der Selbstverwaltung der Beleuchtung durch die Hausbesitzer nicht durchsetzte, wurde seitens des Stadtmagistrates ein eigenes Beleuchtungscorps – diese uniformierten Männer trugen braune Röcke mit roten Aufschlägen und Säbel – gebildet, das bis 1810 bestand.

Die Vorstädte blieben weiterhin dunkel. Lediglich die Strecke nach Schönbrunn, vom Burgtor durch die Vorstadt bis zur Mariahilfer Linie und von hier bis zum Schloß, waren unter Maria Theresia mit Laternen versorgt worden, die jedoch nur entzündet wurden, solange sich der Hof in Schönbrunn aufhielt. 1776 stellte man dann im Zuge der „Verschönerung" des Glacis entlang der Ringmauern Laternen auf. Bis dahin hatte das Glacis, das immerhin rund 500 Meter breit war und das es zu überqueren galt, um in die Vorstädte zu kommen, als besonders unsichere Gegend gegolten. Erst in der Folge ging man schrittweise auch an die Illuminierung der Vorstädte.

*) SCHUHKNECHTE UND STADTGUARDISTEN

Das Versagen der Stadtguardia während des Aufstands der Schuhknechte bewirkte, daß 1723 die neue Leopoldstädter Kaserne mit zwei Kompanien „Bayreuther Dragoner" belegt wurde. Später stationierten zeitweilig auch Infanteristen der Regimenter Deutschmeister und Daun (rechts) *in der Stadt.*

Licht und Sicherheit sind heute eng miteinander verknüpfte Begriffe. Dennoch erscheint uns gerade die erste Hälfte des 18. Jahrhunderts noch als recht unsichere Zeit. Dies lag nicht zuletzt an jenen „Berufsgruppen", die für Ordnung und Sicherheit in der Stadt zu sorgen hatten. Da waren zum einen die Stadtguardisten, die ursprünglich die Bewachung der Stadttore, der Befestigungsanlagen, dann zunehmend landesfürstliche Dienste wie die Bewachung von Prozessionen oder kaiserlichen Gebäuden über hatten und die uns in der zeitgenössischen Literatur als ziemlich rauhe Burschen gegenübertreten. Johann Basilius Küchelbecker etwa hat sie nicht eben vorteilhaft be-

Lehrbrief des Fleischhackergewerbes für Franz Lehner aus Wien, um 1770.

schrieben: „... schlecht und übel ausgebildete Leute, Fleischer, Schuhflicker, Scherenschleifer, Kesselflicker", die nicht mehr als 6 Gulden pro Jahr bezahlt erhielten.
Wegen der schlechten Bezahlung erhielten sie Sonderrechte wie den Weinausschank zugebilligt. Sie errichteten vielfach illegal auf den Basteien kleine Basteihäuschen, die sogenannten „Batznhäusln", die sich zu beliebten Wirtshäusern mit Prostitutionsgewerbe entwickelten. Darüber hinaus trieben die Stadtguardisten oft einen regen Warenhandel, indem sie in den Vorstädten billig erworbene Waren in der Stadt teuer weiterverkauften.
Ihnen zur Seite stand die Rumorwache, eine Art Geheim- bzw. Fremdenpolizei, die in den vier Stadtvierteln auf Patrouille ging und die mit zwei Meter langen, mit einer Eisenspitze versehenen Springstöcken ausgerüstet war. Sie wurde ab 1718 auch Stadtsicherheitswache genannt, später taucht auch der Name „Polizei" für sie auf. Die Rumorwache sollte speziell auf die Einhaltung landesfürstlicher Gebote und Verbote achten bzw. Fremde, die sich illegal in der Stadt aufhielten, aufstöbern. Neben „der Ergreifung von Mördern, Einbrechern und Dieben sollten sie den Gotteslästerern (betrunken oder nüchtern), den Zauberern, Wahrsagern und ihren Kunden, den leichtfertigen, unzüchtigen Personen, den Ehebrechern/innen, jenen, die Blutschande oder Nötigung betrieben, den männlichen und weiblichen Betrunkenen, den christlichen und jüdischen Wucherern, den Handwerkern, die Sonn- und Feiertag arbeiteten, jenen, die an Fasttagen Fleisch kauften oder aßen, jenen, die zur Gottesdienstzeit in Garküchen oder Kellern saßen, die zur Nachtzeit in Trinkstuben und Kellern blieben,

„Der Baterleinmacher", „Der Federschmucker", „Der Knöpfmacher". Kupferstiche von Christoph Weigel aus: Abraham a Sancta Claras Schrift Etwas für Alle/Das ist/Eine kurtze Beschreibung/Allerley/Stands-Ambts/und Gewerbs'Persohnen ..., *Würzburg, Halle, Nürnberg 1699–1733.*

die offen eine Waffe trugen und bei Nacht mit entblößtem Degen gingen, die öffentlich Würfel oder Karten spielten, auf die Spur und auf die Schliche kommen ..." – so umriß Viktor Bibl in seiner Geschichte der Wiener Polizei deren weites Betätigungsfeld.

Besonders auf das Aufstöbern der Bettler war die parallel agierende, Mitte des 17. Jahrhunderts installierte Truppe der „Tag- und Nachtwache" ausgerichtet. Sie sollte ursprünglich vor allem die Stunden ausrufen, nächtliches Singen und Musizieren abstellen, Nachtschwärmer und Tumultanten heimführen, sowie die Einbringung der Bettler beaufsichtigen. In den 1730er Jahren auf eine dreißigköpfige Truppe angewachsen, wurden die Wächter im Volksmund als „Bettelfänger" bezeichnet.

Das Einvernehmen dieser drei gleichzeitig agierenden Wachen war gering, vor allem Stadtguardia und Rumorwache gerieten oftmals aneinander. Ihre größte Bewährungsprobe sollten beide Institutionen im Jahre 1722 haben: Der Aufstand der Schuhknechte, der am 21. Oktober begann, ließ die Gegensätzlichkeiten der beiden Wachetruppen kulminieren. Im Zuge der Tumulte, in deren Verlauf Werkstätten besonders verhaßter Meister gestürmt, geplündert und sogar angezündet worden sind, stellte sich die Stadtguardia, unter der sich einige Schuhknechte befanden, auf die Seite der Schuhmachergesellen und gegen die Rumorwache, die Schießbefehl erhalten hatte. 7 Personen, darunter ein Schneider, ein Schuster, zwei Schuhknechte, zwei Bäcker

LINKS: *„Ein Kayserlicher Trabant". Kupferstich von C. Luyken.*

RECHTS: *Österreichischer Kürassier-Rittmeister* (links) *und ein Grenadier-Tambour, um 1740.*

und eine junge Frau wurden getötet und viele verletzt. Das Militär rückte in die Stadt ein, und zwei der Hauptrādelsführer wurden gehenkt. Diese Vorkommnisse bildeten den Startschuß zur Auflösung der Stadtguardia, die jedoch erst 1751 mit der Gründung der Wiener Polizei definitiv wurde. Karl VI. forcierte vorerst die ständige Einquartierung einer Garnison in Wien. Die Leopoldstädter Kaserne in der Nähe des Tabor, die erste Kaserne Wiens, wurde 1723 eröffnet. (Bis dahin waren die Soldateneinquartierungen immer noch in Privathäusern erfolgt.) Zwei Kompanien der „Bayreuther Dragoner" sollten von nun an die Vorstädte schützen. Die Präsenz des Militärs hatte sich im Laufe des Jahrhunderts drastisch verstärkt; an markanten Punkten – vor allem an den Glacisrändern – wurden verstärkt Kasernen gebaut. 1748 zogen zwei Bataillone des Infanterieregimentes Graf Kolowrat in die Salzgrieskaserne, die fast die gesamte nördliche Länge des Salzgrieses einnahm, ein. 1753 wurde die große Getreidemarktkaserne bezogen und im selben Jahr die Alser Kaserne, die (auf dem Areal der heutigen Nationalbank) bis zu 6.000 Soldaten fassen konnte.

Es folgten neben Kasernen in Penzing und Mauer 1770 die Heumarktkaserne, 1777 die Josefstädter, 1786 die Gumpendorfer Kaserne. Wien war so auch zur Garnisonstadt geworden, auch wenn vorerst die Soldaten im Alltagsleben noch eine eher unauffällige Rolle spielten ...

4. Der Aufstieg der Vorstädte

1686 wurde die Wiener Stadtvedute des Folbert Alten-Allen erstmals aufgelegt. Diese Graphik, die den Zustand Wiens vor den Kriegsereignissen von 1683 zeigt, ist eine der raren Quellen, aus denen wir ein Bild von den Vorstädten zu Beginn dieses Jahrzehnts gewinnen können. Im Vordergrund dieser Graphik sind die Siedlungen entlang der heutigen Währinger Straße und der Alser Straße zu sehen, an die sich in beide Richtungen die übrigen Vorstädte anschließen. Den zentralen Blickpunkt des Blattes bildet allerdings die sich erhaben präsentierende Stadt mit ihren mächtigen Befestigungsanlagen, geschützt durch die Stadtmauer, die Basteien und Ravelins. Das Glacis, jener Streifen Land von etwa fünfhundert Metern Breite, der die Distanz zwischen der Stadt und den Vorstädten schuf, zeigt sich sehr belebt.

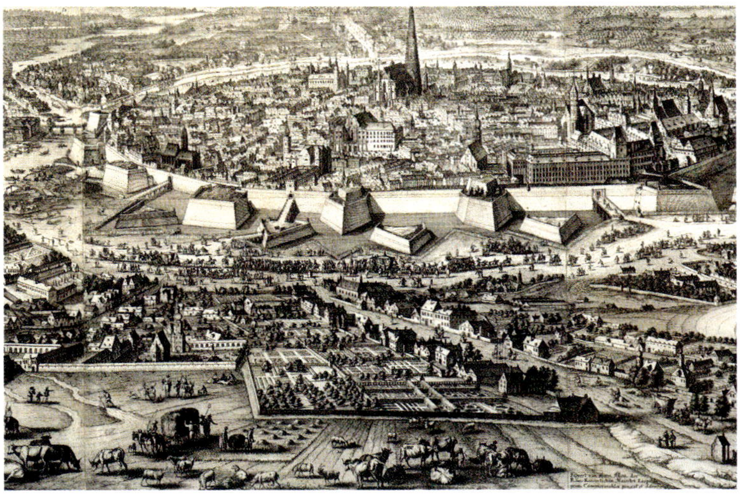

Folbert Alten-Allen, Vogelschau der Stadt Wien vom Westen her, 1683 (1686), Kupferstich. Die Stadtvedute zeigt den Zustand Wiens und seiner Vorstädte vor der Zweiten Türkenbelagerung. Im Bildvordergrund die Währinger und die Alser Straße, die zum Schottentor hinführen. Im Bildmittelgrund die befestigte Stadt, die vom Kranz der Vorstädte umgeben ist.

„Vue de la Ville de Vienne, de ses Fauxbourgs et de ses Environs". Kolorierter Kupferstich von F. C. Zoller, 1785.

Fast zu spät – bereits am Tag darauf sollten die Türken den Belagerungsring um Wien schließen – waren am 13. Juli 1683 die Vorstädte, die völlig ungeschützt vor der Stadt lagen, von den Verteidigungstruppen der Habsburger eingeäschert und zur Gänze zerstört worden Während die reichen Stadtbewohner Wien bereits verlassen hatten, strömten nun die zumeist mittellosen Bewohner der Vorstädte in die Stadt hinein. Es wird geschätzt, daß in diesen Wochen des Sommers 1683 sich an die 70.000 Menschen in der Stadt zusammengedrängt haben. Die Folgen der Belagerung waren verheerend. Ein Schadensbericht über die im Besitz der Stadt stehenden Gebäude gibt nur einen marginalen Eindruck der Verwüstungen wieder: Sämtliche Stadttorbrücken waren zerstört, alle Brücken über den Wienfluß abgebrochen. Niedergebrannt waren die Fletzstadel mit dem Bauholz, der Arsenalstadel mit den Markthütten, die Schmelzhütte, der Metzenleihenstadel, das Waschhaus (in der Leopoldstadt) und die Häuser des Freimannes und des Mistrichters. Stark beschädigt waren die Soldatenwachthäuser, die Steinmetz- und die Flecksiederhütte. Von allen Gebäuden, die der Stadt gehörten, waren die Schindeldächer abgedeckt. Die von Hernals und Nikolsdorf kommenden Wasserleitungen waren weitgehend devastiert, ebenso – verursacht durch die schweren Geschütze und Munitionswagen – die gesamte Straßenpflasterung; Straßen und Plätze waren durch das Kriegsvolk, durch Pferde, Kühe, Ochsen und was sonst noch zum Troß zählte, in Mitleidenschaft gezogen. Allein die Schäden an städtischem Eigentum wurden auf 33.370 Gulden geschätzt.

Für die Vorstädte wurde die Türkenbelagerung von 1683 zum Wendepunkt ihrer Geschichte. Ein völliger Neubeginn mußte stattfinden. Auf lange Sicht entscheidend wurde die Anlage eines zweiten Befestigungsringes, des Linienwalles, der nicht nur militärische, sondern als Steuergrenze auch finanzpolitische Bedeutung gewann. Die Sicherung und Begrenzung des Terrains begann, gemeinsam mit der stärkeren wirtschaftlichen An-

Ansicht vom Glacis gegen die Karlskirche, das Belvedere und den Fürstl. Schwarzenbergischen Garten, 1780; das Glacis zeigt sich hier noch ohne die Bepflanzung mit Bäumen. Kolorierter Kupferstich von Johann Ziegler, um 1780.

bindung an die Stadt, die Figuration der Vorstädte zu bestimmen. Der rein agrarische Charakter wurde durch die Niederlassung von Handwerks- und Dienstleistungsbetrieben verdrängt. Die Zunahme der Wohnbebauung bot einer rasch wachsenden Stadtbevölkerung (und darunter vor allem den städtischen Unterschichten) die Möglichkeit, hierher auszuweichen.

Die unmittelbarste Aufwertung erfuhren die Gebiete allerdings durch die Anlage der großen adeligen Sommerresidenzen. Nach 1683 sind viele große, repräsentative Gartenpalais in den Vorstädten verwirklicht worden, davon besonders weitläufige wie das Belvedere, das Palais Schwarzenberg oder das Palais Liechtenstein. Es war für die Adeligen leicht, in den noch weitgehend agrarisch bestimmten Vorstädten geeignete Bauplätze zu finden. Schwieriger wurde es in den westlichen Vorstädten wie Mariahilf, Gumpendorf oder Josefstadt, wo die Bebauung schon stärker dominierte und daher die die Palais begleitenden Gartenanlagen nicht so großzügig ausgestaltet werden konnten. Die in einer Art Vorstadtkante gebauten Palais Trautson und Weltz-Rofrano (später Auersperg), die wie alle anderen Palais ihre Fassade der Stadt zuwandten, erhielten in dieser Funktion wenige Jahre später von den neuen kaiserlichen Hofstallungen und der Karlskirche Unterstützung. Mit diesen Monumentalbauten wurden „Eingangssituationen" in die Vorstädte geschaffen, die heute noch im Stadtbild spürbar sind.

Der schon länger projektierte Befestigungsgürtel um die Vorstädte, der sogenannte Linienwall, wurde 1704 realisiert. Er trug ganz wesentlich zum Aufschwung der Vorstädte bei. Unmittelbarer Auslöser für den Bau war die seit 1703 schwelende Gefahr eines Angriffes auf die Stadt Wien durch aufständische Ungarn unter Ferenc II. Rákoczi, den sogenannten Kuruzzen.

Die Festlegung der Baulinie sollte allerdings mehr Zeit in Anspruch nehmen als die Bauausführung des Walls. Das ist nicht verwunderlich, wurde doch mit der Baulinie zugleich die künftige Ausdehnungsfläche der Vorstädte und damit der kaiserlichen Residenzstadt festgelegt. Von

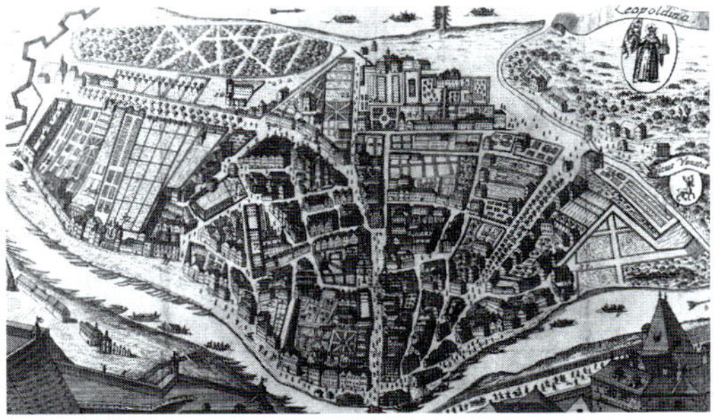

OBEN LINKS: *St. Marx, im Hintergrund die Rochuskirche. Kupferstich von Johann Adam Corvinus nach Salomon Kleiner, 1733.*

OBEN RECHTS: *Die Vorstadt Hernals mit Kirche und dem Kalvarienberg. Kupferstich von Georg Daniel Heumann nach Salomon Kleiner, 1724.*

UNTEN LINKS: *„Ein Theil der Leopoldstadt". Kolorierter Kupferstich von Johann Ziegler, 1781.*

UNTEN RECHTS: *Grundriß der Vorstadt Leopoldstadt, Ende 17. Jh.*

übergeordneter Bedeutung war die militärische Planung. Es sollte jedenfalls genug unverbaute Fläche übrigbleiben, um den Aufmarsch der Verteidigungstruppen besser organisieren zu können und um im Kriegsfall die Versorgung der Stadt aus den Feldern, den Obst- und Gemüsegärten sicherzustellen.

Beginnend bei St. Marx an der Donau, arbeitete man sich in einem weiten Ring, ungefähr der heutigen Gürtelstraße entsprechend, bis nach Lichtental wieder an die Donau vor. Die Leopoldstadt, deren Schutz lange diskutiert worden ist, blieb unbefestigt. Der 13,5 km lange und 3,5 Meter hohe Erdwall war dann relativ schnell gebaut: Ab dem 26. März 1704 waren täglich bis zu 1.000 Mann zwischen 18 und 60 Jahren großteils mit ihren eigenen Schaufeln und Krampen im Einsatz, da man seitens der Stadt nicht genügend Werkzeug zur Verfügung stellen konnte. Alle innerhalb der neu entstehenden Linien wohnenden und im entsprechenden Alter befindlichen Männer und auch Frauen wurden zur Schanzarbeit verpflichtet, egal ob adelig, geistlich, Handwerker oder Bauer. Natürlich konnte man sich auch durch Stellung eines Vertreters davon befreien; durch die zweimal eingehobene Schanzsteuer konnte der Bau noch beschleunigt werden. Nach seiner ersten und bis 1848 einzigen Bewährungsprobe gegen die Kuruzzen, sollte die tatsächliche Fertigstellung dann noch viele Jahr dauern. 1735 (nach anderen

Darstellungen allerdings schon 1720) erfolgte die Verkleidung der Eskarpe (der inneren Grabenböschung) mit Ziegelmauerwerk.

Wien hatte mit dem Linienwall einen zweiten Verteidigungsring, aber auch einen weiteren Kontrollmechanismus erhalten. Zum „Passieren" der Linien standen (gegen Ende des Jahrhunderts) 9 Tore zur Verfügung: das St. Marxer Tor an der Hauptstraße nach Preßburg, das Favoritentor an der Straße nach Laxenburg oder Ödenburg, das Wienerbergtor an der Hauptstraße nach Baden und in die Steiermark, das Hundsturmer oder Schönbrunner Tor, das Mariahilfertor an der Hauptstraße nach Linz, dann das Lerchenfelder-, das Hernalser-, Währinger- und Nußdorfertor, welche in die vorgelagerten Dörfer führten bzw. auf die großen Ausfahrtsstraßen. In der Leopoldstadt mußte man die Tabormaut passieren. Die Position dieser Tore ist an vielen Stellen der Stadt noch heute erahnbar, so etwa beim Matzleinsdorfer Platz am Beginn der Triester Straße oder bei der Kreuzung Schönbrunner Straße/Gürtel, wo man gleichsam stadteinwärts in den ehemaligen Vorstadtbereich eintritt.

Für das Passieren der Linientore mußte man ebenso bezahlen wie für den Eintritt in die Stadt selbst. Karl Graf Zinzendorf hat anläßlich seiner Ankunft in Wien im Februar 1761 genau Buch geführt: „... Um vier Uhr nachmittag kam ich nach Purkersdorf, ich ließ mir eine Kalesche mit zwei Pferden geben. Ich passierte Maria Hülf, Brunn und Hütteldorf, wo ich zwei Kreuzer geben mußte, die Linien, wo ich neun gab, und das Burgtor, wo ich vier Kreuzer Sperrgeld zahlte." In den 1780er Jahren dienten die mit Poli-

Die Wieden zu Beginn des 18. Jahrhunderts. Detail aus dem Plan von Leander Anguissola/Jacob Marinoni, 1706, Grundriß von Wien zu Anfang des 18. Jahrhunderts, Kupferstich/Radierung kombiniert. Die Vorstädte waren während der Zweiten Türkenbelagerung weitgehend zerstört worden. Der Plan intendierte, das Wachstum der Vorstädte genau festzuhalten.

In der Gaststube des Wirtshauses „Zur Schnecke". Aquarell, 1772. Das Wirtshaus „Zur Schnecke" auf dem Graben war ein beliebtes Bierhaus, in dem sich die Raucher trafen.

zeiwachen und Mautbeamten besetzten Linientore vor allem der Verhinderung der Einfuhr von Schmuggelware. So war die Einfuhr aller ausländischer Waren, ebenso die von Rauch- und Schnupftabak verboten.

Die Vorstädte des 18. Jahrhunderts hatten noch wenig gemein mit den politischen Einheiten der Bezirke, zu denen sie im 19. Jahrhundert verschmelzen sollten. Sie bauten vielmehr auf den grundherrschaftlichen Rechten auf. Um 1780 zählte man im Gebiet der heutigen 8 Bezirke innerhalb des Gürtels rund dreißig Vorstädte unter Namen wie „Hundsturm", „Magdalenengrund", „Ulrichsdorf", „Strotzischer Grund", „Thury", wobei Weiskern in seiner Topographie (1770) noch zwischen den „eigentlichen Vorstädten", den „Dörfern und Gütern der Stadt" sowie „herrschaftlichen Freygründen und Landgütern" unterschieden haben wollte; in den 1780er Jahren ging man dazu über, diese Unterscheidungen nicht mehr anzuführen und die Grundherrschaften und Dörfer allgemein als die „Vorstädte" zu bezeichnen. Die größten Grundherren in den Vorstädten waren kirchliche Institutionen wie etwa Stift Klosterneuburg oder das Schottenstift. Dazwischen gab es vereinzelte adelige Grundherrschaften wie etwa jene der Liechtensteins im heutigen neunten Bezirk.

Das zunehmende Wachstum der Vorstädte ließ Wien langsam zur Großstadt werden. Schon die frühen Stadt-Reisenden wie Lady Mary Montagu waren sich einig, daß Wien erst in Zusammenhang mit den Vorstädten London oder Paris vergleichbar würde. Das Projekt einer Vereinigung der Stadt mit den Vorstädten und die damit verbundene Schleifung der Basteien und des Glacis sollte Ende der 1760er Jahre bereits Maria Theresia intensiv beschäftigen, die den Plan einer Art „Ringstraße" um die Stadt zur Linderung der Wohnungsnot hegte. Das Projekt scheiterte unter anderem am Einwand der Militärs, die das in seinem Kern aus der frühen Neuzeit stammende

„So lebt man am Spitelberge im Extra Zimer". Kupferstich von Hieronymus Löschenkohl. Auf dem Spittelberg im heutigen 7. Bezirk gab es einige berühmt-berüchtigte Wirtshäuser, die ein Zentrum der Prostitution waren.

Konzept der Verteidigung der Stadt nicht aufgeben wollten. Die Anlage einer Umfahrungstraße sowie von Verbindungsstraßen zu den Vorstädten, die als Alleen konzipiert wurden, brachte immerhin eine erste Alternative zur bisherigen rigorosen Abschottung (vgl. dazu auch S. 115f.).

Indessen begannen die Vorstädte rapide zu wachsen, allerdings in wenig koordinierter oder geplanter Weise. Mitschuld daran trug die komplizierte Besitz- und Verwaltungsstruktur. Wie bereits erwähnt, gab es drei verschiedene „Klassen" von Grundherrschaften, die verhältnismäßig autonom handelten. Kirche, Adel und Stadtmagistrat – der Landesfürst hatte praktisch keine Besitzungen außerhalb der Stadt – standen sich als Grundbesitzer oft rivalisierend gegenüber. (Mit dem Patent des Burgfriedens von 1698 wurde immerhin eine gewisse rechtliche Struktur der Vorstädte geschaffen, die bei der Betrachtung des Magistrats auf S. 106ff. noch näher ausgeführt wird.) Die unterschiedliche Interessenslage führte dazu, daß mit Fortschreiten des Jahrhunderts eine ziemlich unkoordinierte kleinteilige Parzellierung der Gründe erfolgte und die planmäßige Aufschließung mit Rücksicht auf die Stadtentwicklung verhindert wurde. Die Stadt versuchte immerhin, einzelne Vorstädte – 1727 etwa kaufte sie dem Grafen von Sonnau Margareten ab – ganz an sich zu bringen, um die Zersiedelung zu verhindern und die eigene rechtliche Position zu stärken. Ein solitäres Gegenbeispiel stellt lediglich die Verbauung der Vorstadt Lichtenthal dar, eine 1705–1712 von Fürst Johann Adam Fürst von Liechtenstein geplante Wohnsiedlung aus fünf rechteckigen schmalen Baublöcken für seine Bediensteten und für Gewerbetreibende.

Pater Matthias Fuhrmann hat in seiner Beschreibung Wiens im Jahre 1770 der topographischen Entwicklung der Vorstädte besondere Aufmerksamkeit gewidmet. Er nennt 32 Vorstädte, darunter auch einige die uns namentlich nicht mehr viel sagen wie etwa Carlstadt in Lichtentahl, Spärck-Bühel (alle Wien IX.), Im Schoeff oder Razenstädtl (heute Wien VI.). Die meisten sind indes heute noch im Wiener Sprachgebrauch präsent wie die Leopoldstadt, Spittelberg, Josefstadt, Wieden oder St. Marx.

Bis zur Mitte des Jahrhunderts hatte die Stadt ihre erste Phase im Wachstum der Bevölkerung abgeschlossen. Die Bevölkerungsdynamik wurde von nun an von den Vorstädten getragen. Ein steter Verdrängungsprozeß aus der Stadt erfaßte nicht nur die Armen, die kleinen Gesellen und die Handwerksmeister mit ihren Familien, sondern auch kleine Beamte, Angestellte und Kaufleute.

Während die Einwohnerzahl Wiens von 1754 bis 1797 nur noch leicht von 54.340 auf 59.303 anstieg, nahm die Bevölkerung der Vorstädte im selben Zeitraum von 121.269 auf 168.976 Einwohner zu. (In den sogenannten Vororten außerhalb des Linienwalls lebten vergleichsweise 1754 15.720 und 1797 38.970 Menschen.) Parallel zum Wachstum der Bevölkerung stieg auch die Anzahl der Häuser stetig. Zählte man 1766 noch insgesamt 3190 Häuser, so waren es 30 Jahre später schon 5.199 – wobei die Angaben in der zeitgenössischen Literatur differieren. Zu dieser Zeit gab es bereits eine erhebliche

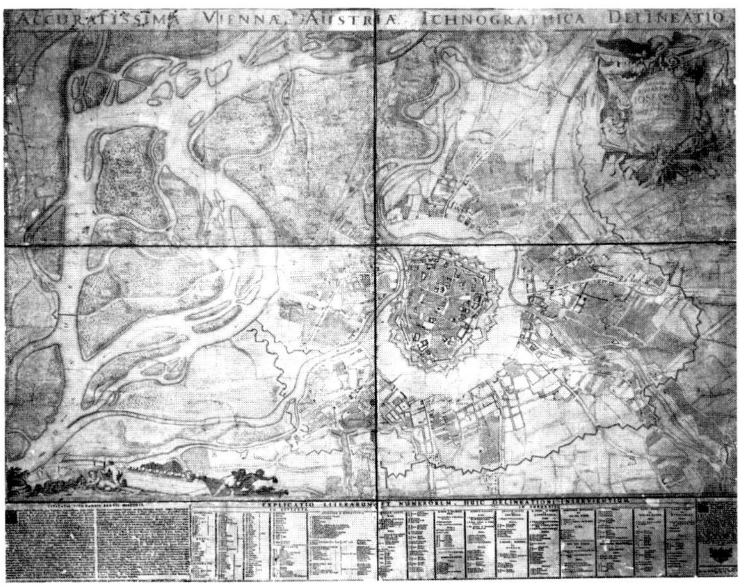

Leander Anguissola/Jacob Marinoni, 1706, Grundriß von Wien zu Anfang des 18. Jahrhunderts, Kupferstich/Radierung kombiniert. Dieser Plan ist kurz nach der Erbauung des Linienwalles aufgenommen worden; er zeigt erstmals den Gesamtumfang der Vorstädte, die nun ebenfalls einen Schutzwall erhalten haben.

Plan der Innenstadt und der Vorstädte, um 1720. Kolorierter Kupferstich von Matthias Seutter; im unteren Teil eine Gesamtansicht Wiens von Norden gesehen.

Differenzierung des Mietenniveaus nach unterschiedlichen Wohngebieten. Die Jägerzeile (am Weg in den Prater) und die Leopoldstadt hatten die teuersten Mieten, gefolgt von St. Ulrich, Laimgrube, Weißgärber, Spittelberg und Roßau. In dem in den 1780er Jahren umgebauten Freihaus auf der Wieden kosteten die Wohnungen aufgrund der Stadtnähe je nach Größe etwa 100 bis 400 Gulden jährlich, was bei einem schon sehr guten Beamtensalär von rund 800 Gulden exorbitant war. (Mozart beispielsweise verdiente als kaiserlicher Kammermusiker 800 Gulden.) Eine gewisse Gegensteuerung gegen die Bodenspekulation, die solchem Mietenauftrieb einbremsen sollte, erfolgte indirekt durch die Auflösung der Klostergärten (ab 1767) und der innerstädtischen Friedhöfe (1784), sowie durch Gewährung einer 20jährigen Steuerfreiheit, sofern unmittelbar nach Erwerb einer Parzelle mit dem Bau begonnen wurde.

Die Wirtschaftsstruktur der Vorstädte änderte sich im selben Zeitraum nachhaltig. Zwar konnte sich die Landwirtschaft mit ihren großen Gemüsefeldern vor allen in den mit Grundwasser gut versorgten Gebieten an der Donau und im Wiental halten, doch nahm der Anteil des Gewerbes und der Frühindustrie rasch zu.

Bei den Gewerbetreibenden war die Zuwandererrate aus den habsburgischen Erbländern bzw. aus den deutschen Gebieten besonders hoch; die Haupt- und Residenzstadt versprach guten Verdienst. Gleichzeitig kämpften die Handwerkszünfte gegen die Öffnung ihrer strengen numerischen Beschränkungen an. Hier hatte der Hof extrem gegenzusteuern. So stellte er (schon im 17. Jh., nun aber vermehrt) den zünftisch organisierten Handwerkern die sogenannten „Hofbefreiten", die für den Kaiserhof arbeiteten, und die „Dekretisten", die von Kaiser Karl VI. mit Sondergenehmigungen ausgestattet worden waren, gegenüber. Diese wurden von den „Störern", die ohne Genehmigung arbeiteten und deshalb auch verfolgt wurden, konkurrenziert. Bei letzteren handelte es sich vorwiegend um Schneider und Schuster, an denen in der auf Luxuskonsum ausgerichteten Gesellschaft großer Bedarf herrschte.

Zwischen den streng regulierten Berufen in der Stadt und den Professionisten in der Vorstadt scheint sich dabei so etwas wie eine Arbeitsteilung herausgebildet zu haben. Johann Pezzl notierte dazu 1787 : „Zwischen den Bewohnern der Stadt und jenen der Vorstädte herrscht eine sehr lebhafte Rivalität. Der Kleidermacher aus der Stadt sieht den Schneider aus der Vorstadt über die Schulter an; der städtische Schuhmacher tut sich was darauf zugute, daß er zwei Vorstädter in Protektion nehmen kann, denen er die Stiefel und Pantoffel zuwirft, die er nicht selbst reparieren mag, sondern unter seinem Namen von den Kollegen außer dem Tor besohlen läßt. Diese Praxis, daß die ansehnlicheren Meister der Stadt ihre überflüssige Arbeit ihren Handwerksgenossen in den Vorstädten übertragen, ist sehr gewöhnlich." Der neu angesessene Bürger, der sich in der Vorstadt ansiedelte, urteilte Pezzl weiter, habe keinen höheren Wunsch, als „nach einigen Jahren unter den Meistern in der Stadt zu figurieren ..."

Zwischen der Florianigasse (im heutigen VIII. Bezirk) und dem Wiental (VI. Bezirk) siedelten sich die neuen Manufakturen des Textilgewerbes an. Die Seidenindustrie wurde wegen der Nähe zum Wienfluß hauptsächlich in Gumpendorf, Neubau und Schottenfeld ansässig. Aufgrund des hier rasch zu erwerbenden Reichtums nannte man die aufstrebende Vorstadt Schottenfeld schon damals den „Brillantengrund". Die Manufakturen wuchsen sehr schnell zu größeren Betrieben an. Die Hornbostlsche Manufaktur etwa siedelte zuerst auf der Wieden und zog dann in die Vorstadt Gumpendorf um. Sie wird hier als Manufaktur mit 200 Webstühlen und 350 Mitarbeitern beschrieben. Für die Textilfabrik Johann Reißers in Margareten werden 200 Arbeitskräfte genannt, für die größte Metallwarenfabrik, eine Fabrik zur Herstellung leonischer und Nürnberger Ware im Margaretenhof, sogar zwischen 300 und 600 Beschäftigte kolportiert. In Alt-Lerchenfeld siedelte sich Johann Thomas von Trattner an, der in einem adaptierten Heustadel seine riesige Druckerei zu einem Großbetrieb mit 37 Pressen und 200 Mitarbeitern ausbaute.

Die größte Manufaktur Wiens befand sich etwas abseits der oben genannten Zentren, in der Roßau. Die Wiener Porzellanmanufaktur war

LINKS: *„Prospect des neuen Spitals des H. Johann von Nepomuck auf der Landstrass…". Kupferstich von C. Remshart nach Salomon Kleiner, 1733.*

RECHTS: *Die Pfarrkirche auf der Landstraße. Kolorierter Kupferstich von Johann Ziegler, 1785; rechts von der freistehenden Nikolaikirche und der Rochuskirche ein Ochsentrieb; interessant auch der Aufzug der Kutschen, darunter Fiaker und ungarische Landkutschen.*

1718 als „zweite" Manufaktur nach dem großen Vorbild Meißen als privates Unternehmen gegründet worden; Innocentius du Paquier hatte ein 25jähriges Fabriksprivilegium erhalten, anschließend war die immer wieder von Finanzkrisen geplagte Fabrik 1744 vom Staat übernommen worden. 1784 begann ihr zwei Jahrzehnte dauernder grandioser Aufstieg. 381 Menschen arbeiteten – aufgrund ihrer künstlerischen Tätigkeit überdurchschnittlich gut bezahlt – in der Fabrik; Beamte, Künstler, Maler, Bossierer, Weißdreher, Kapselverdreher, Glasierer, bis hin zu Scherbenstoßern und Holzschneidern.

Mit den Manufakturen bildete sich auch eine neue soziale Gruppe heraus: die Fabriksarbeiter. In Alt-Lerchenfeld und Margareten entstanden mit diesem „Proletariat" auch schon die ersten Arbeitervorstädte. Am Strozzigrund wiederum, zwischen Josefstädter Straße und Laudongasse im heutigen 8. Bezirk, begannen sich zeitgleich Beamte in niedrigen Chargen und Kleinbürger anzusiedeln.

An den Straßenvorstädten, d. h. jenen Vorstädten, die sich entlang der Ausfallstraße gebildet hatten, wie in der Leopoldstadt, in den Vorstädten Landstraße und Weißgärber oder auf der Wieden an der Straße nach Triest, hatten sich zahlreiche Gast-, Schank- und Einkehrgasthäuser und das Verkehrsgewerbe etabliert.

1789 waren es in der Leopoldstadt immerhin 41 Gaststätten, auf der Landstraße und Weißgärber 31, auf der Wieden 36. In den Einkehrgasthäusern konnte man mit Pferd und Wagen einkehren und ein Zimmer mieten, so etwa „Im schwarzen Adler" des Karl Brunnbauer, wo die Olmützer-Iglauer-Prager Einkehr war, oder in Franz Nagels „Zur Kohlkreuzer", dem Grazer-Triester-Görzer- und Laibacher Einkehrgasthof. Johann Pezzl hat die Qualität sowohl der innerstädtischen wie auch vorstädtischen Gasthöfe schwer bemängelt und sie den in der Schweiz oder Frankreich schon üblichen hotelähnlichen Einrichtungen gegenübergestellt. Den Reisenden erwartete in Wien folgendes Szenario: „Er ist in einer engen Straße, daß er nur

Die „Venus von Penzing", eine Sandsteinfigur von Wilhelm Beyer. Sie stand ursprünglich in einem Garten in der Nähe von Schönbrunn und befindet sich nun im Oberen Belvedere.

mit Mühe und Gefahr in das Haus kommt. In demselben findet er einen unsauberen Hof, schon mit einer Wagenburg von zwanzigerlei Fuhrwerken überlagert, schmutzige, finstere Treppen, viel Geschrei, Lärmen und Verwirrung, dunkle Zimmer mit altväterischem oder gar keinem Möbeln eingerichtet. Nachdem er seine Geduld an Warten, vergeblichem Rufen usw. eine Weile geübt hat, bekommt er es mit einem Kellner in einem grünen Jäckchen, runden, ungepuderten Haaren und schmierigem Vortuch zu tun ..."

Ab Mitte des Jahrhunderts unterlagen die Vorstädte einem Urbanisierungsprozeß, der von öffentlichen und privaten Großprojekten massiv beeinflußt war. Wieder wurden einige dieser neuen Bauten auf der Vorstadtkante entwickelt. Die Bauprojekte sind Dokumente der sich nun in schneller Geschwindigkeit verändernden Stadt. So erhielt die Vorstadt Wieden mit der Neugestaltung des Freihauses eine markante Eingangssituation – ein Zinspalais für rund tausend Menschen. Nicht zu Unrecht haben die Zeitgenossen von einer Stadt in der Stadt gesprochen. Auf dem Areal der heutigen Nationalbank am Beginn der Alser Straße wurde eine Kaserne errichtet, die 6.000 Mann fassen konnte. Ebenso wie die wenig später errichteten Kasernen Getreidemarkt und Heumarkt fungierte sie gleichsam als Riegel zwischen Stadt und Vorstädten. Mit dem Bau des Allgemeinen Krankenhauses, des Josephinums und des Garnisonsspitals, mit einer Konzentration von Wohlfahrtseinrichtungen für die Stadtbevölkerung, sollten zwischen den Ausfallstraßen Alser Straße und Währinger Straße bis zur heutigen Kinderspitalgasse dauerhafte städtebauliche Akzente von langer Dauer gesetzt werden. Dieses Gebiet, dessen Umfang in zeitgenössischen Berichten als immens und einer kleinen Landstadt vergleichbar beschrieben worden ist, war in den 1780er Jahren auf einen Schlag verbaut worden. Die neuen Bauten gaben dieser Vorstadt erstmals städtisches Gepräge. Architekturtheoretiker bewerten diese Verbauung heute als die „erste großstädtische Periode" Wiens.

Die Vorstädte emanzipierten sich gegenüber der Stadt. Dennoch blieben ihre Bewohner von der Innenstadt als Zentrum des Konsums, der Politik und der Administration abhängig. Zumindest einmal pro Tag, wußte Johann Pezzl, gingen die Leute in die Stadt, „um Protektionen zu suchen, ihre Geschäfte abzutun, Stoff für ihre Arbeiten zu holen, die Produkte ihres Fleisses abzusetzen, Geld aufzutreiben, ihre Dienste anzubieten, Visiten zu machen, Referenzen nahezubringen, die Spektakel zu besuchen, ihre Freunde zu sprechen, die große und schöne Welt zu sehen oder die ausgesuchteren Vergnügungen zu genießen." Dabei war jeder, der täglich in die Stadt mußte, arm in einem besonderen Sinne zu nennen. Denn, wie Pezzl seine Sicht der Verkehrsverhältnisse auf den ungepflasterten Vorstadtstraßen ausdrückte: „entweder verzehren die Staubwolken eure Lungen oder die Fiaker eure Einkünfte."

5. Die Entdeckung des öffentlichen Raumes

Zwischen Stadt und Donau erstreckte sich seit Mitte des 16. Jahrhunderts ein weitläufiges kaiserliches Jagdgebiet – die Praterauen. In unmittelbarer Nähe ließ sich Leopold I. im Augarten das Lustschloß „die alte Favorita" bauen. Im Rahmen seiner neuen Bevölkerungspolitik machte Joseph II., der ab 1765 Mitregent seiner Mutter Maria Theresia war, diese großen Areale für jedermann zugänglich. Er schuf damit ein für Wien einzigartiges Terrain, auf dem sich wesentliche Impulse bürgerlicher Stadtkultur entwickeln sollten.

Die Öffnung des Praters 1766 war Auftakt zu einer umfangreichen Stadtregulierung nördlich des heutigen Donaukanals. Dieser Stadtteil – aufgrund seiner Insellage dauernd von Überschwemmungen bedroht – war äußerst spärlich besiedelt. Die Jägerzeile, die heutige Praterstraße, die bereits im 17. Jahrhundert angelegt worden war, stellte die einzige Verbindung des befestigten Stadtzentrums mit dem Prater dar. Sie leitete ihren Namen

„Ansicht vom Prater gegen die Stadt". Kolorierter Kupferstich von Johann Ziegler, 1781. Der Weg vom 1766 geöffneten Prater in Richtung Stadt führte über die mit großen Kastanienbäumen bepflanzte Jägerzeile (heute Praterstraße), die eine direkte Achse, ausgerichtet auf die Stephanskirche, bildete.

Ansicht von der Schlagbrücke gegen die Rotenturmbastei. Kolorierter Kupferstich von Johann Ziegler, 1780. Die Schlagbrücke über den Donaukanal (heute: Schwedenbrücke) war lange Zeit die einzige Verbindung Wiens zur Leopoldstadt und damit zu Augarten und Prater. Der gesamte sonntägliche „Prater-Verkehr" mußte durch dieses Nadelöhr. Unter Joseph II. wurde die Brücke neu gebaut. Sie erhielt zwei „Einbahnsysteme" für Wagen sowie eigene Fußgängersteige.

von den kaiserlichen Jägern her, die hier ihre Dienstwohnungen hatten. Man erreichte die Jägerzeile über die Schlagbrücke, die spätere Ferdinands- bzw. Schwedenbrücke, die, im 15. Jahrhundert errichtet, auch noch im 18. Jahrhundert die einzige Verbindung blieb.

Im Barock entwickelte sich die Achsenstadt zum Ideal. Sie repräsentierte die Idee der absolutistischen Zentralmacht, die nach mathematischer Vernunft handelte und die für sich die totale Übersicht über Politik und Gesellschaft beanspruchte. In ihrer perfekten Ausführung mündeten baumgesäumte Straßen in radialer Anlage auf einen Zentralplatz, der von einem Denkmal markiert war. Der Stadthistoriker Spiro Kostof interpretierte diese Stadtgestalt als Darstellung einer idealen politischen und kosmischen Ordnung. Einem derart ehrgeizigen Programm standen in Wien, dieser im Grunde mittelalterlich-kleinräumigen Stadt, unüberwindbare Hindernisse entgegen. Die Landschaft um Augarten und Prater bot sich nun ersatzweise an. Joseph II. ließ hier mehrere Achsen anlegen, die im Praterstern – einem der wenigen Sternplätze Wiens – ihr Zentrum erhielten. Die Vorläuferstraßen der heutigen Ausstellungsstraße und Lassallestraße ließ er als Alleen anlegen, letztere mit Blickbeziehung zur Stephanskirche; ebenso die Prater Hauptallee, die zwar schon seit dem 16. Jahrhundert existierte, aber in der heutigen Form auf Joseph II. zurückgeht. Sie führte damals allerdings nur bis zum ersten Rondeau, dann entlang des Heustadlwassers zum zweiten Rondeau und von dort zum Lusthaus des Isidor Canevale, des damals wichtigsten Architekten Wiens, der dieses 1781–83 in Nachfolge eines „grünen Lusthauses" nordöstlich vom heutigen Standort baute. Um das barocke Landschaftsprogramm sofort umsetzen zu können, ließ Joseph II. alte Bäume in der Laxenburger Allee oder beim Margaretner Schloß ausgraben, in die neuen Alleen verbringen und einpflanzen. Den als übel riechend beschriebenen Fugbach ließ man zuschütten und hier

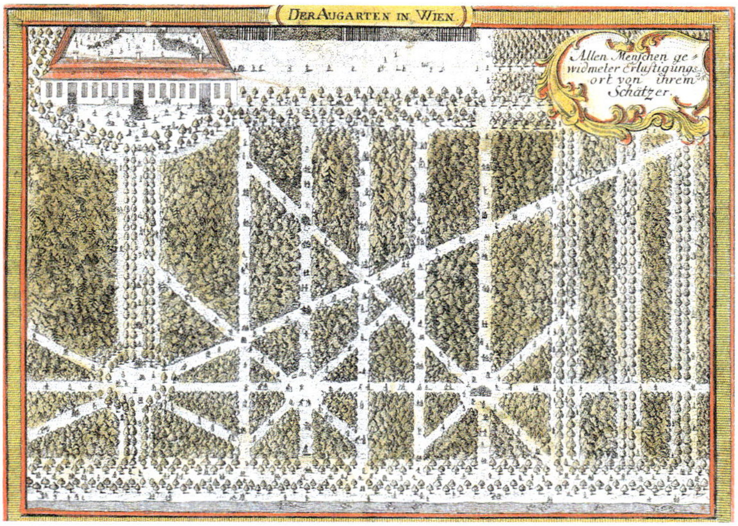

Plan des Augartens. Kolorierter Kupferstich, um 1780. In der Kartusche wird die am Eingangsportal in den Augarten angebrachte Widmung Josephs II. zitiert: „Allen Menschen gewidmeter Erlustigungsort von ihrem Schätzer".

Auch im Prater wurde die Staubplage aufgrund des übermäßigen Wagenverkehrs kritisiert. (Buchillustration von Johann Ernst Mansfeld aus: Bildergalerie weltlicher Mißbräuche *von Joseph Richter, 1785).*

eine weitere Achse zum Praterstern, die heutige Franzensbrückengasse, anlegen. Mit einer neuen Brücke zur Vorstadt Unter den Weißgärbern (an der Stelle der heutigen Franzensbrücke) wurde eine neue Zufahrtsmöglichkeit zum Prater geschaffen. Eine andere wichtige Achsenstraße, die heutige Heinestraße, verlängerte die Hauptallee über den Praterstern zum Augarten.

Am 30. April 1775, wenige Jahre nach dem Prater, ist auch ein Teil des Augartens für alle Wiener geöffnet worden: „Allen Menschen gewidmeter Erlustigungsort von ihrem Schätzer", ließ Joseph II. am gleichfalls von Isidor Canevale als Triumphbogen gestalteten mächtigen Eingangsportal anbringen. Er selbst ließ sich 1781 von Canevale ein schlichtes „Stöckl" bauen, welches er fallweise und anstelle von Schloß Schönbrunn als Sommerresidenz nutzte. Im Gegensatz zur sozialen Durchmischung im Prater blieb das Spazieren im Augarten großteils ein adeliges Vergnügen. Hier fanden im übrigen auch ab 1782 die berühmten „Morgenkonzerte" statt, bei denen in der Folge Mozart und Beethoven musizierten.

Die Freigabe des Praters und des Augartens hatte eine eminente gesellschaftspolitische Auswirkung. Jahrhundertelang war dieses kaiserliche Jagdgebiet ausschließlich dem Hof vorbehalten gewesen. Noch im 17. Jahrhundert gab es ausdrückliche Verbote, das „gemeine Volk" oder Handwerker einzulassen. Geld und sogar Gefängnis- und Leibstrafen wurden bei Betreten des Praters angedroht. Selbst der hohe Adel durfte ihn noch unter Kaiser Karl VI. nur zwischen Ende April und Ende Mai besuchen. Pistolen mußten am Eingang abgegeben werden, Hunde durften nicht mit hinein;

OBEN: *Die Schaukeln im Prater, um 1780.*

UNTEN: *Die Seufzerallee im Augarten. (Buchillustration von Johann Ernst Mansfeld aus:* Bildergalerie weltlicher Mißbräuche *von Joseph Richter, 1785).*

nur die vornehmsten Karrossen des Hofes und aus der Stadt waren zu sehen, erzählt noch Johann Basilius Küchelbecker 1732. Die privilegierten Besucher (Equipagenbesitzer, Kavaliere zu Pferd, numerierte Fiaker hingegen waren ausdrücklich nicht zugelassen) wurden noch 1759 ermahnt, sich nur in der Hauptallee und auf den nächstgelegenen Wegen aufhalten.

Mit der Öffnung des Gebietes 1766 für „Jedermann ohne Unterschied", zu jeder Stunde des Tages und ganzjährig, eroberten sich die Stadtbewohner innerhalb kürzester Zeit den Prater. Nicht nur die Hauptallee und Seitenalleen, auch alle Wiesen und Plätze mit Ausnahme der allzu entlegenen Gegenden und des dichten Waldes wurden freigegeben. Der erste Ansturm auf den Prater war so unerwartet groß, daß das Gelände zum Schutz des Wildes zeitweise wieder gesperrt wurde. (Khevenhüller berichtet weiters, daß in den ersten Jahren der Prater nächtens gesperrt blieb und erst 1775 die Gitterumzäunung entfernt wurde.)

Nicht nur ein gewaltiger Erholungsraum, sondern auch ein Belustigungsort sollte entstehen. Das Eröffnungsdekret intendierte schon die Erlaubnis des „Ballonschlagens, Kegelscheibens, und anderer erlaubter Unterhaltungen". Innerhalb kürzester Zeit erhielten Wein- und Bierwirte, Kaffeesieder und auch „Lebzelter, Fleischselcher, Bradelpratter, Kaßstecher" etc. die Erlaubnis, hier ihr Gewerbe auszuüben. Viele Besitzer von Stadt- und Vorstadtgasthäusern errichteten nunmehr für die Sommermonate sogenannte Praterhütten, die aus Holz sein sollten und Ende Oktober wieder geschlossen werden mußten. Sie warben mit den Schildern ihrer Stammwirtshäuser wie „Schwarzer Bär", „Weißer Engel" oder „Wilder Mann". 1782 sind auch schon der „Walfisch" und der „Eisvogel", heute noch geläufige Namen, unter den Praterwirtshäusern zu finden. In diesem Jahr verzeichnete man bereits 43 Wirtshäuser, 2 Ringelspiele, die *Optica Nova* (eine Camera obscura) und eine Hütte, in der mechanische Vögel zu sehen waren.

„Man findet hier oft so viele Menschen beisammen, als man fast an keinem öffentlichen Orte in Deutschland zu sehen bekommt. Sechzig und mehr hölzerne Hütten, wovon einige sehr artig möbliert sind, stehen unter Bäumen hie und da zerstreut. Jede hat ihr Schild und in diesen wird nun auf gut Wienerisch gegessen, getrunken und gezecht. Hier wird gekegelt, nach der Scheibe geschossen, Karussell geritten, und wenn man nach Hause geht, so läßt man sich auf einer großen Waage wiegen, um zu sehen, wie viel man gegessen und getrunken habe", erzählt ein zeitgenössischer Besucher des Praters.

Es waren vor allem die bürgerlichen Schichten, die den Prater liebten und sonntags hierher fuhren. Bald hatten sich auch hier soziale Hierarchien und schichtspezifische Platzordnungen entwickelt. So war das Gebiet zwischen der Ausstellungsstraße und der Hauptallee, das Areal des

LINKS: *„Ein Theil des Augartens". Kolorierter Kupferstich von Johann Ziegler, um 1784; in der Staffage dieses Blattes wurde hervorgehoben, daß der Augarten für „herumwandelnde Menschen aus allen Ständen" offen stand; im Vordergrund etwa ein Stubenmädchen mit Kleinkind.*

RECHTS: *„Das Lusthaus im Prater/ La Maison de Plaisance au Prater". Kolorierter Kupferstich von Johann Ziegler, 1783; Blick auf das 1781/83 von Isidor Canevale errichtete Lusthaus am Ende der Prater Hauptallee, davor in einer Kutsche Kaiser Joseph II.*

heutigen Wurstelpraters, den bürgerlichen Schichten und den „unteren Volksklassen" vorbehalten, während die Hauptallee eher der Sammelplatz der Vornehmen und der sogenannten schönen Welt wurde: in der Mitte fuhren die Wägen, rechts waren die Reiter unterwegs, links die Fußgänger. Dort gab es schon 1786 die legendären, entsprechend ihrer Lage Erstes, Zweites (Wagners) und Drittes Kaffeehaus genannten Etablissements, wovon das Zweite das größere und elegantere war. Hier konnte man sich unter freiem Himmel auf Stühle setzen und Wagenauffahrten bzw. die passierenden Flaneure beobachten. Denn jener Voyeurismus, den lange Zeit hindurch die Kirche und der Hof mit seinem Gepränge befriedigt hatten, mußte sich neue Areale erobern.

Johann Pezzl gibt die ausgelassene Stimmung der Wiener wieder: „... unter den Bäumen Tische mit Geflügel und Weinflaschen bedeckt, dazwischen Spiel, Musiken, das Jubeln der Kinder, das Gesause von Scherz und Lachen der Volksmenge; allenthalben Gewühl einiger tausend Menschen, die teils im Schatten herumwandern, teils am Zechtisch schmausen, teils sich ins Grüne gelagert haben, teils in größeren Entfernungen, Arm in Arm geschlungen, durch die Gebüsche schweben und der Freundschaft oder Liebe opfern ..."

Zu wahren modernen, bereits von kommerziellen Interessen getragenen Volksfesten wurden die Feuerwerke im Prater. Mehrere Feuerwerker waren hier teilweise gleichzeitig tätig. Schon 1771 zündete Peter Paul Girandolini sein erstes Feuerwerk im Prater. Weitaus berühmter wurde der aus Schwaben zugewanderte Prater-Feuerwerker Johann Georg Stuwer, der zwischen 1773 und 1799 alljährlich seine großartigen Vorführungen veranstaltete. Friedrich Nicolai gibt in seiner „Reise durch Deutschland und die Schweiz" die detailfreudige Beschreibung wieder, derzufolge 1783 das Programm „Die Belagerung Wiens" ein Riesenerfolg gewesen war. Mythologische Themen und Schlachtendarstellungen standen ebenso wie aktuelle lokale Ereignisse am Programm, wie etwa der Besuch des Marokkanischen

Aufstieg und Ankunft Jean-Pierre Blanchards bei seiner 38. Luftreise im Juli 1791; kolorierte Kupferstiche von Hieronymus Löschenkohl. Nach den Versuchen des Feuerwerkers Stuwer in den Jahren 1784 und 1785, mit einem Ballon aufzusteigen, unternahm Blanchard fünf Flugversuche über Wien.

Botschafters mit dem Höhepunkt eines „marokkanischen Blumenfestes" (ebenfalls 1783). An diesen Tagen wurden Eintrittsgebühren für den Praterbesuch verlangt: Für die noble Galerie waren 1 Gulden und 40 Kreuzer, für die dritte Galerie nur mehr 20 Kreuzer zu zahlen. An den Feuerwerkstagen bewachten Kürassiere den Prater. Die pyrotechnischen Aufführungen, die nach Einbruch der Dunkelheit ungefähr eine dreiviertel Stunde dauerten, wurden legendär: „(D)ie Erde zittert, der Wald widerhallt von betäubendem Donnergeknalle; es erscheinen Städte, Paläste, Festungen, Gärten, Tempel, Brunnen usw. alles im abwechselnden vielfärbigen Feuer, welches die Gegend herum erleuchtet ..." Mit diesen Spektakeln, die bis zu 25.000 Menschen anzogen, schufen sich die Wiener einen Übergang von der höfischen barocken Festkultur zum bürgerlichen Vergnügen.

Stuwer hat im übrigen auch aeronautische Versuche unternommen. Im August 1784 riß sich ein mit 4 Mann, darunter Stuwers Sohn, besetzter Fesselballon nur halbgefüllt von der Verankerung los und stieg über Wien auf. Der Unfall verlief glimpflich. Der Ballon konnte im Augebiet in der Nähe des Tabors notlanden. Riesigen Zulauf hatte dann Jean-Pierre Blanchard mit seiner Ballonfreifahrt am 6. Juli 1791. Er startete ebenfalls vor zahlendem Pubikum im Prater und landete nach etwa einer Stunde in Groß-Enzersdorf. Zuvor hatte er seine Ballonfahrt werbewirksam durch die Präsentation des Ballons in der Stadt am Neuen Markt beworben.

Die Wiener beginnen nun auch die Umgebung Wiens zu entdecken; es entsteht das Bild des „nach Zerstreuung, nach Unterhaltung lüsternen Städters", und der Begriff des Müßiggängers im heutigen Sinne wird kreiert. Nußdorf, Klosterneuburg, der Kahlenberg, Mauerbach, Simmering und Baden werden bereits 1784 als beliebte Ausflugsziele der Wiener genannt, wobei die Ausflüge nach Nußdorf oder Simmering zeitgenössischen Beschreibungen zufolge durchaus mit erotischen Vergnügungen kombiniert worden sind.

RECHTS: *Zu- und Eingang in den Augarten. Kolorierter Kupferstich von Johann Ziegler, 1782; im Hintergrund ist das mächtige Eingangsportal von Isidor Canevale zu sehen.*

UNTEN: *Das k. k. Saalgebäude im Augarten, um 1820. Die Nordseite des Saalgebäudes wurde vom Traiteur Jahn als Gastgarten genützt.*

Solider und familiärer dürfte es bei Ausflügen nach Laxenburg oder Schönbrunn zugegangen sein: die Gärten von Schloß Schönbrunn waren seit 1779 öffentlich zugänglich. Zu Hunderten strömten die Wiener an Sonntagen auch hierher. Man frühstückte hier, ging bis ein, zwei Uhr spazieren, aß zu Mittag, ging wieder im Garten spazieren. Es ging darum „ganz frey und ungezwungen seinen Launen zu fröhnen (...)", die zum Großteil aus „Schlemmen, Spazierengehen, und Schlafen" zu bestehen schienen. Allerdings darf man auch den symbolischen Wert nicht gering veranschlagen, den die Stadtbürger durch die Inbesitznahme der ehemals strikt aristokratischen Räume zu gewinnen hatten. In den imperialen Parks – in der Folge machten auch einige Adelige wie die Liechtensteins und Schwarzenbergs ihre Gärten zugänglich – fielen sozusagen die sozialen Schranken, und die exklusive höfische Gesellschaft wich einer eher egalitären Verbindung von Individuen.

Gleichzeitig mit der Ausgestaltung von Prater und Augarten zu Erholungs- und Promeniermeilen wurde auch die erste Begrünung des Glacis vorangetrieben. Joseph II. ordnete am 17. Jänner 1770 die Regulierung an. Das Gelände wurde eingeebnet, eine Fahrstraße rings um die Stadt und Fuß-

Der Maurer Philipp Schlucker (1747–1818) errichtete 1782–1789 die Mauer um den Lainzer Tiergarten, der 1755 aus dem Privatbesitz des Kaiserhauses in staatliches Eigentum übergegangen war.

steige nach allen Vorstädten in Form von Alleen angelegt. Bereits 1776 wurden am Glacis Laternen aufgestellt. In der Folge kam es auch zur Freigabe der Basteien für zivile Zwecke, die allmählich ihres „düsteren Festungscharakters" entkleidet und ebenfalls bepflanzt wurden. Glacis und Basteien wurden zum beliebten Ausgangspunkt für Spaziergänge, vor allem die Basteien zwischen Burg- und Stubentor. An Sonn- und Feiertagen im Frühling und Herbst, aber aufgrund ihrer leichten Erreichbarkeit auch unter der Woche am Nachmittag wimmelte es hier von Spaziergängern. Mit der Erweiterung des öffentlichen Raumes etablierte sich auf den Basteien wie auf vielen anderen großen Plätzen Wiens (beispielsweise Am Graben, Am Hof, Am Neuen Markt) eine neue saisonale Lokalmode, die sogenannten „Limonadehütten". Bei diesen, über den Sommer aufgeschlagenen Zelten, wurden Tische und Sessel aufgestellt, und man konnte im Freien Limonade, Mandelmilch und vor allem „Gefrorenes" (aus Orangen, Limonen, Weichseln, Erdbeeren, Ribiseln, Pfirsichen, Ananas, Mandeln, Vanille, Schokolade usw.) essen. Die „schöne Welt" nützte vor allem die Zeit der Dämmerung, aber auch die lauen Sommernächte für dieses Vergnügen. Wenn das Wetter hielt, saßen hier einige 100 Leute bis gegen Mitternacht und lauschten u. a. der Musik, die in manchen Limonadehütten schon damals gemacht wurde.

In der Stadt bildeten sich mit den Bierhäusern und Kaffeehäusern neue Formen der Kommunikation aus. In den Bierhäusern waren es Lakaien, Studenten, Künstler, Kanzleileute und mittlere Bürger, die hier ihre Abende verbrachten und die Tagesneuigkeiten besprachen; in die Kaffeehäuser, wo man auch Tee, Schokolade, Punsch, Limonade, Mandelmilch, Chadeau, Rosoglio oder Eis konsumieren konnte, kam man, um zu „studieren, spielen, plaudern, schlafen, negozieren, kannegießern, schachern, um Intrigen, Komplotte, Luftpartien zu entwerfen, Zeitungen und Journale zu lesen" schildert Johann Pezzl. In einigen konnte man auch Tabak rauchen und in so gut wie allen Billard spielen. Die Nachfrage stieg in der josephinischen Ära gewaltig an: 48 Kaffeehäusern im Jahr 1779 stehen 70 im Todesjahr Josephs II. gegenüber. Das Kaffeehaus begann bereits in dieser Zeit das Refugium der (noch raren) Intellektuellen zu werden.

Neben der luxusorientierten Hofgesellschaft bildete sich gegen Ende des Jahrhunderts eine immer stärker werdende bürgerliche Konsumgesellschaft heraus: „An die Stelle eines aristokratischen Übergewichtes war ein bürgerliches Gleichgewicht getreten" stellte der Kunst- und Stadthistoriker Hans Tietze für das späte 18. Jahrhundert fest. Und auch die untersten Schichten wollten an diesem Konsum teilhaben. Sie bevorzugten die Weinkeller der Stadt; und sie konnten sich an Verkaufsständen in den Vorstädten um nur 1 Kreuzer eine Schale Gerstenkaffee mit Sirup und ein Kipferl kaufen.

6. Josephinische „Polizey- und Wohlfahrtspolitik"

Im Jahre 1778 veröffentlichte der Prager Jurist und Universitätslehrer Joseph Ignatz Butschek eine Schrift über „die eigentlichen Polizeygeschäfte". Der Begriff „Polizey", meinte Butschek, sei zu einem regelrechten Modebegriff verkommen, bei dessen Gebrauch die Unterscheidung von Gesetzgebung, Verwaltung und praktischen Methoden mit Hinsicht auf die Wohlfahrt der Bevölkerung unzulässig vermischt würden. Polizeiliche Tätigkeit, so argumentierte er weiter, habe sich im Gegensatz zur Justiz auf zahlreiche kleine und wiederkehrende Routinehandlungen im Alltag zu orientieren, bei denen sie lenkend, belehrend und maßvoll, mit pädagogischer Absicht strafend vorzugehen habe. Der Begriff der „Polizey" umfaßte damit im 18. Jahrhundert

Dirnen wird vor dem strafweisen Straßenkehren das Haar abgeschnitten. Titelkupfer aus Die entehrende Tonsur exemplarischer Büsserinnen unter der Regierung Joseph des Zweyten *von Emanuel Höggard, Wien 1782.*

LINKS: *Titelseite der Erklärung Maria Theresias über die künftige Mitregentschaft ihres Sohnes, 1765.*

RECHTS: *Kaiser Joseph II. Gemälde von Joseph Hickel.*

alle Eingriffe, mit denen der Staat seine Untertanen zu einer „vernünftigen" Lebensführung anhalten wollte. Der aufgeklärte Absolutismus wollte durch Überwachung und Kontrolle Individuen produzieren, die sich dem Staat gegenüber verantwortlich fühlten und die die Eigenarbeit an ihrer Bildung bis hin zur Körperpflege als Dienst am Staat empfanden. Deshalb zählte, wie Butschek darstellte, potentiell alles zu den Gegenständen der „Polizeywissenschaft", vor allem die Grundsätze der natürlichen Bevölkerungsbewegung, also Gesundheits- und Fortpflanzungsverhalten.

Seit dem Jahr 1710 hielt das „Todtenbeschreibamt" neben den Sterbefällen auch Übersichten über die Trauungen und Geburten fest. Aus diesen Statistiken wissen wir, daß von 100 Lebendgeborenen mehr als die Hälfte noch im ersten Lebensjahr verstarben, zwischen 55–65 % erreichten nicht das 10. Lebensjahr. Zu Mitte des 18. Jahrhunderts stellte sich zwar nahezu ein Gleichgewicht von Geburten- und Sterberaten ein, doch stieg ab 1780 die Sterberate wieder stärker an. Die Merkantilisten, die Wirtschaftstheoretiker des Absolutismus, sahen in der Bevölkerungsvermehrung ein Mittel zur Steigerung des Wohlstands und der Produktion. Andererseits war (aufgrund strenger Gesetzesvorschriften und wirtschaftlicher Bedingungen) unter der Regentschaft Josephs II., als die diesbezügliche Zahl ihren Höchststand erreichte, bloß 1/3 der Wiener Bevölkerung verheiratet und dadurch in der Lage, eine größere Kinderzahl aufzuziehen. Die Zahl der Ehen wurde deshalb angehoben, und zwar indem man sich über traditionelle Moralbestimmungen von gesellschaftlichen Machtgruppen wie den Zünften hinwegsetzte, die das Heiratswesen ihrer Gruppen kontrollierten, und beispielsweise Ehe-Erleichterungen für Gesellen schuf. Der Arzt Johann Peter Frank, der das öffentliche Gesundheitswesen in Wien reformierte, ging in seinen radikalen

Der Arzt und Hygienetheoretiker Johann Peter Frank (1745–1805). Miniatur auf Elfenbein.

Vorschlägen noch weit darüber hinaus. Er forderte z. B. Finanzstrafen für „notorische Junggesellen", die den Staat um Nachkommenschaft betrogen, die Festsetzung eines idealen „Zeugungsalters", Aussetzung des priesterlichen Keuschheitsgelübdes bis zum 28. Lebensjahr oder Stillzwang für Mütter.

Das Gesundheitswesen Wiens war (wie das der meisten anderen europäischen Städte) noch kaum professionalisiert, und die Medizin war noch weitgehend eine theoretische Wissenschaft. Johann Peter Frank, Verfasser eines vierbändigen, in Mannheim 1804 erschienenen „Systems einer vollständigen medicinischen Polizey", erinnerte sich an die ständig wiederkehrenden Behandlungsvarianten seiner Studienzeit: Aderlaß, Klistiere und sonstige Abführmittel wechselten einander ab; man glaubte, so die *materia peccans*, eine theoretisch angenommene krankmachende Substanz, aus dem Körper abführen zu können.

Noch in den 1740er Jahren vertraute sich die Bevölkerung im Krankheitsfall eher den Badern oder Wanderärzten an, deren Gewerbe kaum kontrolliert wurde und deren Heilmittel im wesentlichen auf schweren Giften wie Opium beruhten. Die Medizinische Fakultät der Universität, weit davon entfernt, Diagnose-, Lehr- und Behandlungsmethoden kritisch zu entwickeln, trat mehr als Interessensanwalt der ortsansässigen Ärzte auf, die die Zuwanderung von Konkurrenten zu verhindern versuchten.

In den „Spitälern" der Zeit war noch keine Trennung der Kranken von den Armen, Siechen oder Militärinvaliden erfolgt. Es gab zwar nicht wenige, räumlich über Wien und die Vorstädte verstreute soziale Institutionen: so das Bürgerspital mit seinen Filialen St. Marx, Klagbaum, Bäckenhäusel, das Großarmenhaus mit dem Kontumazhof und einem Lazarett, das Hofspital, das Johannesspital, das Armenhaus in der Alsergasse, das Spanische Dreifaltigkeitsspital mit dem Strudelhof und andere. Allerdings: Geisteskranke und Geschlechtskranke waren hier gemeinsam mit Schwangeren und Wöchnerinnen oder auch mit Waisenkindern untergebracht; einzelne Anstalten wie das Hofspital waren zum Heim für entlassene Hofbedienstete degeneriert; die meisten sammelten chronisch Kranke aller Art gemeinsam mit Armen, Invaliden und mitunter auch mit pensionierten Soldaten und deren Familien in ihren Mauern.

Mit der Berufung des bürgerlichen Republikaners und Jansenisten Gerard van Swieten aus Leiden nach Wien 1745 traf Maria Theresia eine mutige Entscheidung. Van Swieten wurde nicht nur ihr Leibarzt, sondern auch Präses der medizinischen Fakultät und Reformer des gesamten Gesundheitswesens; daneben fungierte er noch als Leiter der Zensurstelle. Die Bedeutung van Swietens ist vielleicht weniger auf der Ebene der Erkennung und Behandlung der Krankheiten zu suchen, als auf derjenigen der Aufstellung eines neuen Konzepts von Krankheit überhaupt. Die unter dem Einfluß

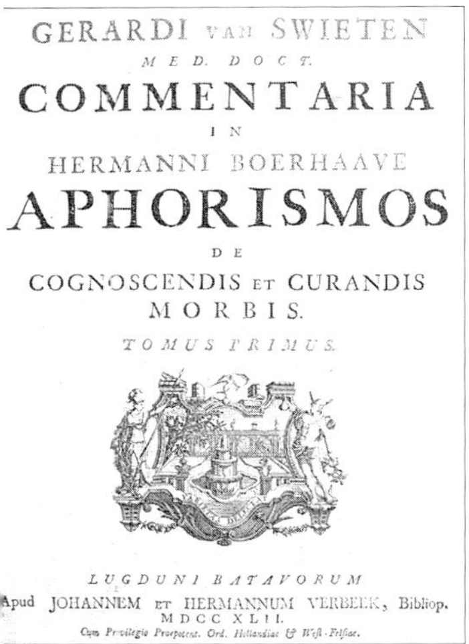
GERARDI VAN SWIETEN
MED. DOCT.
COMMENTARIA
IN
HERMANNI BOERHAAVE
APHORISMOS
DE
COGNOSCENDIS ET CURANDIS
MORBIS.
TOMUS PRIMUS.

LUGDUNI BATAVORUM
Apud JOHANNEM ET HERMANNUM VERBEEK, Bibliop.
MDCCXLII.
Cum Privilegio Praepot. Ord. Hollandiae & West-Frisiae.

OBEN: *Gerard van Swieten (1700–1772), der Reformer der Gesundheitspolitik. Lithographie von Josef Lanzedelly dem Älteren.*

MITTE: *Schrift Gerard van Swietens über die Bedeutung seines Lehrers Herman Boerhaave für die medizinische Wissenschaft, 1742.*

der Kirche betriebene Universitäts-Medizin ging von einem „spirituellen Sinn" der Krankheiten aus, von einer moralischen Funktion als Zeichen der Prüfung und einem Anlaß zur Läuterung. Der menschliche Körper galt als eine nicht weiter zu interessierende Hülle, die der göttlichen Seele untergeordnet war. Mit van Swieten hielt nun eine auf naturwissenschaftlicher Basis beruhende Sicht des Körpers und der Krankheiten auch in Wien Einzug, die die Erforschung und Therapie von Krankheiten und Seuchen sowie allgemeine Grundsätze ihrer Vorbeugung in den Mittelpunkt rückte. Die Medizin wurde jetzt langsam zu einer Beobachtungs-Wissenschaft, auch wenn der Weg zur modernen Medizin noch weit war.

Die Wiener Medizinische Fakultät war bis zur Universitätsreform van Swietens in den Händen der Jesuiten und kam mit drei Professoren aus: mit einem praktischen Mediziner, einem Professor für theoretische Medizin und einem Professor für die einleitenden Fächer. Die Chirurgie galt als minderes Fach, als Handwerk, das vom Universitätsbetrieb ausgeschlossen war. Van Swieten setzte die Entlassung der Kleriker aus der Fakultät durch; nur noch wirkliche Angehörige der Hochschule durften Mitglieder der Fakultät werden. Professoren wurden nun direkt von der Monarchin ernannt – nunmehr als Beamte des Staates –, und ein neu eingerichtetes Direktorium der Fakultät übernahm die Kontrolle der Prüfungen.

Van Swieten war mit den sich auf medizinischem Sektor konstituierenden neuen Strömungen bestens vertraut. Er übernahm von seinem Lehrer Hermann Boerhaave die Theorie der „iatromechanischen" Medizin, die den Körper als Maschine begriff, in der flüssige und feste Bestandteile in beständig abwechselnder Bewegung waren. Er freundete sich auch mit der Wende im Verständnis der Krankheiten an, die nicht mehr losgelöst vom Zustand des Patienten als eigenständige betrachtet wurden. In der ärztlichen Diagnose hieß dies, daß erstmals die konstituierende Zusammenschau aller möglichen Beobachtungen am Kranken (Personalien, Krankengeschichte, Blut- und Stuhlbeschau) zur Regel erhoben wurde.

Van Swieten war es auch, der die Installierung einer ersten Klinik in Wien betrieb. Er berief seinen Freund und Kollegen Anton de Haen 1754 aus Leiden als Professor der praktischen Medizin nach Wien und betraute ihn mit dem Aufbau einer Klinik im Bürgerspital. Hier führte de Haen, dem zwölf Betten – sechs für weibliche, sechs für männliche Patienten – zur Verfügung standen, erstmals einen praktischen Unterricht für Studenten am Krankenbett durch, wobei anschließend in den Vorlesungen die Fälle und deren Therapie besprochen und in Einzelfällen eine Sektion durchgeführt wurde. (In der Klinik als Institution ging es vorerst nicht um die Erforschung der Krankheit bzw. der Kranken, sondern sie stellte eine Art Bühne dar, auf der Studenten die Memorierung von Krankheitsnamen üben sollten.)

Mit großem Weitblick begann van Swieten auch einen ausreichenden Kader an qualifizierten Medizinern, Chirurgen und Hebammen aufzubauen. War bisher die kurzfristige Praxis bei Badern und Wundärzten ausreichend, so wurden nun für Chirurgen, Hebammen und Apotheker der Universitätsbesuch und die Ablegung von Prüfungen verpflichtend.

Die „Geburt der Klinik" – 1685 war erstmals eine Klinik im niederländischen Leiden gegründet worden – und die großen Gesundheitsreformen des 18. Jahrhunderts verdankt man nicht allein einem autonomen Drang der Wissenschaft und Ärzte. Das neue, der Staatswirtschaft verpflichtete Denken entdeckte eine besonders wichtige Ressource für den Reichtum der Nation, nämlich die Gesundheit und die Vermehrung der Bevölkerung, oder, wie Joseph II. es ausdrückte, die „Konservation der Untertanen".

1777 hatte Joseph II. im Zuge seiner Reise zu seiner Schwester Marie Antoinette im Vorbildstaat Frankreich zahlreiche soziale Institutionen, Spitäler, Findel- und Waisenhäuser und Gefängnisse visitiert. Manches versuchte er auf Wien zu übertragen. So zum Beispiel beauftragte er sofort nach seiner Rückkehr den Weltpriester Johann Storck mit einer Reise nach Paris, um den Taubstummenunterricht des L'Abbé de l'Epée zu studieren und zu erlernen. In der Folge wurde in Wien die „Freischule zum Zwecke der Erziehung und des Unterrichts taubstummer Kinder aus allen Teilen der Monarchie" begründet. Diese Schule, die anfänglich in Räumlichkeiten des Bürgerspitals untergebracht war, hatte aber bald mehr Anmeldungen als die in der ursprünglichen Stiftung vorgesehene Anzahl von 6 Buben und 6 Mädchen. 1780 war die Schülerzahl bereits auf 27 Kinder angewachsen, und sie wuchs beständig weiter.

LINKS: *Joseph II. Anonymes Gemälde, um 1785 (Niederösterreichisches Landesmuseum).*

RECHTS: *Taler Josephs II.*

LINKS: *Ansicht des Josephinums auf der Währinger Straße. Tuschfeder aquarelliert von Carl Schütz, 1787.*

RECHTS: *„Einweihung der Iosephinischen Militärakademie der Chirurgie zu Wien den 7ten Nov: MDCCLXXXV…". Kolorierter Kupferstich von Hieronymus Löschenkohl, 1785. Etwa 600 Gäste wohnten am 7. November 1785 der Eröffnung der Militärakademie für Chirurgie bei, die von dem Architekten Isidor Canevale im Auftrag Josephs II. errichtet worden war. Hier sollten die Militärchirurgen eine den Wundärzten adäquate Ausbildung erhalten.*

Eine weitere Anregung fand Joseph II. beim Besuch der Pariser „École de Chirurgie", ausgestattet mit anatomischem Theater und einer großen Bibliothek. Eine Ausbildungsstätte für Militärchirurgen war für Wien längst überfällig. 1783 wurde diese – parallel zum Bau des Allgemeinen Krankenhauses – mit der Errichtung des Baues der „k. k. medizinisch-chirurgischen Militärakademie", kurz „Josephinum" genannt, realisiert. Hier sollten Ärzte und Wundärzte für die Armee ihre Ausbildung erhalten. Architekt des Baues, der heute noch mit seiner Ehrenhofanlage ein prägendes Element der Währinger Straße darstellt, war der damals meist beschäftigte Architekt Wiens, Isidor Canevale, dem wir beim Bau des Josephsstöckls im Augarten oder des Lusthauses im Prater schon begegnet sind. Das „Josephinum" beherbergt heute noch das Universitätsinstitut für Geschichte der Medizin und ein Museum. Die josephinische Bibliothek sowie die damals angelegten Sammlungen, u. a. die weltberühmten Wachspräparate, die Joseph II. anläßlich einer Reise nach Florenz „entdeckt" und für Wien angekauft hatte, sind hier zu sehen. Letztere dienen noch heute als Lehrbeispiele.

Von den Besichtigungen diverser französischer Spitäler – unter anderem auch des großen Pariser Zentralspitals, „Hôtel de Dieu", welches am Tag seiner Besichtigung 2.882 Personen beherbergte – war Joseph II. nach eigenen Aussagen schwer enttäuscht. Die Säle waren niedrig und dumpf, die Kranken lagen zu dritt oder viert in einem Bett, und Ärzte, Aufsicht und Sauberkeit fehlten. Vor diesem Erfahrungshintergrund ließ Joseph II. den Wettbewerb zum Bau eines Allgemeinen Krankenhauses in Wien ausschreiben. Dabei prallten zwei grundsätzliche Meinungen aufeinander. Maximilian Stoll, Primararzt am „Unirten Spital" und nach de Haen Leiter der medizinischen Klinik, schlug ein dezentralisiertes Klinikmodell vor. Für ihn bedeutete eine Konzentration der Kranken auch eine Konzentration der Krankheiten. Demgegenüber vertrat der kaiserliche Leibarzt Joseph Quarin das Zentralisationsmodell und setzte sich damit durch. In der Folge wurde das bereits bestehende Großarmenhaus im Bereich Spitalgasse/Alser Straße, das

Joseph Quarin (1733–1814), erster Direktor des Allgemeinen Krankenhauses. Kupferstich von Jacob Adam, 1788.

sich über mehrere Jahrzehnte aus Zuwächsen und Stiftungen entwickelt hatte und 5 Höfe umfaßte, aufgelöst und in den neuen, 1783/84 von Isidor Canevale geplanten und von Josef Gerl ausgeführten, Krankenhauskomplex integriert.

Im August 1784 konnte das neue Wiener Großkrankenhaus, das Allgemeine Krankenhaus, das 1997/98 zu einem Universitätscampus umgestaltet worden ist, eröffnet werden. Es schloß nun 7 Höfe ein, die zum Teil mit Lindenalleen bepflanzt waren, und bot 2.000 Patienten Platz. 111 Krankenzimmer (ohne die Rekonvaleszentenzimmer) bzw. Säle standen zur Verfügung, davon 61 für Männer und 50 für Frauen.

Die zeitgenössischen Berichte und Beschreibungen zeigen, daß die Kranken erstmals als Individuum wahrgenommen wurden. Jeder Kranke hatte sein eigenes Bett und bekam ärztliche Betreuung. Über dem Bett wurde eine Tafel montiert, worauf die Nummer des Zimmers und Bettes, der Name des Kranken, sein Eintrittstag, die Arzneimittel und deren Verabreichung, die Krankheitsumstände, die zulässigen Speisen etc. notiert wurden.

Das Allgemeine Krankenhaus galt nach seiner Fertigstellung als das modernste Krankenhaus Europas. Erstmals war mit ihm eine Scheidung von Kranken und Armen, Invaliden, Waisenkindern etc. durchgeführt worden. Daneben gab es einige kleinere Krankenhäuser wie etwa jenes der Barmherzigen Brüder in der Leopoldstadt, welches 114 Kranke ohne Rücksicht auf deren Religion aufnehmen konnte, das Rekonvaleszentenhaus der Barmherzigen Brüder auf der Landstraße für 51 Kranke, sowie das Hospital der Juden in der Roßau. Die Findel- und Waisenhäuser lagen ebenfalls in der Alser bzw. Währinger Straße. (1792 belief sich die Zahl der „gestifteten", d. h. von öffentlichen Stiftungen unterstützen Waisen auf 418 Köpfe.)

Das St.-Johann-Nepomuk-Spital auf der Landstraße, welches unter der Leitung von Josef Gerl vergrößert und aufgestockt worden war, nahm die Militärinvaliden auf. Nun hatten sich auch eigene „Siechenhäuser" (Alsterbach und Sonnhof bei der St. Margaretner Pfarrkirche) etabliert – hier fanden die unheilbar Kranken, die aus dem Stadtbild entfernt werden sollten, Unterkunft. Eine Wien-Beschreibung aus dem Jahre 1792 nennt die neue Sensibilität als Ursache, die dem Städter den Anblick von Entstellten nicht mehr zuzumuten wagte: „Die eigentliche Bestimmung dieser Häuser ist allen eckelhaften, preßhaften, und von der Generalspitaldirektion für unheilbar erkannten Kranken ein Unterkommen zu verschaffen, und sie dem Anblick des Publikums zu entziehen."

Psychisch Kranke wurden noch im 17. und beginnenden 18. Jahrhundert als mit göttlichen oder dämonischen Zeichen belegt empfunden. Die Medizin stufte sie auch gegen Ende des 18. Jahrhunderts noch als unheilbar ein. Wahnsinn bedeutete daher Internierung, Ausschließung aus der Gesellschaft und rationelle Verwahrung.

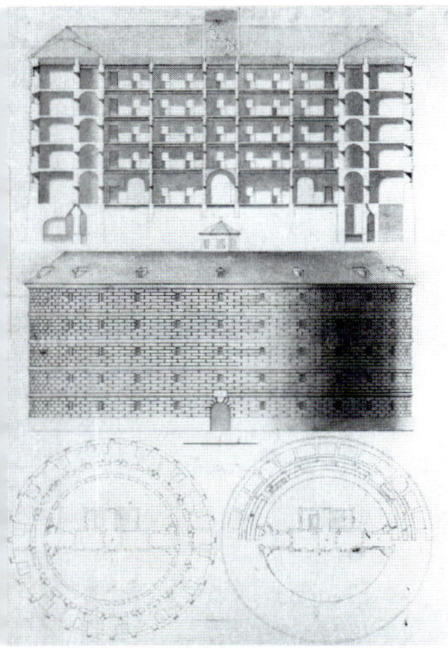

Diesen Prinzipien unterlag auch das „Tollhaus" bzw. der „Narrenturm", welcher quasi als 5. Abteilung des Spitalbetriebes dem Allgemeinen Krankenhaus angegliedert war. Das kreisförmige, fünfstöckige Gebäude, welches nach außen hin mit Eisengittern abgesperrt war, besaß pro Stockwerk 28 gleich große Zellen, die radial um einen inneren Gang angelegt waren. Nach außen hin hatten die Zellen oder „Narrenbehältnisse" schmale, schlitzartige Fenster, die in zwei Metern Höhe angebracht waren, nach innen gab es Holztüren mit kleinen vergitterten Überwachungsfenstern. Der Steinboden der Zellen verlief gegen den Gang abschüssig und endete in einer Latrinenrinne für Urin und Kot. Holzpritschen, aufgeschüttetes Stroh, Eisenringe und Ketten sowie die Essensverabreichung in Blechschalen ergänzen das Bild der damals „fortschrittlichsten" psychiatrischen Bewahranstalt. Gerade an den psychisch Kranken zeigte sich der ambivalente Charakter der neuen Bevölkerungspolitik: Für einige definitiv bestimmte Gruppen interessierte sich der Staat ausschließlich unter dem Gesichtspunkt der Aussperrung und der Überwachung. Nicht das Geschick oder das Leid des einzelnen, sondern die Wirtschaftlichkeit und die Chance auf Wiederherstellung von „Normalität" entschieden über die Behandlung.

Die Anzahl der Zellen orientierte sich an der in den 1760er Jahren erhobenen Zahl der „Irrsinnigen" – 128 Personen waren in Wien gezählt worden. Joseph II. kümmerte sich höchstpersönlich um die örtliche Aufteilung der einzelnen Individuen in den Zellen. Die Internierung war nicht auf Lebenszeit ausgerichtet. Es läßt sich daher eine erstaunliche Fluktuation erkennen: Zwischen 1784 und 1790 konnten immerhin 60 % der Patienten den Narrenturm wieder verlassen. Jeder fünfte allerdings kam während der Internierung im Narrenturm zu Tode.

LINKS OBEN: *„Ansicht des Narrenthurms, dan des Universal-und Militaire-Spitals, von der Rückseite". Kolorierter Kupferstich von Josef Schaffer, 1787.*

RECHTS OBEN: *Das Invalidenhaus in St. Marx. Kolorierter Kupferstich von Laurenz Janscha, 1792.*

UNTEN: *„Der alte Narrenthurm in Wien". Grund- und Aufriß sowie ein Querschnitt. Federzeichnung, laviert.*

*) LEOPOLD AUENBRUGGER UND DIE ANFÄNGE DER ERSTEN WIENER MEDIZINISCHEN SCHULE

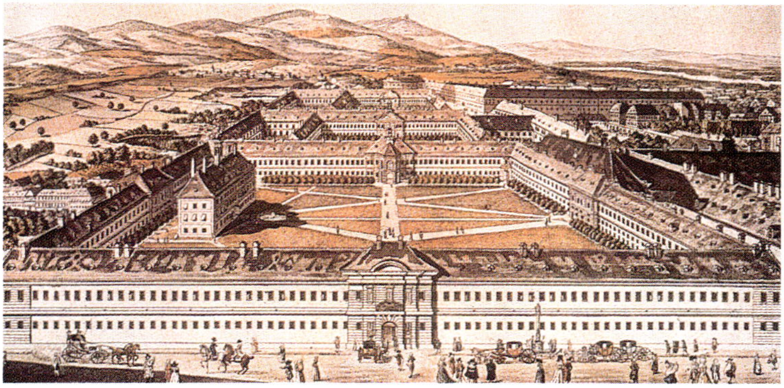

LINKS: *„Ansicht des allgemeinen Krankenhauses". Kolorierter Kupferstich von Joseph und Peter Schaffer.*

UNTEN: *Tabakklistier, 18. Jh., aus der Instrumentensammlung der Josephinischen Akademie; die medizinischen Methoden des 18. Jahrhunderts beschränkten sich zumeist auf den berühmten Aderlaß bzw. auf Tabakeinläufe.*

Der Arzt Leopold Auenbrugger, der 1722 als Sohn eines Gastwirtes in Graz geboren worden ist, gilt heute als einer der wichtigsten „Erfinder" in der Geschichte der Medizin. Er begründete die Methode der Auskultation zur Feststellung krankhafter Veränderungen der Atmungsorgane. Seine Wiener Karriere nimmt sich dagegen äußerst bescheiden aus: Er hatte nie eine Professur inne und wurde erst 74jährig als Gastprüfer den medizinischen Rigorosen an der Universität beigezogen.

Dabei fand Auenbruggers große und für die Diagnose richtungsweisende Entdeckung schon 1761 statt. In den Jahren davor arbeitete er (ab 1751) zuerst als Sekundar-, dann Primararzt am Spanischen Spital, welches Kaiser Karl VI. für Angehörige der spanischen, niederländischen und italienischen Nation gestiftet hatte. An diesem im damaligen Wien größten Spital entwickelte er die diagnostische Methode der Perkussion. Sieben Jahre lang studierte er an Patienten die verschiedenen hörbaren „Rückmeldungen" *(sonor, tympani-*

OBEN: *Der Anatom und Augenarzt Joseph Barth (1745–1818), Schabblatt.*
MITTE und **UNTEN:** *Anatomische Wachsplastiken: Kopfpräparat und liegende männliche Figur. Josephinum, Museum für Geschichte der Medizin.*

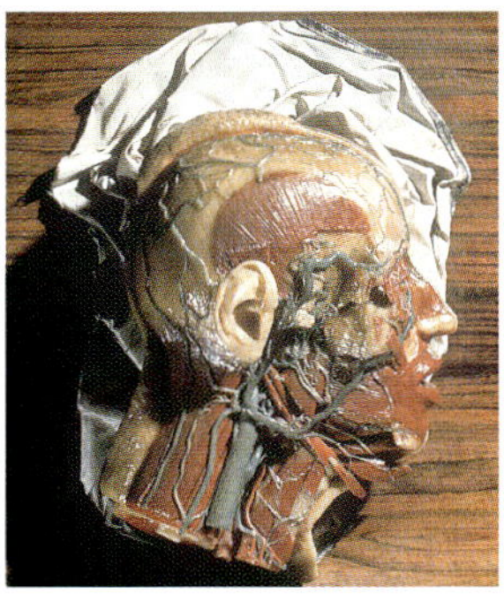

tisch, gedämpft, leer) bei Beklopfen des Brustkorbes mittels der Fingerspitzen. Er verglich seine Ergebnisse bei Patienten mit Obduktionsbefunden, also Untersuchungen an Leichen, wobei er in die Brusthöhle der Leiche Flüssigkeit einspritzte und die Veränderungen des Klopfschalles anhand des Flüssigkeitspegels notierte. Anhand seiner Vergleiche gelang es ihm, den Klopfschall zu klassifizieren und Rückschlüsse auf Veränderungen der Organe innerhalb des Brustkorbes zu ziehen.
1761 trat er mit seiner Publikation „Inventum novum", in der er die Perkussionsmethode erläuterte, an die Öffentlichkeit. Die positive Aufnahme der sensationellen Entdeckung durch die Kollegenschaft blieb vorerst aus, weder Gerard van Swieten noch Anton de Haen nahmen dazu Stellung. Die Erfindung wurde praktisch übergangen. Einzig Maximilian Stoll, 1776–1787 Klinikvorstand, hat die Methode der Perkussion in den klinischen Unterricht aufgenommen; danach geriet sie für fast ein halbes Jahrhundert wieder in Vergessenheit.

Auenbrugger zog sich schon am 1. März 1762, noch nicht ganz vierzigjährig, aus der Spitalsarbeit zurück und betrieb nur mehr seine Privatpraxis. Die folgenden Jahrzehnte, Auenbrugger lebte bis 1809, galt er in Wien und in der europäischen Fachwelt als der Spezialist für Brustkrankheiten. Von Maximilian Stoll wurde er vielfach wieder zur Diagnostik an die Spitalsbetten gerufen. Der Arzt Leopold Auenbrugger repräsentiert den neuen bürgerlichen Aufsteigertypus. Als Arzt war er zu den ersten „neuen" Intellektuellen des Jahrhunderts zu zählen. Joseph II. hat seine Tätigkeit anerkannt, indem er ihn 1783 zum Hof-Medikus und 1786 in den Adelsstand erhoben hat. Auenbrugger war ein vielfach gebildeter Mann, so war er vor allem auch Förderer der Wiener Musikszene. Er und seine als schön und wohlhabend beschriebene Frau, Marianne von Priestersberg, führten einen Salon. Sonntags fanden in ihrem Haus Matineen statt. So sind u. a. auch Wolfgang Amadeus Mozart und Joseph Haydn bei den Auenbruggers aufgetreten. Friedrich Nicolai erwähnt in seiner Reisebeschreibung mehrfach die beiden Töchter Auenbruggers, die bei diesen Matineen auch durch Klavierspiel und Gesangsdarbietungen angenehm auffielen. Ein Kuriosum: Auenbrugger selbst dilettierte als Librettist für eine Oper Antonio Salieris „Der Rauchfangkehrer oder die unentbehrlichen Verräter ihrer Herrschaft aus Eigennutz".

7. Die Verdrängung der Toten aus der Stadt

Am 31. Dezember 1783 setzte Joseph II. eine Maßnahme, die die Topographie der Stadt wesentlich verändern sollte: Er ließ alle Kirchhöfe oder sogenannten Gottesäcker, welche sich innerhalb der Linien befanden, schließen. Neue „communale" Friedhöfe wurden knapp außerhalb der Linien angelegt. Diese wurden allerdings weiterhin von den Pfarren bewirtschaftet, denn das Bestattungsgeld war die wichtigste Einnahmequelle der Mesner. So entstanden teilweise nur wenige Meter hinter dem Linienwall auf unbebautem Gebiet der St. Marxer Friedhof, der Matzleinsdorfer, der Schmelzer, der Hundsturmer und der Währinger Allgemeine Friedhof.

Diese Maßnahme hatte wie die meisten josephinischen Reformen auch ihre „europäische" Vorgeschichte: Mit dem fortschreitenden 18. Jahr-

Barocke Friedhofswelt: „Prospect der Kirchen Unser Lieben Frauen Maria-Zell auf dem so genandten Kayserlichen Gottes-Acker vor dem Schotten-Thor". Stich von Johann August Corvinus nach Salomon Kleiner.

Josephinischer Begräbniszug, um 1790. Kupferstich von Clemens Kohl nach Sollerer.

hundert wurde in den meisten Großstädten Europas ein durch viele Jahrhunderte unbeanstandeter Zustand plötzlich als unerträglich empfunden. Die traditionelle Art der Bestattung mitten in der Stadt – die Beerdigung der Toten in Kirchen oder dicht neben diesen sowie das beständige Umschichten der Körper und Gebeine – hatte, so vermeinten Stadthygieniker, Naturwissenschafter, Stadtreformpolitiker und Mediziner, ein in höchstem Maße vergiftetes und ungesundes Geruchsklima entstehen lassen. Die ständige Konfrontation mit der Verwesung wurde als ästhetisches Ärgernis empfunden. Im Zeichen der Aufkärung begann nun eine Schar von Ärzten, Physikern und Chemikern diesem Problem durch neue Bestattungstechniken und durch die Zusammenfassung der Toten in Nekropolen gegenzusteuern. In Wien wurden diese Reformen, wie viele andere auch, autokratisch vom Herrscher verordnet.

Die ersten Schritte der Vertreibung der Toten aus der Inneren Stadt hatte man bereits um die Wende vom 17. zum 18. Jahrhundert unternommen. Der ab 1660 sukzessive aufgelassene Michaelerfriedhof wurde nach Mariahilf, Am Schöff, verlegt. Auch am Friedhof um die Peterskirche stellte man, lange bevor der Friedhof 1783 endgültig aufgelassen wurde, die Neubestattungen ein. Bereits 1732 und 1751 wurden der St. Stephansfriedhof bzw. der zum Schottenstift gehörende Friedhof „Am Vogelsang" stillgelegt. Beide wurden in die Alservorstadt vor die Stadtmauern transferiert. Nicht zuletzt waren auch bautechnische Gründe für die Auflassung der innerstädtischen Friedhöfe verantwortlich; so baute man etwa an der Stelle des Schottenfriedhofes 1774 das Haus Freyung 7, das wegen der Schmucklosigkeit seiner Fassade die Bezeichnung „Schubladkastenhaus" erhielt.

Über das 18. Jahrhundert zählte man in Wien rund 5.000–6.000 Tote pro Jahr. Das waren die in den Totenlisten offiziell aufgezeichneten Zahlen. Dazu kamen noch (nach den Schätzungen Weiskerns) 1.200 Tote aus den Spitälern (den vereinigten Armen-, Bettlern-, Invaliden- und Waisenhäusern), die keine Aufnahme in die Listen gefunden haben. Die Bestattung der Toten konnte erst nach Freigabe des Leichnams durch das sogenannte Totenbeschauamt erfolgen – ein gerichtliches Gremium, das aus einem Arzt und einem Wundarzt bestand. Die Sorge des Totenbeschauamts galt zwei Sachverhalten: Zum einen prüfte es bei plötzlichen Todesfällen, ob nicht ein Verbrechen vorlag. (In den anderen Fällen hatte der betreuende Arzt die Todesursache schriftlich vorzulegen.) Zum anderen ordnete das Beschauamt zur Verhinderung von Seuchen an, was mit dem Gut des Toten (mit Betten und Kleidern) zu geschehen hatte. In den wesentlichen Bestimmungen ging diese Tätigkeit auf die Infektionsordnung von 1656 zurück. Die Toten selbst und ihr profanes „Nachleben" waren noch kein Thema. Das änderte sich nicht zuletzt durch die Forschungstätigkeit der Naturwissenschafter,

LINKS: *Totenkopf mit Reichskrone. Detail vom Sarkophag Kaiser Karls VI.*

RECHTS: *Der lothringische Teil der Kapuzinergruft mit Blick auf den von Balthasar Ferdinand Moll geschaffenen Doppelsarkophag für Maria Theresia und Franz Stephan von Lothringen, davor der einfache und schlichte Sarg Josephs II.*

die den Leichnam (durchaus spekulativ) als Quelle gefährlicher Gifte zu beschreiben begannen und auf eine strikte Trennung von den städtischen Wohnquartieren drängten.

Bereits 1732 untersagte eine Verordnung die Beerdigungen in der Stadt, doch fanden die Bestattungen in den Katakomben von St. Stephan und in den anderen Kirchengrüften wie St. Michael weiter statt. Eine schwere Typhusepidemie 1772 führte zur neuerlichen Bestätigung der Friedhofsregelung. „Aus allermildester Fürsorge für den allgemeinen Gesundheitszustand" erließ Maria Theresia Vorsichtsmaßregeln in 13 Punkten, die die Ausbreitung von Epidemien und Krankheiten unterbinden sollten. Unter anderem sprach sie darin auch das Verbot aus, die Gruftsteine in den Kirchen zu öffnen, da die Hygieniker und Mediziner hier sogenannte „Miasmen", krankheitserregende „faulige" Luft, vermuteten. Die Neubestattung in den Kirchen, die Adeligen und Klerikern vorbehalten war, blieb allerdings weiter erlaubt. (In diesem Zusammenhang soll nicht unerwähnt bleiben, daß Maria Theresia erst 1748 die Kapuzinergruft als Bestattungsort für den lothringischen Teil der Familie hatte erweitern lassen. Der prunkvolle Doppelsarkophag für ihren Gatten Franz Stephan von Lothringen und für sie selbst, der von Balthasar Ferdinand Moll stammt, gehört heute zu den wichtigsten touristischen Attraktionen Wiens.)

Als Prinz Eugen 1736 starb, erlebte Wien ein besonders prunkvolles Ritual. Eugen wurde drei volle Tage im Schlachtenbildersaal seines Stadtpalais aufgebahrt. Dann führte der imposante Begräbniszug in der Nacht –

tausende Menschen, Adelige, Kleriker, Militärs, aber auch Abgesandte aus den Spitälern, Invalide, scharenweise Leute aus dem Armenhaus, und Leute niederen Standes, mit Windlichtern und Kruzifixen ausgestattet, begleiteten den toten Helden – von der Himmelpfortgasse, an der Augustinerkirche und Hofburg vorbei zum Stephansdom. Der Sarg war mit einem schwarzen goldbortierten Bahrtuch bedeckt, dessen Enden von vierzehn Feldmarschalleutnants getragen wurden. Flankiert wurde der Sarg von sechsunddreißig Kerzenträgern. Ihm folgte das Leibpferd des Prinzen mit aufgeschnallter Rüstung. Im Dom hatte Prinz Eugens Architekt Lucas von Hildebrandt das Trauergerüst errichtet. Das Herz Eugens wurde (angeblich) nach Turin überführt und dort in einer Herzurne bestattet. Zu seinem Tod wurden mehrere Gedenkmedaillen geprägt, und zwei Jahre später erschien die Trauerrede des Jesuitenpaters Franz Peykert im Druck.

Mit dem Beginn der Alleinregierung Josephs II. setzte eine breite publizistische Attacke auf den barocken Begräbniskult und dessen luxuriöse Bestattungszeremonien ein. Hauptursachen hierfür wären „Vorurteil, Aberglaube, Luxus von einer Seite, Habsucht von der anderen", wie es in der anonymen Schrift „Ueber die Begräbnisse in Wien" (1781) heißt. Die „Stolordnung für Wien und die innerhalb der Linien liegenden Vorstädte und Ortschaften" von 1782, die die Gebühren für die Dienste der Geistlichen regelte, dokumentiert noch die bis dahin üblichen Bestattungsrituale. Es gab drei Begräbnisklassen, die sich in der Art des Konduktes, vor allem aber durch die Beschaffenheit der Begräbnisstätte unterschieden: Für die „1. Klasse" des Herren- und Ritterstandes war die Bestattung in der Kirche erlaubt, die „2. Klasse" gestattete Begräbnisse in einer Kirchengruft, der „3. Klasse" hatte die Beerdigung auf einem Friedhof zu genügen. Mit der Schließung aller Grüfte und Friedhöfe im bewohnten Gebiet wurde das Begräbniswesen nivelliert, Unterschiede blieben jedoch weiter bestehen: die Einsegnungszeremonien unterschieden große, mittlere, kleine und kleinste Geleite; grundsätzlich aber erfolgte das Begräbnis in „allgemeinen einfachen Gräbern". Auf diese Gräber bestand kein Eigentumsrecht, sie konnten nach 10 Jahren wieder umgegraben werden. Adel und Bürgertum wurde die Bestattung in einer Gruft oder einem Extragrab eingeräumt, und auch ein Grabdenkmal, wenn auch nur an der Friedhofsmauer, durfte aufgestellt werden.

Löste in allen Gesellschaftsschichten empörten Widerspruch aus: der josephinische Klappsarg.

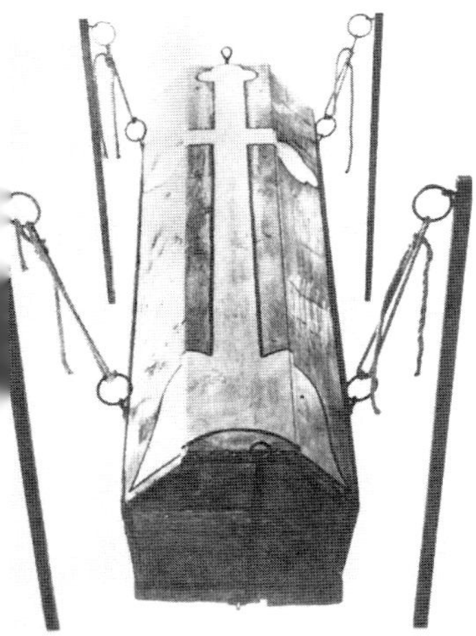

Aufbahrung und „Beisetzung" des Toten – darunter verstand man die Einsegnung und Aufbewahrung in einer eigenen Leichenkapelle – erfolgten innerstädtisch in den zuständigen Pfarren, welchen wiederum einer der neuen Friedhöfe außerhalb der Linien zugeordnet war. Nach der möglichst rasch, unentgeltlich und gemeinschaftlich zu erfolgenden Überführung der Leichen, die nach Einbruch der Dunkelheit geschah, blieben diese auf den neuen Friedhöfen für eine Frist von zweimal 24 Stunden – bei

Das Leichenbegängnis Josephs II. am 22. Februar 1790. Kolorierter Kupferstich von Hieronymus Löschenkohl.

ansteckenden Krankheiten verkürzte sich die Frist – liegen. Dies sollte die Bestattung von „Scheintoten" verhindern, was im 18. Jahrhundert zu einer kollektiven Angstvorstellung geworden war. Erst dann schloß die eigentliche Bestattung an. Die Leichen mußten „6 Schuhe tief in die Erde versenkt, mit Kalk wohl bestreut und sodann ihrer endlichen Auflösung, auf eine der Gesundheit des Menschen unschädliche Art überlassen werden". (*Nachricht, die Verordnung über das Begräbnis in Wien enthaltend*, anonym, Wien am 31. Dezember 1783).

Das Hofdekret vom August 1784 setzte zum Thema Bestattung noch einige Bestimmungen hinzu. Joseph II. verordnete dem Volk den „Sparsarg", d. h. der Tote sollte „ohne Sarg und Kleidung, bloß in einen linnernen Sack genäht" aus einem wiederverwendbaren Sarg in eine gemeinschaftliche Grube fallen gelassen werden. Diese Verordnung löste in allen Gesellschaftsschichten ungeheure Gegnerschaft aus, und Joseph II. mußte weite Teile dieser Reform – er hat dies nicht ohne Sarkasmus und Resignation getan – nur wenige Monate später zurücknehmen. Der josephinische Sparsarg, ein Klappsarg, obwohl nur kurze Zeit tatsächlich in Gebrauch, hat sich so wie das „Armenbegräbnis" Wolfgang Amadeus Mozarts auf dem St.-Marxer-Friedhof, das eine standesgemäß durchaus übliche Bestattungsform der Zeit war, tief in das Geschichtsbild der Wiener eingeprägt.

Trotz der Rückschläge haben die josephinischen Begräbnisreformen das Stadtbild auf Dauer massiv beeinflußt. Waren die Friedhöfe innerhalb der Stadtmauern – wie bereits ausgeführt – schon im Laufe des 18. Jahrhunderts verschwunden, wurden nun auch die Friedhöfe in den Vor-

„Respice finem", Ende 18. Jh., kolorierter Kupferstich. Das Gedenkblatt soll wohl daran erinnern, daß vor dem Tod alle Menschen gleich sind.

städten innerhalb der Linien aufgelöst. Allein in der Leopoldstadt verschwanden auf diese Weise der Spitalsfriedhof der Barmherzigen Brüder (im Bereich der Großen Mohrengasse in der Leopoldstadt), der Pfarrfriedhof bei St. Leopold (Alexander-Poch-Platz/Große Pfarrgasse) und der Friedhof „Auf der Haide" (Leopoldgasse/Schiffamtsgasse; heute befindet sich auf dem Areal teilweise der Karmelitermarkt). Im heutigen IV. Bezirk verschwand neben anderen der Bürgerspitalsfriedhof (auf dem Terrain der 1818 eröffneten Technischen Universität/Polytechnikum), im VII. der Pfarrfriedhof von St. Ulrich (am heutigen Ulrichsplatz). Massiv betroffen war auch der heutige 9. Bezirk, wo der Friedhof des Armenhauses (aktuell Sensengasse, Areal des heutigen Anatomisch-Pathologischen Instituts), der Friedhof beim Spanischen Spital, der Kaiserliche Gottesacker (heute Universitätscampus, ehemaliges Allgemeines Krankenhaus Hof 8 und 9) sowie der Pfarrfriedhof von Lichtental und der Judenfriedhof in der Seegasse geschlossen wurden. Die Friedhöfe wichen neuen Gebäuden, Straßen oder Plätzen. Auf den Arealen der Friedhöfe des heutigen 9. Bezirkes baute man in der Folge das Josephinum (die Ausbildungsstätte für Militärchirurgen), einen botanischen Garten, Teile des Allgemeinen Krankenhauses und das Garnisonsspital.

Der oben genannte Bürgerspitalsfriedhof in unmittelbarer Nähe der Karlskirche war einer der größten Friedhöfe innerhalb der Linien. Er ist auch deshalb besonders erwähnenswert, weil 209 hingerichtete sogenannte „Malefiz-Personen", also wegen schwerer Verbrechen verurteilte Personen, zwischen 1702 und 1776 hier bestattet worden sind. Aus diesem Grund hatte er auch den Beinamen „Armesünderfriedhof".

Die kleinen, durch das explosive Stadtwachstum ebenfalls bereits von Wohngebieten umlagerten Vorstadtfriedhöfe wurden durch die oben genannten erweiterungsfähigen neuen Friedhofsgründungen ersetzt. Knapp außerhalb der Linien gelegen, prägen sie bis heute – zwischenzeitlich allerdings als Grünanlagen – das Stadtbild mit. So der Waldmüllerpark, der ehemalige katholische Friedhof Matzleinsdorf, in Favoriten; der Haydnpark, früher der Hundsturmer Friedhof, in Meidling; der Märzpark, der ehemalige Schmelzer Friedhof, in Fünfhaus; und der Währingerpark, zuvor der Währinger Allgemeine Friedhof. Der bekannteste unter diesen josephinischen Friedhöfen ist bis heute der St.-Marxer-Friedhof, der sich als „Friedhofsdenkmal" der Biedermeierzeit erhalten hat. Er ist zu einer Insignie der Wiener Stadtgeschichte und des Wiener Stadttourismus geworden. Die fünf neuen Friedhöfe konnten den „Platzbedarf" der Toten Wiens, das sich im 19. Jahrhundert bevölkerungsmäßig explosiv entwickelte, immerhin sieben Jahrzehnte hindurch decken. Erst die Gründung des kommunalen Zentralfriedhofes im heutigen Simmering 1873 führte zur endgültigen Verdrängung der Toten an die äußerste Peripherie der Stadt.

8. Die Säkularisierung Wiens

Wien war nach der Vertreibung der Protestanten 1627 zur Hochburg der Gegenreformation geworden. Der „geistliche Anstrich" durchzog mittels eines raumgreifenden Kirchenneubauprogramms die ganze Stadt. Mit der erfolgreichen Abwehr der Türken vertiefte sich das Image Wiens als „Bollwerk der [katholischen] Christenheit" noch mehr, und es gelang den Habsburgern, diesen Sieg eindeutig für sich als politische Schutzmacht des Katholizismus zu reklamieren. Nach 1683 entstanden zahlreiche Denkmäler und Kirchen, bei denen der repräsentative Charakter für das Haus Habsburg bezeichnend wurde.

Mitten in die Stadt, auf den wichtigsten Plätzen Wiens, setzten die Habsburger-Kaiser ihre Zeichen: So ließ Leopold I. auf dem Graben die Dreifaltigkeits- oder Pestsäule errichten, auf der er sich selbst unter dem Motto „Glaube besiegt Pest" knieend darstellen ließ. Auch die Peterskirche

Die Peterskirche mit der neuen Fassade aus dem Jahre 1734. Kupferstich von B. Hattinger nach Salomon Kleiner, 1737.

LINKS: *Die Pummerin oder „Josephinische Glocke", gegossen aus Resten von Kanonen, wird zum Stephansdom geführt und im Südturm aufgehängt, 1711.*

RECHTS: *Stephanskirche. Kolorierter Kupferstich von Carl Schütz, 5. Etat, 1812; die Stephanskirche war das gesamte 18. Jahrhundert hindurch die wichtigste und am meisten frequentierte Kirche Wiens.*

Kardinal Sigismund Graf Kollonitsch, 1727. Ölgemälde von Jacob van Schuppen. Kollonitsch war seit 1716 Bischof von Wien; mit der Erhebung Wiens zum Erzbistum 1722 trug er den Titel Fürsterzbischof, 1727 wurde er Kardinal.

bzw. die Karlskirche erinnern an die Überwindung der Pestjahre 1679 und 1713. Mit der Leopoldskirche auf dem Leopoldsberg löste Karl VI. schließlich das von Leopold I. gegebene Gelöbnis zum Bau einer Erinnerungskirche auf den Türkensieg ein.

Zu den kaiserlichen Wahrzeichen des politischen Katholizismus kommen die Stiftungen der Witwen der Habsburgerherrscher, wie die Kirchen und Klöster der Elisabethinerinnen auf der Landstraße (1709–1711), gestiftet von der Kaiserin-Witwe Eleonore Magdalena, oder das Kloster der Salesianerinnen am Rennweg (1713–1730), das die Kaiserin-Witwe Amalie Wilhelmine errichten ließ.

Auch der Neubau der von den Türken zerstörten Schwarzspanierkirche (1690–1725), die Zulassung des Ordens der Weißspanier oder Trinitarier und der Piaristen in Wien, die Erbauung der Kirche des Spanischen Spitals für italienische, spanische und belgische Untertanen des Kaisers, sind auf die habsburgische Kirchentreue zurückzuführen.

Die alles überschattende Repräsentation von Kirche und habsburgischer Macht wird von einem exzessiven Katholizismus der Wiener begleitet, der, von außen gesehen, durchwegs negativ beurteilt wird. Alle Wien-Besucher, insbesondere natürlich jene aus den protestantischen Ländern, haben das hypertrophe katholische Klima Wiens und den besonders stark hervortretenden Zug der Wiener zu Frömmelei und zu Bigotterie vermerkt und kritisiert. Lady Mary Montagu etwa, die 1716/17 mehrere Klöster in Wien aufsuchte, amüsierte sich über die Aussage der abergläubischen Nonnen von St. Laurenz, die ihr ein hölzernes Christusbild als besondere Attraktion zeigten, das während der Türkenbelagerung plötzlich zu sprechen begonnen hätte und seither den Mund offen hielte. Der Kult um verschiedene Heiligenfiguren ließ sie scharf über „de(n) grobe(n) Aberglauben des gemei-

LINKS: *Sonnenmonstranz von Joseph Moser, 1759.*

RECHTS: *Pieta. Ölgemälde von Paul Troger, um 1735. Paul Troger (1698–1762) leitete 1753–1759 die Malklasse an der Akademie der bildenden Künste, 1754–1757 war er deren Rektor.*

nen Volkes" urteilen, „aus dem Tag und Nacht irgend jemand Kerzenstümpfe den hölzernen Figuren darbringt, die fast in jeder Strasse aufgestellt sind. Die Prozessionen, die ich sehr oft sehe, sind von (...) anstößigem Gepränge ...". In den 1730er Jahren sah es Basilius Küchelbecker nicht anders. Er erzählt von der lächerlichen Gewohnheit, bei der Prozession um die Paulanerkirche dem Bildnis der Gottesmutter das Bildnis des Heilands entgegenzutragen, damit sich die Bildnisse (dreimal) küssen könnten. Für ihn war die Wiener Stadtbevölkerung besonders bigott: In den Kirchen wurden den ganzen Vormittag über zumeist an mehreren Altären, ununterbrochen Messen

Huy! und Pfuy!
Der Welt.
Huy/ Oder Anfrischung
Zu
allen schönen Tugenden:
Pfuy Oder Abschreckung
Von
allen schändlichen Lastern:
Durch underschiedliche sittliche Concept,
Historien/ und Fabeln vorgestellt.
Worinnen
Der Poet / Prediger / und waserley
Standes-Persónen für ihren Kram
etwas finden können;
Durch
R. P. ABRAHAM à S. CLARA,
Augustiner Barfüsser Ordens / Provinciæ
Definitorem, und Kaiserl. Prediger x. x.
Mit Römischer Kayserlicher Maiestät allergnädigsten Freyheit/
Mit Kupfern geziert und verlegt
Durch
Christoph Weigel / Kupferstechern und Kunsthändlern
in Nürnberg.

Würtzburg/
Gedruckt bey Martin Frantz Hertzen.

Abraham a Sancta Claras große Streitschrift wider sündhaftem Lebensgenuß: Titelkupfer und Titelseite des 1707 in Würzburg/Nürnberg erschienenen Werks Huy! und Pfuy! Der Welt.

RECHTS: *Titelseite und Kupfer aus Abrahams Traktatsammlung* Heylsames Gemisch-Gemasch, *Wien und Würzburg 1704, in der er einmal mehr wortgewaltig über die Laster der Zeitgenossen herzog.*

UNTEN: *Auf sittliche Belehrung zielte auch seine* Grammatica Religiosa, *Salzburg 1691, die in der deutschen Übersetzung als* Geistliche Tugend-Schul *bekannt wurde.*

Heilsames
Gemisch-Gemasch,
Das ist:
Allerley seltsame und verwunderliche
Geschichten,
Mit vielen Concepten und sittlichen Lehren unterspickt,
Wie auch
mit Kupfern vermengt,
Worinnen einem jeden nach eigenem Belieben ein
Bescheid-Essen
vorgesetzt;
Meistens aber denenjenigen, so vor lieb nehmen mit einer
Speiß, die weder gesotten, noch gebraten.
Von
P. Abraham à S. Clara, Augustiner Barfüsser, Keys.
Prediger, und der Zeit Definitore Provinciali.
Mit Römischer Keyserlicher Majestät allergnädigsten Freyheit.
Verlegt durch
Christoph Weigel, Kupfferstechern in Nürnberg,
Zu finden aber
Bey Jacob Koll, Buchbinder zu Wien, bey dem Stock am Eisen.
Würzburg,
Gedruckt bey Hiob Hertzen. 1724.

gelesen. Insbesondere St. Stephan war immer voll von Menschen. Ständig fanden irgendwo Prozessionen statt, die in Wien mehr frequentiert wurden als in anderen katholischen Ländern.

Während in den ersten vier Jahrzehnten des 18. Jahrhunderts noch Klöster und Kirchen ausgebaut wurden, wie beispielsweise das Piaristenkloster (Lucas von Hildebrandt) oder das an die Leopoldskirche in der Praterstraße anschließende Kloster (Anton Ospel), setzte mit den zunehmenden aufklärerischen Tendenzen ein Umdenken ein: Seit 1762 erstellte die böhmisch-österreichische Staatskanzlei Pläne zur „Verminderung der Mönche", der Staat arbeitete zunehmend auf die Beseitigung der Monopolstellung des Klerus, vor allem der Jesuiten, in Bildung und Wissenschaft hin. Sukzessive wurde (schon vor der Auflösung des Jesuitenordens durch den Papst 1773) dessen Einfluß gemindert: Nach und nach entzog der Staat den Jesuiten die theologische Fakultät, die Weltpriesterausbildung in den Konvikten, die Bücherzensur, die Hofbeichtväterämter in der kaiserlichen Familie und die Kirchenrechtslehrstühle. Bereits vor 1773 richtete man eine „Jesuitenkommission" ein, die das Gesamtvermögen feststellte, die Temporalien verwaltete und schließlich einen Fonds anlegte, aus dem die Pensionen der Exjesuiten bezahlt werden konnten. Nach dem Beispiel des Jesuitenfonds wurde gleichzeitig mit der Verordnung über die Aufhebung der Klöster 1782 ein sogenannter „Religionsfonds" gegründet. (Mit dem Erlös aus dem Verkauf oder der Liquidation bestimmter Klostergüter wurden über die Religions- und Pfarrkassa die Pensionen für die Exreligiosen und die Gehälter der neu installierten Pfarrer und Kapläne bezahlt.)

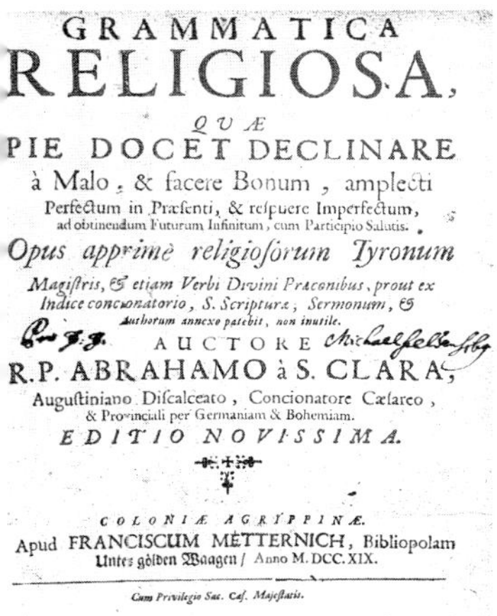
GRAMMATICA
RELIGIOSA,
QUÆ
PIE DOCET DECLINARE
à Malo, & facere Bonum, amplecti
Perfectum in Præsenti, & respuere Imperfectum,
ad obtinendum Futurum Infinitum, cum Participio Salutis.
Opus apprime religiosorum Tyronum
Magistris, & etiam Verbi Divini Præconibus, prout ex
Indice concionatorio, S. Scripturæ, Sermonum, &
Authorum annexo patebit, non inutile.
AUCTORE
R.P. ABRAHAMO à S. CLARA,
Augustiniano Discalceato, Concionatore Cæsareo,
& Provinciali per Germaniam & Bohemiam.
EDITIO NOVISSIMA.
COLONIÆ AGRIPPINÆ.
Apud FRANCISCUM METTERNICH, Bibliopolam
Unter gölden Waagen / Anno M.DCC.XIX.
Cum Privilegio Sac. Cæs. Majestatis.

Erstmals 1685 in München erschien Gack, Gack, Gack, Gack, à Ga, *Abrahams Beschreibung der Wallfahrt Maria Stern im bayrischen Taxa, wo er 1670 erste Lorbeeren als Prediger errungen hatte. 1672 erfolgte seine Berufung nach Wien.*

Gack/Gack/Gack/Gack/
à Ga,
Einer Wunder-seltsamen Hennen in dem Hertzogthum Bayern;
Das ist:
Eine ausführliche und umständige Beschreibung Der Berühmten Wallfahrt
Maria = Stern
In Taxa/
Bey den WW.EE.PP. Augustinern Baarfüssern/
Welche seinen urheblichen Anfang genommen von einem Hennen-Ey/ auf deme durch Anordnung des Himmels ein strahlender Stern erhoben ware in dessen Mitten ein schön-gecröntes Frauen-Haupt.
Zusammen getragen 1687. mit etlichen eingemengten sittlichen Lehr-Puncten/ allen Predigern nicht undienlich/
Durch P. F. ABRAHAM à S. Clara, Augustiner Baarfüsser/
Nunmehro aber zum andertenmal auf das neu aufgelegt.
CUM LICENTIA SUPERIORUM.
Wienn/ gedruckt bey Gregori Kurtzböck/ Universitäts-Buchdr. 17[illegible]

Während um 1700 viele Bürgerhäuser in Wien der Neuanlage von Klöstern und Klosterkirchen zum Opfer gefallen waren, kehrte sich in den 1780er Jahren der Trend um. Die erste Welle der Klosteraufhebungen betraf die kontemplativen Orden, die sich weder der Krankenfürsorge noch der Jugenderziehung widmeten. Dazu zählten die Orden der Kartäuser, der Kamaldulenser, der Eremiten, der Karmeliterinnen, der Klarissinnen, der Kapuzinerinnen und der Franziskanerinnen. In der Inneren Stadt traf es von insgesamt zwanzig drei Männer- und sechs Frauenklöster. Zum Beispiel das „Königinkloster", ein Klarissinnenkloster in der Dorotheergasse, das 40 Mitglieder, davon 25 Chorfrauen, 12 Schwestern und 3 Novizinnen, umfaßte. Die meisten Nonnen entschieden sich, zu den Ursulinerinnen, den Elisabethinerinnen oder den Salesianerinnen zu wechseln. Nachdem Kloster und Kirche geräumt waren, ging der Staat daran, den Gebäudekomplex zu verkaufen. Sein Wert wurde auf die Summe von immerhin 30.000 fl. geschätzt. Man dachte daran, das Kloster in ein Hotel umzuwandeln, wofür die Nachbarschaft der Hofburg, des Kärntnertor- und Burgtheaters sowie des Redoutensaales sprachen. Der Staat bot 20 Jahre Steuerfreiheit sowie Befreiung von der Hofquartierspflicht an, dennoch fand der Gebäudekomplex keinen Käufer, so daß Kirche und Klostergebäude getrennt versteigert werden mußten. Die Kirche wurde im Zuge der seit kurzer Zeit praktizierten „Toleranz" in eine evangelische Kirche umgewandelt, das Kloster vom Industriellen und neu geadelten Graf Johann Fries erworben, der hier sein klassizistisches Stadtpalais mit der Fassade gegen den Josefsplatz (heute Palais Pallavicini) errichten ließ.

Papst Pius VI. besucht die Michaelerkirche. Gouache von Anton C. Kalliauer, 1783.

Die Innenstadtklöster wichen zumeist neuen Bauten oder erhielten eine soziale Funktion: Anstelle des Nicolaiklosters etwa, eines Klarissinnenklosters in der Singerstraße, wurden fünf Wohnhäuser im Bereich Singerstraße/Grünangergasse errichtet, während das Karmeliterinnenkloster am Kienmarkt (auch Siebenbüchnerkloster genannt) zum Polizeigefangenenhaus umfunktioniert wurde. In das Dorotheerkloster zog das 1707 gegründete Versatzamt (heute Dorotheum), in den kleinen Hof des Jakobklosters die Orientalische Akademie, aus dem Laurenzerinnenkloster wurde eine Fabrik.

Eineinhalb Jahre nach den ersten Klosteraufhebungen begann am 23. Mai 1783 der „josephinische Klostersturm", eine zweite Welle der Klosteraufhebungen, die bis 1787 parallell zur großen Diözesan- und Pfarregulierung verlief. In der gesamten Monarchie wurden 700 bis 800 Klöster aufgehoben, in Wien und Niederösterreich waren 70 Ordenshäuser von der Aufhebung betroffen. Gleichzeitig wurde Wien mit einem Netz von Pfarren bzw. Seelsorgestationen überzogen. Der Schwerpunkt des religiösen Lebens sollte auf die staatlich gelenkte Pfarrseelsorge verlagert werden. Damit sollte die Armenfürsorge im Wege der Pfarren verbessert werden, aber auch Patriotismus und Loyalität der Bürger durch die Einflußnahme der in den Pfarren verankerten josephinischen Staatskirche gestärkt werden.

Bisher hatten die drei alten Stadtpfarrkichen St. Stephan, St. Michael und die Schottenpfarre die gesamte Innenstadt und auch die Vorstädte, d. h. rund 200.000 Seelen versorgt. Sie wurden nun um sechs weitere Stadt-

LINKS: *Papst Pius VI. erteilt den Ostersegen Am Hof, 1782. Kolorierter Kupferstich von Carl Schütz.*

RECHTS: *Das Treffen zwischen Papst Pius VI. und Joseph II., 1782. Kolorierter Kupferstich von Hieronymus Löschenkohl. „Unsere Verhandlungen haben schließlich zu nichts geführt…", urteilte Joseph II. Papst Pius VI. war im Frühjahr 1782 eigens nach Wien gereist, um mit Joseph II. dessen kirchliche Reformpläne (Toleranzpatent, Aufhebung zahlreicher Klöster, Unterwerfung der Ordensgeistlichkeit unter die Jurisdiktion der Bischöfe etc.) zu verhandeln.*

pfarrkirchen – Franziskanerkirche, Augustinerkirche, Burgpfarre, Kirche Am Hof, St. Peter und Maria Rotonda – vermehrt, die ebenfalls die Innenstadt versorgten. Die Vorstädte erhielten eigene Pfarren, durch deren Tätigkeit sich der Staat auch eine administrative Erfassung der Bewohner erwartete. Den neuen Pfarren war jeweils eine exakte Häuserzahl zugewiesen. Im heutigen 3. Bezirk war ihr Aktionsradius beispielsweise folgendermaßen festgesetzt: Die Pfarre Landstraße hatte 242 Häuser zu betreuen, die Filialpfarre „Unter den Weißgärbern" 82, Erdberg 300 und Rennweg 67. Wien und seine Vorstädte waren vorerst in 29 Pfarrbezirke eingeteilt. Dazu kamen Pfarren auch außerhalb der Linien, etwa in Altmannsdorf, Maria Brunn, Pötzleinsdorf, Neustift, Nußdorf oder Rodaun, die ein engmaschiges Pfarrnetz bildeten. Während innerstädtisch und in den Vorstädten nur marginale Zeichen der Veränderung gesetzt wurden – die Augustiner- und die Minoritenkirche wurden durch Ferdinand Hetzendorf von Hohenberg umgebaut, die Michaelerkirche erhielt einen neuen Turm –, entstanden hier vornehmlich Kirchenneubauten, wie die St.-Karl-Borromäus-Kirche in Großjedlersdorf oder die Atzgersdorfer Pfarrkirche. Letztere spiegelt den Typus der josephinischen Kirchen – kleine, schlichte, ornamentlose Bauten, die auf Repräsentation verzichteten – eindrucksvoll wider.

Joseph II. griff mit seiner Kirchenreform über das äußerliche Erscheinungsbild der Kirchen hinaus auch in die barocken Glaubensrituale massiv ein. Er ließ die Kirchen von Statuen, Prunkwerk und Bildern „säubern",

Votivgaben und Votivbilder mußten verschwinden. Auch die Unzahl der Prozessionen verschwand aus der Stadt. Jede Pfarre durfte nur mehr zwei Prozessionen im Jahr, und zwar an Feiertagen, abhalten, wobei den Zünften nunmehr verboten war, ihre großen Fahnen mitzutragen. Auch das Mitführen von Statuen war jetzt untersagt. Die Heiligengräber am Karfreitag wurden ebenso verboten wie das Ausstellen und die besondere Beleuchtung von Reliquien. Auch Wallfahrten und verschiedene Segnungen durften nicht mehr durchgeführt werden. So wie man die Toten aus der Stadt verbannt hatte, versuchte man nun auch das mit dem Katholizismus mehrfach verbundene mystische Element der Stadt aus der Öffentlichkeit zu verdrängen. Die Gläubigen sollten die Andacht nur mehr in den Kirchen verrichten. Die üblichen Almosen und Stiftungen, das Beichtgeld für die Kranken und die Taufkreuzer wurden gestrichen.

Was für viele Menschen in Wien schwer wog, war die Auflösung der Bruderschaften im Frühling 1783. Die karitativen Laienorganisationen, die bei einzelnen Klöstern und Kirchen eingerichtet waren, hatten sich im ausgehenden 17. und frühen 18. Jahrhundert etabliert. Sie boten neben ihrer religiösen und gesellschaftlichen Funktion eine Art frühe Sozialversicherung, wo man „in Krankheiten Doktor und Apotheke frey haben, nach dem Tod noch 10 oder mehrere Gulden für die Leiche, und nebenbey noch 50 heilige Messen gratis erhalten" konnte.

Die zunehmende Säkularisierung Wiens drückt sich auch in der Streichung vieler katholischer Feiertage aus, wobei die entsprechenden Verordnungen auch einen wirtschaftspolitischen Aspekt hatten. Das „barocke" Arbeitsjahr hatte nur 200 bis 250 Arbeitstage, dazu trat noch der vielfach sanktionierte „blaue" Montag. Schon 1754 erwirkte Maria Theresia von Papst Benedikt XIV. eine Reduzierung der Feiertage, siebzehn Jahre später folgte eine weiter Einschränkung. Gut zwei Dutzend Feiertage wurden abgeschafft oder zu Halbfeiertagen erklärt, an denen im Anschluß an den Gottesdienst gearbeitet werden durfte. Gleichzeitig verstärkte sich jedoch der sakrale Charakter der verbleibenden Feiertage, da an ihnen die Abhaltung der Jahr- und Wochenmärkte untersagt wurde und die Gast- und Kaffeehäuser sowie die Theater erst später aufsperren durften. (Auch der Prater durfte sonntags erst um 10 Uhr aufgesperrt werden, um den Besuch der Sonntagsmesse nicht zu gefährden.)

Joseph II. hatte den Klosteraufhebungen am 13. Oktober 1781 das Toleranzpatent vorausgeschickt, welches den nichtkatholischen Christen, d. h. den mit Rom nicht unierten Griechen sowie den Protestanten Augsburgischen und Helvetischen Bekentnisses, freie Religionsausübung zusicherte. Ein eigenes Patent für die Wiener Juden – 1782 lebten etwa 550 Juden in Wien – folgte drei Monate später, am 2. Jänner 1782. Die Protestanten, die

LINKS: *„Die Toleranz", um 1782, Gouache von Johann Lederwasch. Vor der Silhouette von Wien finden sich die Mitglieder der verschiedenen Glaubensbekenntnisse („Zwickeläner", „Herrnhuter", „Grieche", „Huss", „Jud", „Kalvin", „Evangelist", „Christ").*

RECHTS: *Der* Österreichische Toleranz-Bote, *1787. Schriften wie diese unterstützten die Reformpolitik Josephs II.*

über fast eineinhalb Jahrhunderte in den Untergrund gezwungen worden waren, traten nur sehr zögernd in Erscheinung. Zwei Jahre nach diesem Edikt wurde in Wien der Sitz eines Superintendenten (unter Johann Georg Fock) eingerichtet.

Das „Toleranzedikt" änderte trotz seines Namens wenig an den Repräsentationsmöglichkeiten der Nichtkatholiken. Evangelen, Orthodoxe oder Juden durften weder Türme, noch Glocken oder Straßenportale für Kultzwecke einrichten. Da der Bau von Synagogen weiterhin verboten blieb, konnten Juden ihre religiösen Praktiken nur in den eigenen Wohnungen durchführen. Das „Judenpatent" für Wien erlaubte weder die Bildung einer autonomen isrealitischen Gemeinde noch den Gebrauch der hebräischen Sprache. Neu war die Zulassung von Juden zum Universitätsstudium oder die Erlaubnis zum Ausüben eines Gewerbes bzw. des „Engagements" in Industrie und Wirtschaft. (1784 eröffnete der erste jüdische Arzt, der noch auswärts studieren hatte müssen, seine Praxis in Wien; 1789 promovierte der erste jüdische Doktor der Medizin.)

Nach wie vor war Juden der Grunderwerb verboten, doch hatten sie jetzt zumindest das Recht auf freie Wohnungswahl. Die Kinder konnten deutschsprachige Schulen besuchen, doch war Juden der Eintritt in die Verwaltungsberufe untersagt. Im Alltagsleben wirkten die neuen Bestimmungen dennoch nach. Juden waren nicht mehr verpflichtet, in öffentlichen Lokalen oder Theatersälen ihre Kopfbedeckungen zu tragen, und hatten in der Öffentlichkeit als „Herr" angeredet zu werden. Noch in die josephinische Zeit fällt

„Sie fingen eine grosse Menge und ihr Netz zerriss…". Satirischer Kupferstich auf die Aufhebung der Klöster durch Joseph II., 1782.

der Aufstieg der Handels- und Bankhäuser Arnstein und Eskeles, die zu Institutionen der Wiener Kultur und Wirtschaft wurden.

Das „Judenpatent" blieb also mit Blick auf die Lebensbedingungen der Juden in Wien weit hinter den Positionen der Aufklärung zurück. Es besserte nur die Lage der wenigen, schon seit rund 100 Jahren ansässigen „tolerierten" jüdischen Familien der Oberschicht. Ihnen öffnete das Patent durch Beseitigung der ärgsten antijüdischen Gesetze die Integration in das städtische Gesellschaftsleben.

Der Integration der sogenannten „tolerierten" Wiener Juden stehen strenge und diskriminierende Verordnungen gegen den Zuzug von Juden, vornehmlich aus den östlichen Gebieten der Monarchie, gegenüber. Diejenigen, die sich in der Stadt niederlassen bzw. heiraten wollten, mußten ein beträchtliches Vermögen von mehr als 10.000 Gulden nachweisen. Der Ankauf von Grundbesitz, wodurch sie politische Rechte erwerben hätten können, blieb ihnen verboten. Dies förderte wiederum die Ghettobildung, auch wenn die dicht bewohnten jüdischen Viertel um die Preßgasse und die Judengasse keine Mauern mehr hatten. 1792 wurde das sogenannte „Judenamt" im Rahmen der Polizei eingerichtet, das zu einer rigorosen Kontrolle der ansiedlungswilligen wie der sich nur vorübergehend – beispielsweise aus Anlaß von Jahrmärkten – in Wien aufhaltenden Juden führte. Sie hatten eine hohe Aufenthaltssteuer zu bezahlen und mußten nach wenigen Tagen die Stadt wieder verlassen. Solche politisch-konfessionellen Ausnahmegesetze sorgten dafür, daß bereits in den 1780er Jahren trotz der aufklärerischen Reformstimmung ein virulenter Antisemitismus in Wien verzeichnet wurde.

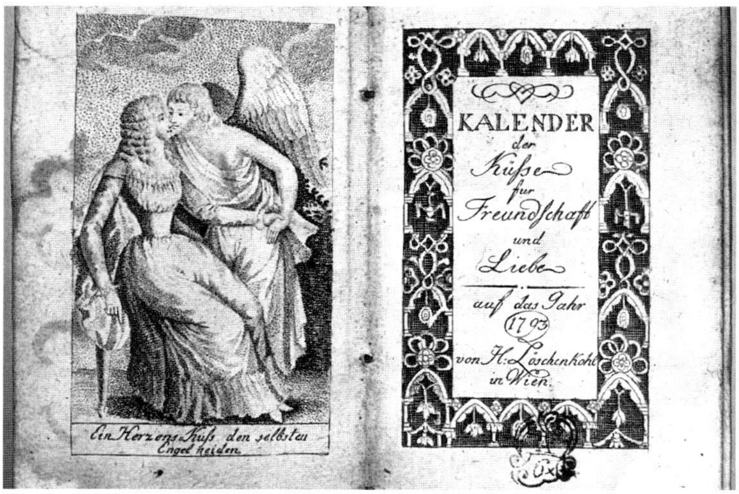

Kalender der Küße für Freundschaft und Liebe auf das Jahr 1793, *herausgegeben von Hieronymus Löschenkohl. Als geschäftstüchtiger Kunsthändler vertrieb Löschenkohl zahlreiche Kalender, daneben aber auch Fächer, Spiele, Tapeten, etc.*

*)

JOHANN FRIES. DER AUFSTIEG EINES PROTESTANTEN IM KATHOLISCHEN WIEN

Johann Fries (1719–1785) stammte aus einer bedeutenden Schweizer Familie, die in Bern und Zürich Bürgermeister gestellt hatte.

1744–1748 arbeitete er während des Österreichischen Erbfolgekrieges als Kommis im englischen Kommissariat, das für die Übernahme von Subsidiengelder und die Verpflegung der alliierten Truppen zuständig war. Als bis 1748 ein 100.000 Pfund umfassender Rückstand an englischen Subsidiengeldern entstanden war, dessen Bezahlung man in England in Frage stellte, wurde Fries von Wenzel Anton Kaunitz zur Regelung dieser Angelegenheit nach London geschickt. Er konnte tatsächlich den restlichen Betrag nach Wien bringen und erhielt das Angebot, obwohl er Protestant war, in österreichische Dienste zu treten.

In der Folge gelang ihm eine großartige Karriere: 1751 gründete er in Friedau und Rabenstein in Niederösterreich eine Barchent- und Kotzenfabrik. 1752 erhält er taxfrei die Niederlagsfreiheit in Wien. Im selben Jahr übernimmt er gemeinsam mit dem Textilhändler Togniola unentgeltlich die Direktion der k. k. Seidenfabriken und erhält den Titel Kommerzienrat. 1754 gründet er eine eigene Fabrik für Samt- und Seidenwaren, die er später auf das Schottenfeld verlegt; eine Wollzeugfabrik in Böhmen folgt. 1752 brachte er den Mariatheresientaler heraus, der ihm ungeheuren Gewinn bescherte. 1766 gründete er gemeinsam mit Baron Gontard das Bankhaus Fries. Sein finanzielles Engagement im Siebenjährigen Krieg brachte ihm die Erhebung in den erblichen Ritterstand und schließlich in den Freiherrenstand (1762); wenige Jahre später erhielt er den Hofratstitel. Joseph II. verlieh ihm nach dem Inkrafttreten des Toleranzpatentes den Reichsgrafentitel. Schon in den 1770er Jahren war er Mitglied der Freimaurerloge „Zum heiligen Joseph“.

Er erwarb die Grundherrschaften Vöslau, Neulengbach und Orth an der Donau. In Wien ließ er sich sein

Der Unternehmer und Bankier Johann Fries (1719–1785), nach 1785. Punktierstich von Joseph Keller nach einem Gemälde von Johann Baptist Lampi.

OBEN LINKS: *Der legendäre Maria-theresientaler, eine Kunstmünze, 1752 von Johann Fries kreiert.*

RECHTS: *Münzen aus der Zeit Josephs II.: 1 Kreuzer, 1/2 Kreuzer, 1/4 Kreuzer (obere Reihe Avers, untere Reihe Revers).*

UNTEN: *Josef Fries, 1787. Ölgemälde von Angelica Kauffmann; Josef Fries, Johanns Sohn, legte eine großartige Kunstsammlung an, für die er Antonio Canovas Plastik „Theseus", die im Hintergrund zu sehen ist, erwarb.*

Stadtpalais direkt gegenüber der Hofburg, auf einem Teil des Baugrundes des aufgehobenen Königinklosters, errichten. Er wählte den Architekten Ferdinand Hetzendorf von Hohenberg, der auch für das Kaiserhaus (beispielsweise die Gloriette) gebaut hatte. Das Palais wurde zu einem gesellschaftlichen Mittelpunkt der Stadt.

Johann Fries hatte aufgrund seines Reichtums und seiner Verdienste, obwohl er Protestant war, größte Anerkennung gefunden. Er konnte unter Maria Theresia jene Rolle übernehmen, die ehemals die „Hofjuden" erfüllt hatten. Mit der Zulassung der reformierten Gemeinde engagierte er sich auch für deren Ausbau und spendete den Betrag von 100.000 Gulden. Sein ältester Sohn Joseph Fries (1765–1788) legte den Grundstein für die großartige Kunstsammlung, die in den 1780er Jahren zu den Attraktionen Wiens zählte. Er erwarb u. a. die berühmte Plastik „Theseus und Minotaurus" von Antonio Canova. Joseph Fries starb erst 23 Jahre alt, unverheiratet, an „Römischem Fieber". Sein Vater Johann Fries war drei Jahre zuvor 66jährig unter mysteriösen Umständen tödlich auf seiner Herrschaft Vöslau verunglückt. Er war im Schloßteich von Vöslau ertrunken.

Johanns jüngerer Sohn Moritz (1777–1825) baute vorerst Macht und Vermögen noch aus; in den 1820er Jahren kam es jedoch zum Zusammenbruch des Bankhauses Fries, die legendäre Kunstsammlung der Familie wurde durch Versteigerungen in alle Winde zerstreut.

9. Auf dem Weg zum modernen Verwaltungsapparat

Die Unterdrückung der freien Städte durch die Habsburger und das damit verbundene Zurückbleiben dieser Kommunen gegenüber westeuropäischen Städten nimmt in der ungarischen Geschichtsschreibung einen großen Stellenwert ein. Im Bereich der Stadt Wien setzte die diktatorische Stadtordnung Ferdinand I. von 1526, in der er die Autonomie Wiens aufhob (die landesfürstliche Regierung prüfte die realbesitzenden Ratsmitglieder vor der Ernennung auf deren Eignung, womit der Landesfürst ihm zuwiderlaufende Interessensgruppen ausschalten konnte; die Gruppe der Handwerker blieb von vornherein vom Stadtrat ausgeschlossen) einen ersten Schritt. Der systematische Ankauf von Boden durch den katholischen Adel und die Kirche im Zuge der Gegenreformation ließ eine komplizierte Überlagerung verschiedener Rechtssysteme entstehen, was die Stadtobrigkeit weiter schwächte. Städtische,

Einen entscheidenden Schub erhielten die Verwaltungsreformen in der Zeit Maria Theresias durch die bitteren Niederlagen in den Kriegen gegen Friedrich den Großen: Die Schlacht bei Soor, 1745. Ölgemälde von Dismar Degen.

OBEN LINKS: *Der Jurist Peter Josef Kofler (1700–1764), Pastell; Kofler war 1737–40 Stadtrichter, 1744 und 1751–64 Bürgermeister.*

OBEN RECHTS: *„Prospect des Stadt- und Rath-Hauses in der Wipplingerstrassen". Kupferstich von Johann Adam Corvinus nach Salomon Kleiner, 1725.*

UNTEN: *Der Jurist Joseph Georg Hörl. Ölgemälde. Hörl amtierte als Bürgermeister von Wien 1773–1804 und trug die Magistratsreform Josephs II. wesentlich mit.*

landesfürstliche (kaiserliche), kirchliche, grundherrschaftliche und universitäre Gerichtsbarkeiten und Verwaltungskörper existierten nebeneinander. Die Frage, wer in der Stadt tatsächlich – und wo genau – Macht ausübte, ist selbst für das 18. Jahrhundert alles andere als einfach zu beantworten.

Halten wir uns zunächst an den schematischen Aufbau der Stadtregierung, wie ihn Johann Basilius Küchelbecker beschreibt: Die für die Stadt entscheidenden Amtsträger waren das Stadtgericht und der Stadtrat. Letzterer sollte für die „Policey, Wohlfarth und Verwaltung der Stadt" sorgen, Tutoren und Kuratoren bestellen, Testamente annehmen „und alles dasjenige tun, wodurch der Nutzen der Stadt kann befördert, und hingegen derselben Schaden und Nachtheil abgewendet werden". Der Bürgermeister präsidierte den Stadtrat. Ihm war im Ratskollegium der „kaiserliche Stadt-Anwalt" zur Seite gestellt, der die Stelle des Landesfürsten in der Stadt zu vertreten hatte.

Der Stadtrat war in einen Inneren und Äußeren Rat geteilt, wobei dem Inneren Rat Bürgermeister und Stadtanwalt sowie dreiundzwanzig Räte angehörten. Der Äußere Stadtrat umfaßte einundsiebzig Ratsherren, die ihre Aufgaben hauptsächlich vom Inneren Rat zugewiesen bekamen. Die Ratskollegien wurden jährlich personell verändert, nur der kaiserliche Stadtanwalt blieb dauerhaft an seiner Stelle. Bürgermeister und Stadtrichter sollten zumindest alle zwei Jahre wechseln.

Stadtrichter und Stadtgericht unterstanden dem Einfluß des Landesfürsten. Der Stadtrichter wurde vom Landesfürsten bestellt, ebenso die zwölf Gerichtsbeisitzer, die dem Stadtrichter bei Prozeßführung und Urteilsfindung beigestellt waren. Das Stadtgericht sprach namens des Landesfürsten innerhalb des sogenannten „Burgfriedens" Recht, d. h. für jene Stadtgebiete, wo weder landesfürstliches, landständisches oder anderes Recht bestand.

Amtssitz des Wiener Stadt- und Landgerichts war seit dem Mittelalter die Schranne am Hohen Markt, die 1629 aus städtischem Besitz in das

Eigentum des Landesfürsten überging. Hier hielt der Stadtrichter täglich Gericht. In den oberen Stockwerken befanden sich die Untersuchungszimmer und im untersten die Gefängnisse für Delinquenten.

Der Stadtrichter hatte die sogenannte „niedere Gerichtsbarkeit" – Zivilsachen und mindere Strafsachen – innerhalb des „Wiener Burgfriedens" inne, dessen Grenzen 1698 von Leopold I. festgelegt worden waren. Bei der hohen Gerichtsbarkeit, die für alle Delikte galt, die mit Tod oder Verstümmelung bestraft wurden und auf der Verleihung des Blutbannes

OBEN: *Das Amtshaus der „Malifiz"-Personen in der Rauhensteingasse. Aquarell von Johann August Corvinus nach Salomon Kleiner. Es diente sowohl als Gerichtsgebäude wie auch als Verwahrungs- und Strafort für schwere Verbrechen.*

UNTEN LINKS: *Flugblatt über die Mordtat und Hinrichtung von Franz Zahlheim, 1786, Kupferstich. Zahlheim, ein Wiener Magistratsbeamter, wegen Raubmordes angeklagt, wurde zum Tode durch das Rad verurteilt.*

UNTEN RECHTS: *„Über Gefängnisse", Kupferstich von Johann Ernst Mansfeld. Die Buchillustration zu Joseph Richters* Bildergalerie weltlicher Mißbräuche, *1785, dokumentiert den Zustand der Gefängnisse des 18. Jahrhunderts.*

durch den Landesfürsten beruhte, erstreckte sich der Zuständigkeitsbereich des Stadtrichters auch auf die dem damaligen Wien benachbarten Dörfer. Der oder die Beschuldigte mußte an die Grenze des Wiener Burgfriedens gebracht und dort dem Wiener Stadtgericht übergeben werden.

Um die Rechtsstrukturen dieser Zeit einigermaßen erfassen zu können, müssen wir bedenken, daß Personen von Stand und bestimmte Berufsgruppen dem Stadtgericht zur Gänze oder teilweise entzogen waren; der gesamte landesfürstliche Hofstaat, der Adel, die Geistlichkeit, die Universität, das dem Landesfürsten unterstehende Militär, die Juden, (und als Beispiel) die Hausgenossen, Spielleute und Bewohner der Grundherrschaft des Schottenstiftes – sie alle unterlagen eigenen Gerichten, die vom Hofrichter, vom Rektor der Universität usw. geleitet wurden.

Das System der Grundherrschaft und der (feudalen) Grundherrschaftsrechte blieb das gesamte 18. Jahrhundert hindurch in Kraft. Die größten Grundherren (einschließlich der Vorstädte) waren nicht der Landesfürst, sondern das Schottenkloster, Stift Klosterneuburg, Stift Heiligenkreuz, das Bürgerspital und einige Adelige.

OBEN: *Relikt eines längst überholten Strafvollzugs: das letzte Scharfrichterschwert von Wien.*

UNTEN: *Auch die Schandgeige hatte in einer „aufgeklärten" Gesellschaft nichts mehr verloren.*

Der Hausbesitz des Hofes, des Adels, der Geistlichkeit und der Universität hatte nicht nur eine eigene Gerichtsbarkeit, sondern er war auch von den Abgaben an die Stadt befreit. Daraus entstand die für Wien überaus wichtige Institution der sogenannten „Freihäuser", d. h. der steuerbefreiten Miethäuser. Mit der Stärke des Adels in der Stadt hat auch die Zahl der Freihäuser stark zugenommen. Daß die Entwicklung zu Ungunsten der Stadt ausschlug, zeigte sich schon Mitte des 17. Jahrhunderts, als den 843 bürgerlichen Häusern 582 Freihäuser gegenüberstanden. (1751 wurden die Freihäuser dann doch der Steuerhoheit der Stadt unterstellt. Es existierten jedoch noch immer eine Reihe von Vorrechten der Grundherrschaft, wie etwa der Anfeilzwang (um 1770), der den Grundherren das Vorverkaufsrecht auf die Erzeugnisse der Untertanen sicherte. Auch die Zwangsarbeit bestand noch.)

Mit dem „Burgfriedensprivileg" Leopolds I. aus dem Jahre 1698 sollte ein lange schwelender Konflikt zwischen Grundherrn einerseits und Stadt bzw. Landesfürsten andererseits entschieden werden. (Die Städter waren verständlicherweise an der Kontrolle über das Gewerbe, den Handel usw. interessiert und der Landesfürst an der Erweiterung seiner juristischen und politischen Macht.) Die Stadt erhielt innerhalb des Burgfriedens die Gerichtsbarkeit zugesprochen sowie bestimmte administrative und steuerliche Befugnisse, z. B. die Verleihung von Gewerben, baubehördliche Agenden, die Erhaltung von Straßen und Wegen oder infektionspolizeiliche Agenden. Die Kompetenzregelung war vor allem wegen der starken Neubautätigkeit in den Vorstädten von enormer Wichtigkeit. Die Grenzen wurden mittels Grenzsteinen gekennzeichnet und ein Burgfriedensinspektor bestellt. Die

LINKS: *Rock des Wiener Scharfrichters.*

RECHTS: *Eiserner Kassenschrank der Stadt Wien, 1770; der Schrank wurde vom städtischen Oberkammerrat für Finanzen benutzt. Ein Bürger der Stadt Wien hatte „ohne die indirekten Abgaben der Maut, des Zolls, des Handgrafenamtes und der Transteuer, desgleichen der Ausgaben für öffentliche Feueranstalten, Brunnen etc." ungefähr ein Siebentel seiner Einkünfte an festgesetzten Abgaben. (Friedrich Nicolai)*

Streitigkeiten zwischen Grundherren und Stadt (bzw. Landesfürst, der sich der Stadt bediente), hielten jedoch an. Vor allem versuchten die Grundherren auch weiterhin Gewerbe zu vergeben, Recht zu sprechen oder die Sperre über die Verlassenschaft eines Bürgers verhängen zu dürfen, um allfällige Taxen zu kassieren.

Der Magistrat – die dem Landesfürsten und nicht der Stadt unterstellte Verwaltung – versuchte diesen Konflikt durch sukzessiven und systematischen Ankauf von Grundherrschaften zu steuern. Dieser Prozeß zog sich über das ganze Jahrhundert und dauerte noch in der ersten Hälfte des 19. Jahrhunderts an. Vereinzelt hatte die Stadt schon zuvor Vorstädte erworben, wie Windmühle (1620), Alsergrund (1657), Leopoldstadt und Roßau (1688) und Weißgärber (1693), mit der Einrichtung des Burgfriedensprivilegs wurde der Prozeß jedoch beschleunigt. So wurden die grundherrschaftlichen Rechte an der Josefstadt 1700, an Erdberg und Altlerchenfeld (ab 1704) mit 46.000 Gulden abgelöst. 1705 erwarb die Stadt Hungelbrunn, 1713 den Althangrund, 1727 Margareten, Matzleinsdorf und Nikolsdorf, 1753 den Strozzigrund

Sonnenfels
über den
Geschäftsstil.
Die
ersten Grundlinien
für
angehende
österreichische Kanzleybeamten.

Wien,
Verlegt bei Joseph Edlen von Kurzbek,
k. k. Hofbuchdrucker, Groß- und Buchhändler.
1784.

LINKS: *Sogar um die Ausbildung von Kanzleibeamten kümmerte sich Joseph von Sonnenfels selbst, wie diese Schrift aus dem Jahre 1784 zeigt.*

MITTE: *Der Jurist und Aufklärer Joseph von Sonnenfels (1733–1817), Schabblatt. Sonnenfels war an allen wichtigen Hofkommissionen Josephs II. beteiligt und wirkte an der Reform der Stadt- und Staatsverwaltung ausschlaggebend mit.*

RECHTS: *Staatskanzler Fürst Wenzel Anton Kaunitz-Rietberg (1711–1794). Kupferstich von J. Schmutzer nach einer Vorlage von J. Steiner, 1765.*

und 1775 die Laimgrube. Bis gegen Ende des Jahrhunderts sollten noch Gumpendorf, Schleifmühle, Michelbeuern (1786), Reinprechtsdorf (1795), Thury (1796) und Magdalenengrund (1799) dazukommen. Die letzten Jurisdiktionsbezirke (die des Schottenstiftes und der Familie Starhemberg) sollten jedoch erst mit der Aufhebung der Patrimonialgerichtsbarkeit 1848 verschwinden.

Die Grundherrschaften erfuhren erst im Jahr 1789 eine allerdings kurzfristige Erschütterung. Am 10. Februar 1789 erließ Joseph II. ein Steuerdekret, das die Zahlungen der Steuern auf Basis einer in Bargeld zu zahlenden Grundsteuer vorschrieb. Stand und Rang des Besitzers sollten nicht mehr berücksichtigt, adelige Steuerprivilegien abgeschafft werden. Adel und Klerus durften ihren Untertanen nur mehr Bargeld abverlangen, Zwangsarbeiten und diverse Sonderrechte wurden abgeschafft. Das Gesetz trat am 1. November 1789 in Kraft. Der Adel, der sich in seiner Machtausübung total bedroht fühlte, erzwang jedoch die Rücknahme des Gesetzes.

Der Aufbau des Magistrats in der ersten Hälfte des 18. Jahrhunderts konfrontierte uns bereits mit einer Fülle von Ämtern, die für die Funktionen einer in Bewegung geratenen Stadt wichtig waren. 1726 werden dreizehn, dem Inneren Rat unterstellte Magistratsämter mit 197 Beamten gezählt. An der Spitze standen das „Ober-Kämmerer-Amt", zuständig für alle Finanzangelegenheiten, und das „Unter-Kämmerer-Amt", das für alle Bauangelegenheiten (wie Brunnen, Pflasterung etc.) zuständig war. Küchelbecker zählt in der Folge das „Daetz- und Ungeld-Amt" (für die Getränkesteuer), das Grundbuchsamt, das „Inslicht"-, das „Kasten- und Proviantamt", das Mautamt, das Steueramt, das Totenbeschreiberamt, das Waag-, das Zehentamt, die Stadtbuchhalterei sowie die „Pupillenraitkammer" (zuständig für die Verrechnung der Waisengelder) auf.

Schon Karl VI. hatte im Sinne des absolutistischen Staates immer stärker in die kommunale Verwaltung eingegriffen. Die Stadtbehörde entwickelte sich immer mehr zum untergeordneten Organ des Landesfürsten. Eine grundlegende Systemisierung der Stadtverwaltung sollte aber noch bis 1783 auf sich warten lassen. Die in diesem Jahr erfolgte große Magistratsreform brachte einige grundlegende Veränderungen in bezug auf die Verwaltung der Stadt und eine noch stärkere Bindung an den Staat.

Mit den Hofkanzleidekreten vom 16. und 20. August 1783 wurde der Magistrat der kaiserlichen Residenzstadt Wien als bürgerliche Behörde geschaffen. An der Spitze der Verwaltung standen der (vom Bürgerausschuß gewählte) Bürgermeister und zwei Vizebürgermeister. Der Innere Rat wurde abgeschafft, ebenso das Stadtrichteramt und das der Stadtgerichtsbeisitzer. Der Magistrat wurde nunmehr als Organ der städtischen Verwaltung in drei voneinander unabhängig amtierende Senate aufgeteilt; in den Senat „In publico-politicis et oeconomicis" (Verwaltung im engeren Sinne und Finanzangelegenheiten), in den Senat „in judicalibus civilibus" (Zivilgerichtsbarkeit, unter der Leitung des Vizebürgermeisters, der bis dahin das Amt des Stadtschreibers innegehabt hatte) und in den Senat „in judicalibus criminalibus" (Strafgerichtsbarkeit, ebenfalls unter der Leitung des Vizebürgermeisters). Neugeschaffen wurde die Stadthauptmannschaft, eine zwischen Regierung und Magistrat vermittelnde Institution, die im Raum der Innenstadt und der Vorstädte agierte.

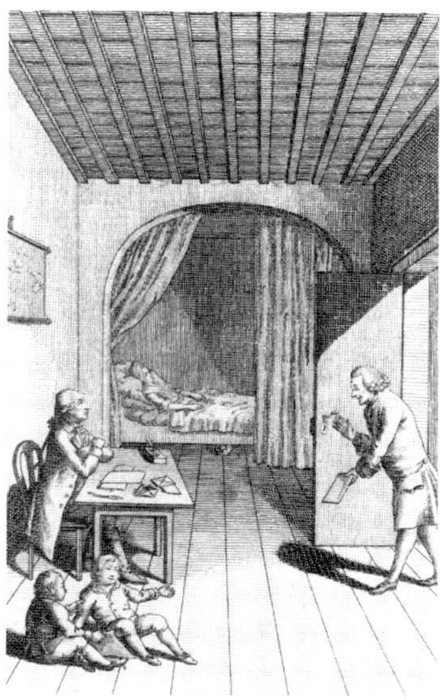

Szenen aus dem Alltag: „Der Hausherr fordert die Miete ein" und „Am Steueramt". Kupferstiche von Johann Ernst Mansfeld, Buchillustrationen zu Joseph Richters Bildergalerie weltlicher Mißbräuche, *1785.*

Maria Theresia in Witwentracht. Kupferstich von Jacques Louis Cathelin nach einem Gemälde von Joseph Ducreux.

Der Äußere Rat oder Bürgerausschuß, bestehend aus 100 Personen, wählte den Bürgermeister und die beiden Vizebürgermeister, die so wie der Bürgermeister Beamtenstatus hatten, und die Magistratsräte. Die Mitglieder des Äußeren Rates wurden wiederum vom Magistrat ernannt. Die drei Senate bestanden aus 42 Räten, wobei je 12 den Senaten Politik und Wirtschaft sowie Strafgerichtsbarkeit zustanden, 18 Räte dem Zivilgerichtssenat. Es entstanden 42 neu systemisierte Magistratsratsposten. Den Räten wiederum standen eine ganze Reihe von Beamten zur Seite, die einen gemeinsamen Status in Bezug auf Anstellung und Vorrückung besaßen. Das Ernennungsrecht der Beamten lag mit Ausnahme der Magistratsräte beim Magistrat selber. Die Magistratsräte wurden – wie bereits oben erwähnt – vom Äußeren Rat gewählt und erhielten (ab 1783) Referate *ad personam* zugeteilt. Dies waren alles Schritte zur Professionalisierung und zum Ausbau der Verwaltung. Das Heer der Beamten, das durch die Verwaltungsreformen Maria Theresias stark angewachsen war, breitete sich weiter aus. Während 1782 in Wien 3.123 Beamte lebten, waren es 1783 schon 4.000, und 1795 4.226 Beamte und Honoratioren.

Es war das erklärte Ziel Josephs II., die Verwaltung der Stadt einfacher und effizienter zu gestalten. Vor allem die überaus komplizierten judikatorischen Kompetenzen, und da wiederum im besonderen das Steuerwesen, sollten rationeller und effektiver gehandhabt werden können. Die Motive entsprangen aber nicht einer proständtischen Politik, sondern einzig und allein dem Interesse an der Hebung der Staatseinnahmen. Wien erhielt keinerlei Sonderstellung oder politische Selbständigkeit, der Bürgermeister war *de facto* landesfürstlicher Beamter, der den Magistrat leitete, jedoch keinerlei politischen Einfluß hatte. In politischen Belangen stand die (landesfürstliche) niederösterreichische Regierung dem Wiener Bürgermeister vor, bei der Rechtspflege das Appellationsgericht, und auf dem Wirtschaftssektor die Hofrechenkammer.

Joseph II. wollte jedoch noch einen großen Schritt weitergehen. Kaum ein Jahr nach der großen Magistratsreform erklärte er den Magistrat zum alleinigen Ortsgericht innerhalb der Linien. Dies wiederum wollten die privaten und kirchlichen Grundherrschaften nicht akzeptieren. Noch im selben Jahr mußte diese Reform wieder zurückgenommen werden. 1786 unternahm Joseph II. einen abermaligen Vorstoß. Er versuchte per Verordnung die städtische Gerichtsbarkeit auf die Vorstädte Erdberg, Lerchenfeld, Gumpendorf, Spittelberg, Reinprechtsdorf, Thury und Jägerzeile zu erweitern, was nur teilweise gelang. Man mußte sich schließlich gedulden, bis die herrschaftlichen Domänen in kleinen Schritten abgelöst werden konnten.

Die Grundherrschaften sollten aus dem Stadtgebiet sukzessive verschwinden. Zu ihrer endgültigen Auflösung bedurfte es jedoch einer Revolution, die sich mehr als fünfzig Jahre später (1848) einstellen sollte.

10. Der Beginn der Systemisierung Wiens

Noch Mitte des 18. Jahrhunderts gab es keine zuverlässigen Zahlen zur Bevölkerungsbewegung in Wien. Die zeitgenössischen Berichte über Einwohnerzahlen stützten sich hauptsächlich auf die Geburts- und Sterbebücher sowie die Taufregister, um damit eher diffuse Berechnungen anzustellen. Erst die am 13. Februar 1754 staatlich verordnete „Seelenkonsignation" von Wien, die letztlich der Steuererhebung diente, verschaffte exaktere Angaben zur Einwohnerzahl. Sie ergab für Wien und die Vorstädte, ohne Garnison, d. h. ohne das in Wien stationierte Militär, 175.609 Einwohner.

Mit der Volkszählung zugleich wurde das Anzeigenamt eingerichtet, ein Vorläufer des Meldeamtes, bei dem jeder, auch der nur kurz Durchreisende, gemeldet werden sollte. Dies geschah aus sicherheitstechnischen Überlegungen. Das Konskriptionsgesetz von 1771 hatte dann solidere Motive. Die genaue Erfassung der Population wurde zur Aufgabenstellung eines modernen Verwaltungsstaates. Sie erfolgte über die sogenannten Konskriptionsbögen, zusätzlich gab es die vierteljährlich dem Steueramt einzusen-

Prospekt der Innenstadt vom Norden, im Vordergrund das Rotenturmtor, um 1740. Ölgemälde von Johann Adam Delsenbach.

denden Meldezettel. Die Pfarrer waren parallel dazu angehalten, alle in einem Vierteljahr getätigten Eintragungen in Geburts-, Ehe und Sterbebüchern auf sogenannten „geistlichen Meldezetteln" festzuhalten.

Im 18. Jahrhundert wird die Statistik zu einer wichtigen Grundlage für „Bevölkerungspolitik", sie erst schaffte die Voraussetzungen dafür, zahlreiche zivile, durch Traditionen geregelte Tätigkeiten dem Zugriff des Staates zu unterwerfen. Das wird auch bedeutsam, um Identitäten zu schaffen. Zugehörigkeiten zu, Rechte und Pflichten gegenüber dem politischen Gemeinwesen werden auf lange Sicht kalkulierbar gemacht. Es bedeutete aber auch, daß die traditionellen Gemeinschaften, wie die Zünfte und Stände, die Kaufherrengruppen oder auch der Klerus und die Grundherren, Kompetenz an eine Berufs-Bürokratie und an staatliche Institutionen abgeben mußten.

Die Schwierigkeiten begannen bereits bei der Bezeichnung der Erfassungseinheiten. Das dynamische Wachstum der Stadt hatte nämlich die Unüberblickbarkeit der Verteilung der Häuser und der Einwohner erhöht. Es existierte noch kein logisches System zur rationalen Verwaltung der Viertel. Erstmals wurde 1771 eine brauchbare Numerierung der Häuser Wiens durchgeführt, und zwar durch die Vergabe von Konskriptionsnummern anstelle der Vergabe von Hausnamen. Die Konskription hatte militärische Gründe. Mit ihr sollte die männliche Bevölkerung in Konskriptionsbögen erfaßt und die bisherigen Unzulänglichkeiten bei der Rekrutierung abgestellt werden. Neben dieser militärischen Komponente dienten die Konskriptionsbögen der steuerlichen Erfassung der Stadteinwohner. Die Erfassungsmodalitäten weiteten sich mehr und mehr aus. Während man sich 1770/71 noch mit der Angabe der Männer begnügt hatte, verschaffte man sich 1777 mittels eines weiteren Konskriptionspatentes auch einen Überblick über „das weibliche Geschlecht,und die Judenschaft, nebst dem Zugviehe".

Die „Bezeichnung" von Häusern und Geschäften in Wien war bis in die 70er Jahre des 18. Jahrhunderts hauptsächlich über visuelle Zeichen gelau-

Hauszeichen „Zum Kaiseracker", Ende 18. Jh., Öl auf Kupferblech. Das Hauszeichen verweist auf eine Begebenheit, bei der Kaiser Joseph II. auf einem Bauerngut in Slavikovice in Mähren selbst den Pflug führte und zwei Furchen zog. Die populistische Geste des Kaisers war Anlaß für zahlreiche Druckwerke.

Häuser und Geschäfte bezeichnete bzw. identifizierte man im 18. Jahrhundert noch weitgehend über visuelle Symbole. Erst die Ausstattung der Häuser mit Konskriptionsnummern 1770/71 brachte eine Veränderung hin zu „Adressen". Geschäftsschild des Müllermeisters Georg Fischenthaler (links), *um 1780, und Geschäftsschild eines Zuckerbäckers* (rechts), *um 1785, Öl auf Holz bzw. Blech.*

fen. Bemalte Hausschilder, Plastiken oder architektonische Dekors zeigten in Symbolen den Hausnamen an. Aber auch der Name des Hausbesitzers konnte als Hausname dienen. Diese aus dem Mittelalter stammende Praxis hatte sich bis in das 18. Jahrhundert gehalten; viele Wiener Häusernamen, explizit jene der Innenstadt, waren über Jahrhunderte oder zumindest über Jahrzehnte gewachsen und damit im Alltagsleben festgeschrieben. Werfen wir einen Blick in Weiskerns Topographie von 1770, so finden wir den Gebrauch von Häusernamen auch in den Vorstädten, wo diese dann allerdings sehr schnell verschwinden sollten. So waren für die Vorstadt Josefstadt etwa Häusernamen wie „Rothe Bretzen", „Wallfisch", „Rother Igel", „Strobelkopf", „Grüner Stiefel", „Drey Haasen" oder „Drey Röserln" angeführt. Das Zeichenrepertoire umfaßte Darstellungen des Jahreszyklus ebenso wie astronomische Symbole (Sterne, Mond und Sonne), Handwerkszeug, Blumen, sowie verschiedenste Tierembleme wie Adler, Igel, Lamm, Löwen, Rösser, Elefanten, Schwäne u. v. a. m. Das heraldische Prinzip des Mittelalters setzt sich also bis ins 18. Jahrhundert fort, auch wenn es nunmehr eine poetische Angelegenheiten wird.

Die von Maria Theresia 1770 angeordnete Häusernumerierung wurde rasch durchgeführt. Sie sollte gemeinschaftlich durch kreisämtliche Kommissarien und Militäroffiziere vorgenommen werden. Die Nummern mußten außen und auch „inwendig" im Haus deutlich zu sehen sein. Dennoch scheint die Anbringung der Konskriptionsnummern nicht wirklich auf Anhieb geklappt zu haben, denn gegen Ende des Jahres wurden den Hausbesitzern Strafen bis zu neun Gulden angedroht, sollten die Nummern nicht kenntlich oder sichtbar am Haus angebracht sein. Jenen, die Hausnummern absichtlich auslöschten oder unkenntlich machten, wurden Geld- und sogar

„Die Kleine Post", 1777. Kupferstich aus der Kaufrufserie von Jakob Adam. 1785 wurde sie von Joseph II. dem k. k. Obersthofpostamt unterstellt.

Leibesstrafen angedroht. Die neuen Nummern waren auch auf den Stift- und Steuerbüchln zu vermerken.

Das System der Numerierung begann bei der Residenz, die Hofburg erhielt die Konskriptionsnummer 1. Danach erfolgte die Numerierung in „arithmetischer" Ordnung, unabhängig vom Ordnungsnetz der Straßen, Plätze und Gassen. Die heute übliche Trennung in gerade und ungerade Hausnummmern nach rechter oder linker Straßenseite ist erst eine Einführung des 19. Jahrhunderts. Die Vorstädte wurden, soferne sie einen eigenen Namen und eine besondere Gerichtsbarkeit hatten, als selbständige Einheit behandelt, ebenso die Straßenzüge der Juden, die gleichfalls einer eigenen Gerichtsbarkeit unterlagen. Die Häuser der Juden wurden mit römischen Ziffern bezeichnet. Nur die Wohnhäuser unterstanden der Konskription, wogegen Kirchen, Nutzbauten wie Wachstuben, Arbeitshäuser, Mühlen etc. unbezeichnet blieben. Die Errichtung neuer Wohnbauten, Lückenverbauungen etwa, verwirrten sogleich das eingeführte System. Man mußte die Nummernfolgen öfter wieder verändern, oder man half sich zunehmend mit der Hinzufügung von Buchstaben. 1795 erfolgte eine neuerliche Numerierung, die eine fast lückenlose Numerierung der Innenstadt wie auch nun aller Vorstädte erbrachte. Die Häuser in der Innenstadt erhielten Konskriptionsnummern in roter Farbe, die in den Vorstädten in schwarzer Farbe.

Die Systemisierung der Stadt, worunter wir eine rationale Erfassung und logische mentale Abbildung des Stadtraumes verstehen wollen, erschien wenig später in Druck. Der Hofbuchdrucker Josef Anton von Trattner verlegte 1773 das erste Häuserverzeichnis Wiens („Verzeichnis der in der k. k. Haupt- und Residenzstadt Wien befindlichen Gassen, Hausinhaber, deren Schilder und numerierten Häusern"), nur zwei Jahre später erschien das nächste bei Gerold. Das bekannteste ist das 1779 von Franz de Ponty herausgebrachte „Verzeichniß der in der Kais. Königl. Haupt- und Residenzstadt Wien, sammt dazu gehörigen Vorstädten, und Gründen; befindlichen numerierten Häusern, derselben Eigenthümern und deren Conditionen, Schildern, Gassen, Grundobrigkeiten, Pfarreyen und derzeit Bezirksaufsehern", verlegt bei Johann Josef Jahn. Es bildete auch die Grundlage für die in die Pläne von Joseph Nagel und Joseph Daniel Huber eingefügten Häusernummern.

Ein höchst interessanter, wenngleich unbeabsichtigter Nebeneffekt stellte sich mit der Ordnung der Stadt nach Hausnummern ein: Um 1770 existierte zwar eine Stadtpost, doch diese funktionierte kaum. Für die Zustellung von Briefen in die Vorstädte oder zwischen den Stadtvierteln mußte man eigene ortskundige Boten aufnehmen. Mit der Häusernumerierung waren nun bessere Grundlagen für das Auffinden von „Adressen" geschaffen worden. Der Niederländer Joseph Harty bekam am 8. Februar 1772 auf zehn Jahre das Privileg, eine kleine Stadtpost einzurichten, mit der jedermann, mittags und

Abfahrt der Postkutsche bei der Augartenbrücke. 1749 nahm der erste Liniendienst auf der Strecke Wien–Prag seinen Betrieb auf. Gemälde von unbekanntem Meister.

abends, zu allen Stunden, aus einer Gegend der Stadt in eine andere Briefe befördern lassen konnte. Schon drei Wochen später nahm die neue „Klapperpost", wie sie der Volksmund wegen der sich mit mechanischen Mitteln geräuschvoll bemerkbar machenden Briefträger nannte, ihren Betrieb auf.

In den 1780er Jahren unternahm Joseph II. einen weiteren Vorstoß zur Rationalisierung der Großstadt. Als übergeordnete Ebene ließ er die Namen der Plätze, Straßen und Gassen festsetzen, die Numerierung der Häuser folgte nicht mehr der Entfernung zu einem „idealen" Ausgangspunkt, sondern getrennt nach den Straßen und Plätzen. Am 4. Februar 1782 verfügte eine kaiserliche Verordnung, daß der Name zu Beginn und am Ende der Straße in schwarzer Farbe an der Mauer anzuschreiben wäre. Man argumentierte, daß die Straßenbezeichnung es auch den Ortsunkundigen leichter machen würde, sich zurechtzufinden.

Parallel zu den systematischen Konskriptionsbögen, zu den Häuserverzeichnissen und zur Straßenordnung wurde auch an einer Kartographie der Stadt in Form topographisch exakter Stadtpläne gearbeitet. Maria Theresia und Joseph II. (als Mitregent) überlegten Ende der 1760er Jahre, gedrängt vom stetigen Bevölkerungswachstum und der Wohnungsnot, die Auflassung der Festungswerke und die Verbauung des Glacis. Aus diesem Grund beauftragte man 1767 den Hofmathematiker Joseph Nagel mit der Neuvermessung der Stadt sowie der Herstellung eines großmaßstäbigen Grundrißplanes von Wien und den Vorstädten; der Plan der Innenstadt (im Maßstab 1: 1.296) wurde 1774 fertig, die Pläne der Vorstädte (16 Blätter, im

Szenographischer Plan der Innenstadt von Joseph Daniel Huber, 1778. Huber führte die Detailstudien zur Ansicht der Stadt 1769 bis 1773 durch, dann legte er eine Federzeichnung vor. 1778 war die Übertragung auf Kupferplatten abgeschlossen, wobei die zwischenzeitlichen Veränderungen an Gebäuden im Plan aktualisiert worden waren.

kleineren Maßstab von 1: 2.592) konnten erst 1780/81 vorgelegt werden. In der Zwischenzeit waren die Entscheidungen bezüglich der Glacisverbauung bereits negativ ausgefallen. (s. dazu S. 60f.)

Etwa zur Zeit der Beauftragung Joseph Nagels mit der Vermessung der Stadt legte der Militärkartograph Joseph Daniel Huber dem Kaiserhaus seinen szenographischen Plan von Prag vor. Er erhielt prompt den Auftrag, einen ebensolchen Plan mit der plastischen Darstellung der Architekturen auch von Wien herzustellen. 1769–1773 führte er seine Aufnahme der Stadt durch und legte eine Federzeichnung vor. Er vermaß die Stadt zwar nicht neu, fertigte aber von den Häusern Einzelzeichnungen und Fassadenskizzen an. Fünf weitere Jahre dauerte die Übertragung des Planes auf Kupferplatten. Die laufenden baulichen Veränderungen fanden so noch Aufnahme in die Darstellung. Der Plan erschien auf 24 Kupferplatten gestochen erstmals 1778. Die Darstellungsform der „Szenographie" ließ diesen Plan, der bis heute ein einzigartiges topographisches Dokument darstellt, berühmt werden. Er zeigt die Stadt Wien und ihre Vorstädte im vergrößerten Maßstab in der Vogelschauperspektive und gibt die Aufrisse der Fassaden der einzelnen Bauwerke detailliert wieder.

LINKS: *Aus der Kupferstichserie „Der Kaufruf in Wien" von Johann Christian Brand: der „Kupferstichhändler".*

RECHTS: *Carlo Artaria, 1780. Ölgemälde von Josef Kreuzinger; Artaria gründete 1770 gemeinsam mit seinem Vetter eine Kunsthandlung, die ab 1775 auch Landkarten und Musikalien verlegte. In der Folge übersiedelte die Firma an den noch heute bestehenden Standort Kohlmarkt.*

Die beiden großformatigen Pläne sind heute höchst aufschlußreiche Dokumente der Haupt- und Residenzstadt des ausgehenden 18. Jahrhunderts. Sie zeigen vielfach Gebäude an, von deren Figuration wir sonst keinerlei Kenntnis hätten. Die Pläne wurden zum Verkauf angeboten und offenkundig vor allem von der neuen, gebildeten bürgerlichen Oberschichte erworben. 1783 erschien eine verkleinerte Fassung des Nagel-Planes als „Grundriss der k. k. Residenzstadt Wien mit allen Vorstädten und der umligenden Gegend", gezeichnet und gestochen von Max Grimm. Nur zwei Jahre später wurde eine zweite Auflage abgezogen. Kurz danach erwarb die 1770 gegründete Firma Artaria, die sich als Kupferstichhandlung und Musikalienverlag am Kohlmarkt niedergelassen hatte, die Kupferplatten. Sie konnte als ihre vermutlich erste kartographische Arbeit diesen Plan drucken. Er war klein und handlich und überaus erfolgreich. Bis zur Jahrhundertwende sollte er neun Auflagen erreichen und noch bis in die 30er Jahre des 19. Jahrhunderts das Ausgangsprodukt aller Wien-Pläne bleiben. Nicht nur die Einheimischen konnten mit diesem neuen Instrumentarium einen Blick auf die gesamte Stadt werfen, auch für die neu ankommenden Fremden war dieser Plan eine neuartige und effektive Orientierungshilfe. Ihnen wurde geraten, beim Eintreffen in der Stadt einen solchen Plan zu erwerben (Hofschematismus 1797). Der Stadtplan wurde langsam zum allgemeinen (bürgerlichen) Gebrauchsgut.

Weniger diesem „systemischen Charakter" entsprechend, aber ebenfalls von außerordentlichem dokumentarischen Wert ist die im letzten Viertel des 18. Jahrhunderts entstandene Ansichtenfolge prominenter Wiener Schauplätze von Carl Schütz und Johann Ziegler unter Mitarbeit des Landschaftsmalers Laurenz Janscha. Erstere waren Mitglieder der Akademie und suchten 1778 bei der zuständigen Hofstelle um das Privileg an – das sie auch rasch erhielten – eine Wiener Vedutenserie gestalten und auflegen zu dürfen. Kurze Zeit später rührten die Herausgeber in der Wiener Zeitung bereits die Werbetrommel für sich. Man stellte drei Formate in Aussicht, legte die Ansichtenfolge fest, kündigte ein probeweises Ausstellen in den Geschäftsräumen der Firma Artaria an, nannte fixe Preise und bot die Möglichkeit der „Pränumeration", d. h. der Vorbestellung. Die Ansichten wurden ein sensationeller Verkaufserfolg. Nicht nur die lebhafte „Kolorierung" der Ansichten war neu, sondern auch der Umstand, daß Künstler als Herausgeber ihrer Werke auftraten und sie auch vermarkteten. (Die „Artaria-Serie" erschien in mehreren Folgen und Etats mit veränderten Staffagefiguren bis 1814/15, Einzelblätter erschienen sogar noch 1849. Die Serie umfaßte 57 Standardblätter.)

Man könnte in solchen Zusammenhängen in Anlehnung an neuere Studien zum Tourismus und zum touristischen Blick von den Anfängen der Stadt als modernem Konsumgut (John Urry) sprechen. Durch die (handlichen) Plandarstellungen wird die Stadt auf standardisierbare und abstrakte Elemente reduziert, die sie mit anderen vergleichbar und nach einem allgemeinen Stil „benutzbar" macht. Die mit neuen Machttechniken verknüpfte „Systemisierung" schafft ihrerseits wieder und nebenbei die Voraussetzungen dafür. So gesehen besteht eine enge Verwandtschaft zwischen Systemisierung der Stadt, ihrer kartographischen Erfassung und dem Erfolg der Stadtvedute, die sich im selben Zeitraum durchsetzt.

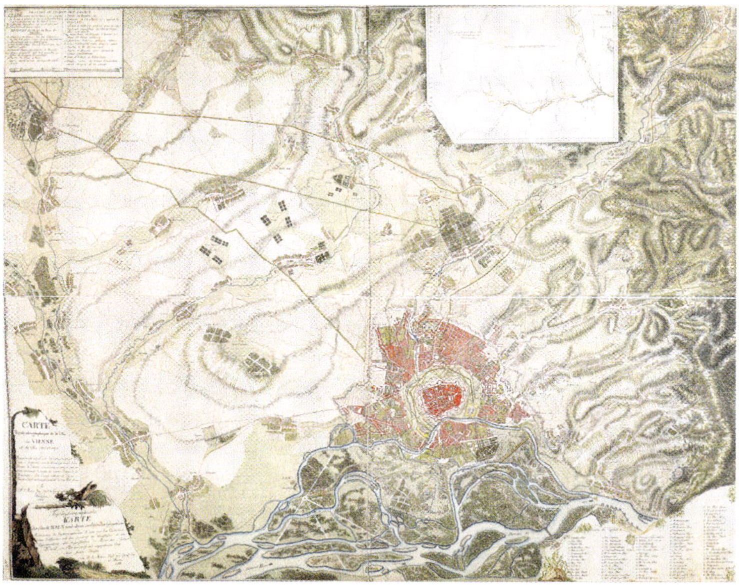

Wassertechnische Gegebenheiten werden nun erstmals exakt erfaßt: „Topohydrographische Karte der Stadt Wien und ihren umligenden Gegenden" von F. J. Maire, 1788.

11. Die ersten Intellektuellen

Vertrauen wir dem Blick von außen – wiederum ist der Protestant Johann Basilius Küchelbecker unser Gewährsmann –, so gab es um 1730 in Wien kein unabhängiges geistiges Leben. Jede Schrift, jedes Theaterstück mußte die Zensur der Jesuiten passieren. Moderne Autoren zu den Themen Theologie, Moral, Philosophie etc. waren verboten, der Kauf von Büchern gesetzlich beschränkt und teuer. Die Gelehrsamkeit in Wien bestand „bloß in der Latinität, und der alten Scholastischen Philosophie und Terminologie. Von den belles lettres weiß man wenig oder gar nichts ...". Wissenschaft wurde als Erinnerungs-Technik behandelt, als Auswendiglernen kanonisierter Texte. In Kunst und Technik war es nicht anders. Kupferstecher waren

Joseph II., der sich gerne inkognito unters Volk mischte und auch den Besuch „verruchter" Lokale nicht scheute, feiert als Privatmann in geselliger Runde. Anonyme Darstellung.

in Wien kaum zu finden, mathematische und mechanische Instrumente mußten aus Leipzig, Nürnberg oder Augsburg importiert werden. Schuld an der Stagnation trug die Machtfülle der Jesuiten, die Bildung und Kultur monopolistisch kontrollierten.

Humanisten und Aufklärer hatten ein öffentliches Bewußtsein davon hergestellt, daß die Bildung des einzelnen systematisch erfolgen und ihn zu selbständigem Denken führen sollte. Immanuel Kant gab dem am Ende des Jahrhunderts in seiner berühmten Schrift über „Was ist Aufklärung" Ausdruck, in der er sich scharf gegen die Zensur wandte und den „Ausgang aus der selbstverschuldeten Unmündigkeit" als Bildungsziel formuliert. Lesen bildete den Kern der Reform und heute ist der innige Zusammenhang von moderner Kultur, bürgerlicher Gesellschaft und Alphabetisierungspolitik unbestritten. Im 18. Jahrhundert beschritt man damit aber nur zögerlich unsichere Wege.

Erste Schritte, um sich von den Jesuiten unabhängig zu machen, sind mit der Ansiedlung der „liberalen" Piaristen erfolgt, die 1701 in der Josefstadt ihre erste Volksschule mit drei deutschen und zwei lateinischen Klassen eröffneten. Die Forcierung der deutschen Umgangssprache als Unterrichtssprache an Volksschulen, Gymnasien und Universität beinhaltete auch eine Verordnung aus dem Jahre 1735.

Johann Ignaz von Felbiger (1724–1788) schuf mit seiner „Allgemeinen Schulordnung" die Grundlage des österreichischen Schulwesens. Kupferstich.

Zwischen 1771 und 1774 erarbeitete Johann Ignaz von Felbiger einen Plan zur Reform des Schulwesens, welcher die allgemeine Schulpflicht bis zum 13. Lebensjahr vorschlug. Danach erfolgte eine Einteilung in sogenannte deutsche Trivial-, Haupt- und Normalschulen. Die Trivialschulen sollten hauptsächlich das Schreiben, Lesen und Rechnen lehren, in den Hauptschulen sollte Latein, Geographie, Geschichte, Zeichnen und Handfertigkeit unterrichtet werden. In großen Städten wurden überdies die Normalschulen eingerichtet, deren oberste Klasse der Ausbildung der Lehrer diente. Die neuen Schulen wurden mit der Reform des Pfarrwesens verknüpft.

Ab Mitte der 1770er Jahre breitete sich in Wien nun rasch ein Netz von Elementarschulen aus: In der Innenstadt gab es 6, in den Vorstädten 58 Elementarschulen, die von 8.000 Kindern der „unteren Stände" besucht wurden. Die Kinder der Adeligen und Wohlhabenden wurden weiterhin privat von eigenen Instruktoren unterrichtet oder erhielten ihre Ausbildung in den neugegründeten Akademien, deren bedeutendste wohl das heutige „Theresianum" gewesen ist, eine kaiserliche Stiftung aus dem Jahre 1751, die von den Jesuiten und in der Folge von den Piaristen geführt worden ist. In der Praxis war der Schulzwang – besonders bei den Mädchen – nicht wirklich durchzusetzen, auch nicht durch hohe Strafen.

An den Gymnasien, die auf die Universität vorbereiteten, blieben auch nach Auflösung des Jesuitenordens 1773 die alten didaktischen Grund-

Unterricht in einer Knabenvolksschule, um 1780. Das Schlagen der Schüler mit einem Rohrstab war pädagogischer Standard.

*„Die hiesigen Schulen sind unter allen katholischen, die ich bisher in Deutschland gesehen, die einzigen, worin man die Kinder mehr zu guten Bürgern als zu Mönchen zu bilden sucht", schrieb Wien-Besucher Johann Kaspar Riesbeck (*Briefe eines reisenden Franzosen über Deutschland, *1783).*

sätze in Kraft. Latein blieb Hauptgegenstand und wurde ab dem 3. Jahr auch Unterrichtssprache. Der zweijährigen Unterstufe (Grammatikalklasse) folgte eine dreiklassige Oberstufe (Humanitätsklasse). Die Zahl der Klassen wurde nach 1775 von 6 auf 5 beschränkt, wobei die unterste Klasse der Volksschule zugewiesen wurde; es gehörte zu den Eigenwilligkeiten der österreichischen Reformpolitik, daß sie die „Bildung" auf Elementares und auf die Zahl der höheren Schüler zu beschränken suchte. Die Aufnahme konnte nicht vor dem 10. Lebensjahr und nicht ohne Aufnahmeprüfung erfolgen (in der Elementarkenntnisse der lateinischen Sprache nachgewiesen werden mußten).

Auf der Universität war das Monopol der Jesuiten schon um die Mitte des Jahrhunderts ins Wanken gekommen. Den größten Einschnitt brachte die Übernahme der Universität in staatliche Aufsicht. Die Professoren durften nun nur noch vom Landesfürsten bestellt werden, wurden also staatliche Beamte. Damit verbunden war der ehrgeizige Plan, die Wiener Universität zum intellektuellen und wissenschaftlichen Zentrum zu machen. Neue, vom Staat besoldete Lehrstellen wurden installiert, ausländische Professoren berufen. Gerard van Swieten, ein Niederländer, bürgerlicher Republikaner, Jansenist und überzeugter Gegner der Jesuiten, wurde der führende Kopf der Bildungsreform. Die Forcierung der Naturwissenschaften brauchte aber noch einige Zeit, um sich durchzusetzen: 1770 zählte Fuhrmann in seiner Wiener Topographie noch 14 Theologie-Professoren gegenüber nur 4 der Medizin und 13 Philosophen (einschließlich Mathematik und Physik).

Kaiser Franz I. Stephan von Lothringen (1708–1765) förderte tatkräftig die wissenschaftliche Arbeit in seinen Sammlungen. Porträtgemälde von Martin van Meytens, 1740.

Um 1752 konnte die Erstellung der neuen Lehrpläne und Lehrstellen abgeschlossen werden. Leistungsbezogene Jahres- und Abschlußprüfungen wurden verbindlich und in der Folge (in den späteren 1780ern, zur Eindämmung der wachsenden Studentenzahlen) auch die staatliche Festsetzung von Studiengeldern. (Das Philosophiestudium kostete 18 fl., jenes der Medizin dagegen 30 fl. jährlich.) Die Regierung zog auch die Vermögensverwaltung an sich.

Das Universitätsviertel (im Bereich Bäckerstraße, Schönlatergasse, Universitätsplatz und Postgasse) wurde umstrukturiert. Neu errichtet, nach den Plänen des lothringischen Architekten Jean Nicolas Jadot de Ville-Issey, wurde zwischen 1753 und 1755 die „Aula", das neue Universitätsgebäude (heute Akademie der Wissenschaften), das neben einem großen Versammlungssaal 17 Hörsäle, die Sternwarte, das chemische Laboratorium, den physikalischen Lehrsaal, das Naturalienkabinett und das Anatomische Theater sowie anfänglich auch die Universitätsbibliothek beherbergte. Das Leben im Universitätsviertel bezog auch die Akademie der bildenden Künste ein, die – nach vielen Umzügen – mit rund 100 Schülern 1759 im neuen Universitätsgebäude Unterkunft gefunden hatte. (Da keine Studiengelder eingehoben wurden, hatte die Akademie mit ihren 4 Klassen einen nicht unbeträchtlichen Zulauf. Sie übersiedelte 1786 in das aufgelassene Kloster St. Anna.)

Friedrich Nicolai hat im dritten Band seiner Reisebeschreibung ein eindrucksvolles Bild des mittellosen Studenten – des „Bettelstudenten" – in Wien gezeichnet. Der Bettelstudent erhielt vom Universitätpedell ein Bettelzeugnis, das ihn zu Kostplätzen in Klöstern oder reichen Bürgerhäusern berechtigte; teilweise mußte er sich aber von Klostersuppen ernähren. Kleidung erhielt er vom Pedell: einen Tuchmantel mit verbrämtem runden Kragen, einen Dreispitz mit drei gelben und drei schwarzen Quasten aus Wolle, ein paar grauwollene Strümpfe und ein Paar fester Schuhe. Das Tragen eines Degens war ihnen nicht erlaubt. Sie durften außerdem mit dem Singen geistlicher Lieder in Höfen und an Sonn- und Feiertagen als „Evangelimann" Almosen verdienen, ohne daß ihre Ehre darunter litt. Zur Praxis gehörte es auch, daß mittellose Studenten, bis sie Unterstand gefunden hatten, bis zu drei Nächte auf Stroh in der Vorhalle der Universität schlafen durften. (Für Bücher mußten sie selbst aufkommen, Papier und Federn konnte man sich in den Kanzleien erbetteln). 30 Studenten wurden damals vom Staat über das Armenhaus versorgt.

Entgegen dem Genre-Bild vom armen Studenten nahmen die Universitätsangehörigen bei der Herausbildung des neuen, „bürgerlichen" Tpyus des Intellektuellen eine wichtige Rolle ein. Während laut Johann Pezzl die prinzipiellen Kritiker der Meinung waren, daß „eine so volkreiche und lärmende Stadt als Wien kein schicklicher Ort für eine Universität" sei, waren

OBEN: *Der Mineraloge und Paläontologe Ignaz von Born (1742–1791) war ab 1776 Kustos des Kaiserlichen Naturalienkabinetts und „Meister" (ab 1782) in der Freimaurerloge „Zur wahren Eintracht". Gemälde von Johann Baptist Lampi dem Älteren.*
UNTEN: *Der Mißmutige. „Charakterkopf" von Franz Xaver Messerschmidt (1736–1783), dem bedeutendsten Bildhauer zwischen Barock und Klassizismus.*

die Aufklärer von der Wichtigkeit des „Umganges mit der Welt", des Kontaktes der Studierenden mit dem Hof, mit dem Adel und mit den vermischten Ständen überzeugt. Wie auch immer, der Aufbruch in die bürgerliche Gesellschaft war längst im Gange: Die Studenten tauchten immer mehr im Stadtleben auf; sie werden in den Bierhäusern, in den Kaffeehäusern, wo Zeitungen auflagen und diskutiert wurde, ausgemacht.

Zu dieser Zeit verfügte die Universität noch über eine eigene Gerichtsbarkeit, die vom Pedell oder Gerichtsdiener vollzogen wurde; das akademische Getriebe war noch stark von katholischen Riten durchsetzt, wie z. B.dem Gehorsamseid gegenüber dem Heiligen Stuhl, der erst 1785 ersatzlos gestrichen worden ist. Ab 1778 stand das Studium generell auch Protestanten, ab 1782 das der Medizin und Jurisprudenz auch Juden offen. 1783 ordnete Joseph II. an, die Vorlesungen (mit Ausnahme des kanonischen Rechts und der Dogmatik) nicht mehr in lateinischer, sondern in deutscher Sprache zu halten.

Für 1782 sind uns durch Friedrich Nicolai auch genaue Studentenzahlen bekannt. Er zählt insgesamt 1243 Studenten auf, davon 290 an der theologischen, 440 an der juridischen, 229 an der medizinischen (exklusive der Chirurgen, die am Josephinum ausgebildet wurden) sowie 284 an der philosophischen Fakultät.

Als berufenste Gegenspieler der Jesuiten und ganz offenkundig von der neuen Toleranz beflügelt, entwickelte sich unter den Intellektuellen eine große Aufbruchstimmung, die sich in der Sammlung zahlreicher Wissenschafter und Künstler in den Freimaurerlogen manifestierte. Nachdem es unter der Patronanz Franz Stephans von Lothringen das kurze Zwischenspiel einer Wiener Loge gegeben hatte, datiert der Aufstieg der Freimaurer aus 1781 mit der Neugründung der Loge „Zur wahren Eintracht". Der Mineraloge am kaiserlichen Naturalienkabinett, Ignaz von Born, übernahm den Vorsitz. Er plante, aus der Loge eine Art Akademie der Wissenschaften zu machen. Die Neuaufnahmen lesen sich wie ein *Who is who* des Wiener Kulturlebens: Michael Denis, Schriftsteller und Kustos der Hofbibliothek, Johann Peter Frank, Arzt und Mitbegründer des Allgemeinen Krankenhauses, Franz Anton Zauner, Wiens bedeutendster Bildhauer des Klassizismus, oder Franz von Zeiller, Jurist und Autor des *Allgemeinen Bürgerlichen Gesetzbuches*.

Die Loge publizierte vierteljährlich ein wissenschaftliches „Journal für Freymaurer", das Periodikum „Physikalische Arbeiten der einträchtigen Freunde in Wien", und versuchte, die an Bedeutung rapide zulegende Presse zu beeinflussen. Joseph II. unterstellte indes aus machtpolitischen Überlegungen 1785 die Freimauerer der Polizeiaufsicht. Das führte zu einer Austrittswelle und zu deren Niedergang. Immerhin verzeichnete die Wiener

Eine Sitzung der Wiener Freimaurerloge „Zur gekrönten Hoffnung". Anwesend: Wolfgang Amadeus Mozart und Emanuel Schikaneder (links vorne).

Loge „Zur gekrönten Hoffnung" 1790 noch 89 anwesende, 111 abwesende und 12 dienende Miglieder. Wir besitzen eine bekannte Innenansicht dieser Loge, die nicht nur einen Initiationsritus zeigt, sondern auch zwei besonders berühmte Freimaurer: Emanuel Schikaneder, den Direktor der Freihaustheaters und Librettisten der Zauberflöte, und Wolfgang Amadeus Mozart.

Ein weiterer wichtiger Baustein des „geistigen" Wien sollten die Sammlungen der Habsburger werden. Franz Stephan von Lothringen berief spezialisierte Kuratoren wie etwa 1748 Valentin Jameray Duval, der eine großartige Münz- und Medaillensammlung anlegte (heute Teil des Kunsthistorischen Museums) und kaufte die Privatsammlung des Chevalier Jean Baillou, die den Grundstock des späteren Hofnaturalienkabinettes (des heutigen Naturhistorischen Museums) bildete. Um die Bestände – vor allem Mineralien – zu ergänzen, wurden erstmals durch das Kaiserhaus Forschungsexpeditionen für das In- und Ausland ausgerüstet, auf denen man auch zahlreiche zoologische und botanische Objekte sammelte. 1772 verfaßte der schon genannte Sammlungsleiter und Freimaurer Ignaz von Born ein systematisches Inventar des Naturalienkabinetts.

Vermutlich ebenfalls in das Jahr 1748 fällt eine dritte wichtige Gründung Franz Stephans, die des „mechanisch-physikalischen Kunstkabinettes", das Joseph Marcy leitete. Ihm zugeteilt und später sein Nachfolger (1772) wurde der Hofmathematiker Josef Anton Nagel, der – wie wir an anderer Stelle schon gehört haben – einen der ersten szenographischen Pläne der Stadt verfaßt hat.

Alle drei Sammlungen wurden im „Augustinergang", der die Hofbibliothek mit dem Augustinerkloster verband, aufgestellt. Das Naturalienkabinett und das Physikalische Kabinett umfaßten jeweils zwei Säle, die numismatische Sammlung sogar fünf. Dem neuen modernen Anspruch folgend, wurden die Sammlungen nicht nur wissenschaftlich bearbeitet und katalogisiert, sondern so wie die Hofbibliothek zu festgesetzten Zeiten dem Publikum zugänglich gemacht.

Auch die Anlage der barocken Menagerie in der Nähe des Schönbrunner Schlosses geht auf Franz Stephan von Lothringen zurück. Nicolas Jadot de Ville-Issey baute 1751/52, stark beinflußt von der Menagerie Lucas von Hildebrandts im Belvedere bzw. jener in Versailles, einen zentralen Pavillon mit 13 großen umliegenden Gehegen und je einem Häuschen als Hintergrund. Tiere aus der Menagerie von Ebersdorf und vor allem aus dem Belvedere – hier wurde statt dessen ein Garten der österreichischen Flora angelegt – übersiedelten hierher. Und es wurden auch neue gebracht. Die erste große Expedition, die den Botaniker Nikolaus Joseph Jacquin zwischen 1755 und 1759 zu den Westindischen Inseln und nach Venezuela führte, brachte 67 Kisten mit Tieren, Pflanzensamen, Mineralien und Münzen mit. Unter den Tieren soll sich auch ein Puma befunden haben.

Kaiser Franz I. Stefan umgeben von den Vorstehern der vier wissenschaftlichen Hofinstitute: Johann Marcy, Valentin Duval, Jean Baillou und Gerard van Swieten (von rechts). *Gemälde von Franz Messmer und Jacob Kohl, um 1764.*

Im Aktsaal der Wiener Akademie im St.-Anna-Gebäude. Ölgemälde von Martin Ferdinand Quadal.

Auch bei der kaiserlichen Gemäldegalerie setzte sich, wenngleich etwas später, der wissenschaftliche Anspruch durch. Die Installierung der Sammlung in elf Zimmern der Stallburg 1728 war bereits ein großer Schritt weg von der privaten Kunst- und Raritätenkammer gewesen; Anfang der 80er Jahre kam es zur ersten „wissenschaftlichen" Aufstellung der Gemäldegalerie. 1772 wurde der Wiener Maler Joseph Rosa, der sich lange Jahre in Dresden und Berlin aufgehalten hatte, zum Direktor der kaiserlichen Gemäldegalerie bestellt. Er führte eine Gesamterfassung und Katalogisierung der habsburgischen Kunstbestände durch. Warum man ihm schließlich doch die Neuaufstellung im Oberen Belvedere entzog und diese dem Basler Kupferstecher, Antiquar und Kunstschulenbetreiber Christoph Mechel übertrug, der den Architekturtheoretiker und Antikenforscher Johann Joachim Winckelmann persönlich kannte und dessen Ideen folgte, ist unklar. Mechel verwirklichte jedenfalls erstmals das bis heute geläufige didaktische Konzept der kunsthistorischen Schulen und der Chronologie. Damit hatte man sich auch in diesem Punkt vom Barock ab- und der Vormoderne zugewandt. Mit der Wahl des Oberen Belvedere als Aufstellungsort hatte sich überdies eine adäquate Nutzung für das seit 1752 im habsburgischen Besitz befindliche Schloß gefunden.

*) DER „AUFGEKLÄRTE" BLICK

LINKS: *Der „Hofmechanikus" Friedrich Knaus (1724–1789), Kupferstich; Knaus, berühmt für seine Konstruktionen, war Direktor des kaiserlichen „mechanisch-physikalischen Kunstkabinetts".*

RECHTS: *Das komplizierte Räderwerk der astronomischen Kunstuhr von Frater David a Sancto Cajetano.*

Die Gründung des kaiserlichen „mechanisch-physikalischen Kunstkabinettes" 1748 durch Franz Stephan von Lothringen gab der naturwissenschaftlichen Forschung in Wien entscheidende Impulse. Franz Stephan von Lothringen selbst bemühte sich um die Anschaffung einer „Kopernikanischen Weltmaschine" (gebaut von Johann Georg Nesstfell, heute im Naturhistorischen Museum) und beauftragte den kaiserlichen Hofmechanikus Friedrich Knaus mit dem Bau eines Schreibautomaten, der „Selbstschreibenden Wundermaschine" (heute im Technischen Museum). 1768 wurde eine weitere

David Rutschmann alias Frater David a Sancto Cajetano (1726–1796), Punktierstich. Der Laienbruder Cajetano schuf im Augustinerkloster mehrere berühmte astronomische Kunstuhren. Die bekannteste Uhr, deren Beschreibung er publizierte, ist bis in das Jahr 9.999 vorprogrammiert. (Astronomische Kunstuhr von David Rutschmann, 1769, ausgestellt im Wiener Uhrenmuseum.)

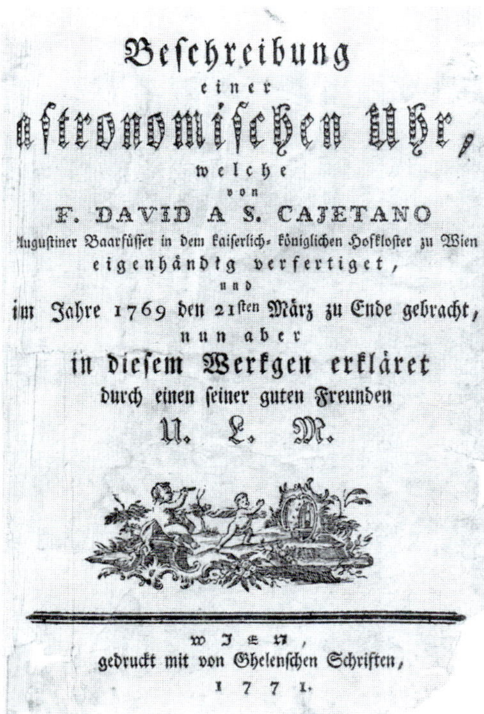

Beschreibung
einer
astronomischen Uhr,
welche
von
F. DAVID A S. CAJETANO
Augustiner Baarfüsser in dem kaiserlich-königlichen Hofkloster zu Wien
eigenhändig verfertiget,
und
im Jahre 1769 den 21sten März zu Ende gebracht,
nun aber
in diesem Werkgen erkläret
durch einen seiner guten Freunden
U. L. M.

WJEN,
gedruckt mit von Ghelenschen Schriften,
1771.

„sensationelle" Maschine, die Weltuhr des Südtirolers Franz Borghesi für die kaiserliche Sammlung, die mittlerweile im sogenannten Augustinergang untergebracht war, angekauft. Im benachbarten Augustinerkloster schufen die Augustinerbrüder Frater Cajetano (alias David Ruetschmann) und Pater Aurelius astronomisch-astrologische Weltuhren, die bis heute Gültigkeit haben.

Weiskern liefert in seiner Topographie von Wien eine leider nur marginale Überlieferung anderer „mathematischer-physikalischer Kunst- und Naturalienkabinetter": „Bei den untern Jesuiten, in dem ehemaligen großen Schultheater; in dem neuen Universitätsgebäude; in dem Theresianischen Collegio; in der Savoyischen Ritterakademie ... auch in dem Defranzischen Haus (= das Haus Franz Stephans von Lothringen) in der Kärntnerstraße" befanden sich einschlägige Sammlungen.

Auch Sternwarten gab es mehrere; 1755 wurde der Astronom Maximilian Hell an die Wiener Universität berufen, um die neue Universitätssternwarte einzurichten und zu leiten. Von Anfang an publizierte er jährlich seine astronomischen Beobachtungen in den *Ephemerides astronomicae ad meridianum Vindobonensem*.

(Hell hatte schon während seines Studiums mit Magnetismus und Elektrizität experimentiert; er fertigte im übrigen auch die Magneten an, mit denen der Wiener Arzt Franz Anton Mesmer seine Experimente an Patienten mit nervösen Leiden begann und dabei die ersten Gehversuche auf dem Gebiet des Unterbewußten unternahm.)

Über die „Grenzen" hinwegzusehen und Neues zu erfahren, war das Abenteuer der Städter des ausgehenden 18. Jahrhunderts; im Lusthaus und auf der Josephsruh am Laaerberg hatte man hierfür große Fernrohre aufgestellt; Karl Graf Zinzendorf, seit 1782 Präsident der Hofrechenkammer und ab 1792 Staatsminister im inländischen Staatsrat, hat seine Erkundigungen auf dem Gebiet des Sehens, die er zumeist zusammen mit Damen der Gesellschaft unternahm, in seinen Tagebüchern festgehalten: „Wir gingen zusammen in die Himmelpfortgasse, um einen katoptrischen Spiegel des berühmten Kircher zu besichtigen. Das ist merkwürdig, aber schlecht für die Augen. Die Blumensträuße, der Totenkopf, die Büste Homers ..." (1790)

Zu „Philidors Geisterbeschwörung" in der Leopoldstadt pilgerte man ebenso wie zu den Schattenspielen am Kapuzinerplatz, um sich die weite Welt in die Stadt hereinzuholen: „Vor sieben Uhr am Kapuzinerplatz bei den Schattenspielen. Frau von Bolza, geborene Steinbach, zu meiner Linken, Gavard rechts von mir, Frau von Auersperg saß mit Charlot hinter mir, die Frauen von Buquoy und von Starhemberg vor mir. Die Perspektive der Stadt

OBEN: *Der Mathematiker und Astronom Maximilian Hell (1720–1792). Kupferstich von J. E. Nilson nach W. Pohl; Hell betreute die neue Universitätssternwarte und führte erstmals meteorologische Statistiken.*

UNTEN: *Der Mathematiker Joseph Walcher (1718–1803) hielt an der Wiener Universität sogenannte „mechanische Kollegien" für Handwerker ab.*

Kurzer Inhalt der Mechanischen Kollegien, Welche auf der Universität zu Wien in dem philosophischen Hörsaale öffentlich gehalten werden. Zum Gebrauche seiner Zuhörer zusammen gesetzt von Joseph Walcher der Gesellschaft Jesu Priester, auf gedachter Universität der Mathematik und Mechanik öffentlichen Lehrer.

WIEN, gedruckt bey Joseph Kurzböck, Universitätsbuchdrucker auf dem Hofe, 1767.

Guckkasten, um 1750. Guckkästen, Laterna Magicas, Camera Obscuras, Schattenspiele stehen am Schnittpunkt zu einem neuen Zeitalter, welches visuell ausgerichtet ist.

Laterna magica, spätes 18. Jahrhundert.

Zürich von der Brücke und dem See aus, die der Newa und St. Petersburg bei Sonenaufgang, Ansichten des Kaps der guten Hoffnung und Havanna, ein Sturm und ein Schiffbruch, anschließend Taschenspielerstückchen ..." Sechs Jahre später unternahm er ebendort eine Reise in die Umgebung Roms und auf die Insel Martinique.

Die Sternwarte der Universität bot mehrere dioptrische Fernrohre, Spiegelteleskope, etc. Auch eine Camera obscura war hier aufgestellt: „Das Glas, welches eine Brennweite von 9 Fuß hat, ist sammt dem Planspiegel beweglich, und wird von innen durch eine Schnur regieret. Die Gegenstände fallen auf die weiß lakirte Platte eines hölzernen Tisches, die allenfalls sehr bequem zum Abzeichnen seyn würde. Man sieht nicht nur die nahen Häuser und Gassen der Stadt, sondern auch die Vorstädte, und die umliegende Gegend mit der größten Genauigkeit. Es versteht sich aber von selbst, daß der Himmel heiter seyn muß. Die entfernte Karlskirche, die Augustinerkirche auf der Landstrasse, sowie jene der Serviten auf der Rossau unterscheiden sich ebenso unverkennbar, als die nahen, prächtigen Thürme der Universitätskirche, und der Stephansthurm. Die auf dem Kirchendache zu St. Stephan angebrachte Jahreszahl läßt sich mit aller Deutlichkeit lesen, auch dann, wann diese Seite von der Sonne nicht unmittelbar beleuchtet ist. Um die gleich gute Wirkung dieser optischen Maschine auch bey nahen Gegenständen zu zeigen, erscheint der Thurmwärter, gleich als träte er aus dem Fußboden hervor, macht verschiedene Verbeugungen, und Komplimente; und zieht Dose und Uhr heraus; wovon sich alles ganz deutlich ausnimmt."

Auch im Prater war bereits 1782 eine sogenannte *Optica nova*, eine Camera obscura, aufgestellt worden. Zu Anfang des 19. Jahrhunderts war es die Panoramen, 1802 eine Ansicht von London und 1803 eine von Wien, die den Wienern erstmals die Möglichkeit gaben, die Stadt als geordnetes Ganzes, von dem man zumindest geistig-visuell Besitz ergreifen konnte, zu begreifen.

Schattenbilder, jene mit dem sogenannten *Pantographen* (Storchenschnabel) gezeichneten Schattenrißbilder, die Vorläufer der Photographien, wurden in den 1780er Jahren auch in Wien große Mode. Es gab zahlreiche Künstler, die sich darauf spezialisierten, wie etwa Hieronymus Löschenkohl, der Franzose Franz Gonord oder der Deutsche Franz Deuwel. Sie verlangten 20 bzw. 10 Kreuzer pro Schattenbild.

12. Das Leben in der Stadt

Lady Mary Montagu echauffierte sich in ihren Briefen von 1716/17 über die „gemischten" Wohnverhältnisse der Wiener Stadtbevölkerung: „... und was meiner Meinung nach eine noch unerträglichere Unzulänglichkeit ist, es gibt kein Haus, in welchem nicht fünf oder sechs Familien leben. Die Wohnungen der vornehmsten Damen und sogar die der Staatsminister sind nur durch eine dünne Wand von denen eines Schneiders oder Schusters getrennt, und ich kenne niemanden, der in einem Haus mehr als zwei Stockwerke besitzt, eines für den Eigenbedarf und eines darüber für die Dienerschaft. Jene, die ein eigenes Haus besitzten, vermieten den nicht beanspruchten Teil an wen immer, so daß die großen Treppen (die alle aus Stein sind) ebenso gemeinschaftlich und schmutzig sind wie die Straße." Abgesehen von solchen Animositäten wissen wir wenig Genaues über die Wohnverhältnisse im 18. Jahrhundert.

Das Stadtzentrum am Ausgang des 18. Jahrhunderts: „Der Hohe Marckt". Kolorierter Kupferstich von Carl Schütz, um 1793.

„Ein Stubenmädchen" und „Eine Köchin". Aquarelle eines unbekannten Künstlers.

Wir haben Kenntnis von der Raumordnung verschiedener Palais, deren Geschoßeinteilungen auch die schichtspezifischen Wohnverhältnisse dokumentieren, doch kaum Berichte über das Wohnen in einfachen Bürgerhäusern.

In den Vorstädten entstand (neben den riesigen Gartenpalaisanlagen, siehe Kapitel 2) ein neuer Typus des bürgerlichen Hauses: ein- bis zweigeschossige Häuser mit einer großen Torhalle in der Mitte, die in den längsgerichteten Hof führt, der bis zum Hausgarten beiderseits von schmalen, eingeschossigen Bauten eingefaßt wurde. Während das Haus straßenseitig die Wohnung des Hausbesitzers mit einer in 6–7 Fensterachsen gegliederten Fassade präsentierte, wurden die hinteren Gebäude für gewerbliche Werkstätten, Stallungen der Großfuhrwerker und Kleinstwohnungen für die nicht bürgerlichen Handwerker und Gesellen genutzt. (In der Bauphase ab den 1770er Jahren werden diese Wohnhöfe parallel zu den Vorstadthäusern aufgestockt, bleiben jedoch niedriger, höchstens zweigeschossig; sie enthalten Klein- und Kleinstwohnungen mit nur einer Raumtiefe; verbunden werden diese Hofwohnungen im ersten Stock durch offene, leichte Holzgänge, die entlang der Hausfronten laufen und im Wienerischen die Bezeichnung „Pawlatschen" tragen.)

In den 1770er Jahren begann auch in der Stadt ein neuer Haustypus hervorzutreten: Der viergeschossige Melkerhof in der Schottengasse, 1769–1793 vermutlich von Josef Gerl, dem Baumeister des Allgemeinen Krankenhauses, errichtet, das Schubladkastenhaus auf der Freyung (7) von Andreas Zach, der Trattnerhof in unmittelbarer Nähe des Stephansplatzes (vgl. S. 22), das Bürgerspitalzinshaus, das von der Kärntnerstraße bis zum Lobkowitzplatz reichte und 10 Höfe, 20 Stiegen, 220 Wohnungen und zahlreiche Geschäftslokale umfaßten, kündigen den neuen Lebens- und Wohnstil der städtischen Bevölkerung an.

Das Zusammenwohnen vieler verschiedener „Parteien" ohne verwandtschaftliche Bindungen, teilweise schon in Anonymität, sowie die Trennung von Arbeits- und Wohnstätte beginnt.

Zu den größten Miethäusern außerhalb der Stadt zählte das berühmte Starhembergische „Freihaus" auf der Wieden, das 1785 von Andreas Zach zu einem riesigen Zinshauskomplex umgebaut worden ist, der mit seiner gegen das Glacis gerichteten Hauptfassade von der Wiedner Hauptstraße bis zur Schleifmühlgasse reichte. „Dieses ungeheure Haus ist selbst ein Städtchen en Migniature", hieß es zeitgenössisch. Schon während des Umbaues fanden Pränumerierungen auf die Wohnungen statt, da die Lage des Baues so nahe an der Stadt lockte. Der Wandel der Mieterstruktur spiegelt die raschen gesellschaftlichen Veränderungen der Stadt wider: 1748 wohnten im alten Starhembergischen Freihaus je ein Bäcker, Handelsmann, Wagner, Schneider, Tandler, Hutmacher, Glaser, Flecksieder, Hafner,

RECHTS: *Das Freihaus auf der Wieden, Foto aus dem späten 19. Jahrhundert; das Freihaus wurde erst in den 1960er Jahren abgerissen, auf den Freihausgründen steht heute die neue Technische Universität.*
UNTEN: *Blick auf die Wieden mit dem riesigen Freihaus-Komplex. Kolorierter Kupferstich von Johann Ziegler, um 1780.*

Kürschner, Großuhrmacher, Stärk- und Haarpudermacher, Fleischhauer, Langschmied, weiters je zwei Schuster, Schlosser, Anstreicher sowie drei Tischler, dazu zwei ungarische Stiefelmacher. Nach dem Umbau finden sich unter den 94 Hauptmietern 1 Landwirt, 31 Gewerbetreibende und 7 Handelsleute, unter den übrigen 55 sind Ärzte, Juristen, Beamte, Diener und Privatiers. 1787/88 gab es im Freihaus 93 Wohnungen, 35 davon bestanden aus Zimmer und Küche, weitere 30 aus zwei Zimmern, Kabinett und Küche. Doch es gab auch Großwohnungen mit vier Zimmern, 2 Kabinetten und einer Küche sowie eine einzige Wohnung mit nicht weniger als neun Zimmern.

Die Zimmer-Küche-Wohnung entwickelte sich in den Vorstädten (und natürlich in den Vororten) zur dominierenden Wohnform. Ihr Anteil lag in den Vorstädten zwischen 80 und 90 %, in Lichtental, Margareten, Reinprechtsdorf, Magdalenengrund und anderen Gebieten sogar bei knapp über 95 %. Die vorherrschende Rechtsform war die Mietwohnung, wobei die Mieten natürlich innerhalb der Stadtmauern am höchsten und in den Vorstädten ringförmig nach außen hin niedriger wurden. Der Wien-Tourist Friedrich Nicolai hat die Mieten als exorbitant hoch eingestuft; er nennt eine Miete von 800 Gulden für eine Wohnung von 10/11 Zimmern ohne Stallung.

Mit den großen Miethausobjekten ließ sich auch blendend verdienen. Beim Freihaus hieß es, daß es seinem Besitzer stündlich einen Dukaten Zinsen einbrächte; der Zins betrug zwischen 100 und 500 Gulden pro Jahr,

OBEN: *Ausschnitt aus einem Kupferstich von Johann August Corvinus nach Salomon Kleiner: Straßenszene an der Ecke Tuchlauben/Seizerhof.*

UNTEN: *„Über Kartenspiele". Kupferstich von Johann Ernst Mansfeld (Buchillustration zu Joseph Richters* Bildergalerie weltlicher Mißbräuche, *1785).*

was nicht unbeträchtlich war, wenn wir wissen, daß Mozart etwa für die Hofstelle als Kammermusikus 800 Gulden Salär erhielt. Andererseits bewirkte dies auch eine ungeheuer große Fluktuation. Der St. Georgi- und der St. Michaelitag waren jene Stichtage, an denen sich halb Wien auf Umzug begab. 1781 schaffte Joseph II. die Hofquartierspflicht zur Gänze ab; damit fiel der Druck auf die Hauseigentümer, die nun ersatzweise eine Hauszinssteuer abliefern mußten. Die Erwartung, daß jetzt mehr in den Wohnungsbau investiert würde, gingen aber nicht auf. Vielmehr trieb die Wohnungsknappheit die Mieten rasch nach oben. Damit entstand schon in der josephinischen Zeit der Topos des tyrannischen und ausbeuterischen „Hausherrn", der sich dann zumindest bis in die Zwischenkriegszeit hielt.

Das Miethaus bringt auch die Figur des „Hausmeisters" hervor. „Er ist ein Mittelding zwischen einem gewöhnlichen Thürsteher oder Portier, und dem was man in Berlin einen Vicewirth nennt. Zuweilen ist er auch Domestik des Hauses (...) besorgt alles was zur Ordnung und Reinlichkeit im Hause gehört; zuweilen auch die Vermiethung der kleineren Quartiere, um die sich der Hausherr nicht kümmern will, und die Hebung des Geldes dafür. Ferner die kleinen Reparaturen ...", beschreibt Friedrich Nicolai die tragende Rolle des Hausmeisters im sozialen Gefüge der Häuser. Seine wichtigste Funktion übte er jedoch durch den Besitz des Schlüssels zur Haustüre aus; wer nach 10 Uhr abends nach Hause kam, mußte, um eingelassen zu werden, das „berüchtigte" Sperrgeld zahlen.

Zusammenkünfte im privaten Rahmen, ein gemeinsames Essen mit anschließendem Spiel waren Gesellschaftsformen, die das Bürgertum Ende des 18. Jahrhunderts praktizierte. Noch zu Anfang des Jahrhunderts waren die *Assemblées* auf hermetische Zirkeln beschränkte gesellschaftliche Ereignisse, die der adeligen Gesellschaft vor allem zur „Zerstreuung"

Ziehung der Wiener Magistratslotterie im großen Saal der Mehlgrube auf dem Neuen Markt. Kupferstich von I. A. Dietell nach Andreas Preuer, 1718.

dienten. Es gab Damen, die jeden Tag Gäste empfingen, andere wiederum, die an sogenannten Namenspatronfesten bzw. sogenannten „Galatagen" ihr Haus für Besuche öffneten. Wie bei Hofe hatten die Besucher in ihrer besten Kleidung und mit reichem Juwelenschmuck zu erscheinen. Der Ablauf der *Assemblées* hingegen dürfte nicht sehr formell gestaltet worden sein. So wird berichtet, daß die Hausherrin praktisch keine Notiz von den neuankommenden Besuchern nahm, sobald erst einmal die Hauptsache an diesen Einladungen, das Spielen, begonnen hatte.

Ob bei den „großen" Gesellschaften bei Hof, bei Prinz Eugen, den Schwarzenbergs, Liechtensteins, Sintzendorffs, Strattmanns, Khevenhüllers oder Collaltos, oder bei „kleineren" „Gesellschaften, Coterien und dergleichen Zusammenkünften", die der niedere Adel ein bis zweimal die Woche abhielt – überall lag man im Spielfieber, vielleicht gerade weil das Glücksspiel verboten war. Küchelbecker erzählt (1732) von Wiener Gesellschaften, wo man schon vor dem Mittagessen mit „Tocatille" oder „Picquet" begann und das Spiel bis in die Nacht fortdauern ließ, oder von Gesellschaften, an welchen nur Männer teilnehmen durften, die bis tief in die Nacht andauerten und bei denen Hasardspiele wie „Bassette, Faron, Quindeci" gespielt wurden.

Das Spiel verlor erst im ausgehenden 18. Jahrhundert seine gesellschaftliche Rolle und wurde durch andere Vergnügungen ersetzt.

Mit dem Aufstieg neuer bürgerlicher Gesellschaftsschichten, mit dem Aufstieg der Intellektuellen, der Wissenschaftler und Journalisten, der Beamten und der Künstler machten sich auch neue Umgangsformen breit.

OBEN: *Das Überbringen der Glückwünsche zu Neujahr. Kupferstich von Johann Ernst Mansfeld (Buchillustration zu Joseph Richters* Bildergalerie weltlicher Mißbräuche, *1785).*

UNTEN: *„Strumpfsöckel und Baumwollverkäuferin". Kupferstich aus der Kaufrufserie von Jakob Adam, 1777.*

Der Josephiner Johann Pezzl hat die Anfänge der Institution des „Salon" in den 1780er Jahren, die für Wien so wichtig werden sollte, eindrucksvoll beschrieben. Die Salons wurden von Frauen geführt, die „männliche Denkart mit weiblicher Grazie" verbanden. Hier verkehrten einheimische, aber auch fremde, gelegentlich durch Wien reisende Gelehrte. „In ihren Häusern vergähnt man die Abende nicht mit elendem Kartengeblätter. Kleine Musiken, vertrauliches Freundschaftsgeplauder, literarische Neuheiten, Räsonnements über Bücher, Reisen, Kunstwerke, Theater; die Vorfälle des Tages und interessante Neuigkeiten mit Salz erzählt, beurteilt, beleuchtet, machen die Unterhaltung aus und kürzen dem vertrauten Zirkel die langen Winterabende." Einige Salons der Frühzeit sind uns in Berichten erschlossen, so etwa der Salons der berühmten Fanny von Arnstein oder des Hofrates Franz Sales von Greiner, Vater der Dichterin Karoline Pichler. Viele dieser neuen „Institutionen" waren auch schon speziell mit der Pflege der Musik verbunden, so der Salon des Ehepaares Leopold Auenbrugger (s. S. 84) oder derjenige Gottfried van Swietens, des Sohnes des berühmten Universitätsreformers und Arztes Gerard van Swieten.

„Lesen" wird Voraussetzung für die neuen Formen der bürgerlichen Kommunikation. Durch die langjährige Dominanz des Klerus auf dem Sektor der Bücherzensur und durch die verspätete Aufnahme der aufklärerischen Literatur hatte Wien in den 1780er Jahren viel aufzuholen. Noch Mitte des 18. Jahrhunderts hatte jedes Buch die Zensurstelle zu passieren und den Vermerk eines *toleratur, admittur* oder *prohibetur* zu erhalten; erst dann konnten die Bücher, so sie nicht aus dem Verkehr gezogen wurden, zu den Buchhändlern wie Trattner, Kurzböck, Krauß, Gräffer, Weingund, Wappler in den Verkauf gebracht werden.

Durch die erweiterte Preßfreiheit Josephs II. – am 8. Juni 1781 erließ Joseph II. sein Zensurgesetz, am 30. Juli fiel die bischöfliche Zensurgewalt – brach gleichsam ein Damm. Über Wien ergoß sich eine Flut an gedruckten Erzeugnissen und Broschüren, wobei der Schriftsteller oder Verfasser einer Schrift für diese nun vollinhaltlich verantwortlich wurde; selbst Kritiken am Staat bzw. Kaiserhaus waren erlaubt, durften allerdings nicht anonym erscheinen. Vor allem Zeitungen, die jetzt offen innen- und außenpolitische Fragen diskutieren konnten, wurden nachgefragt und breiteten sich in der Stadt aus. Mit dieser Macht hatte der Staat, der an einer politischen Meinungs- und Willensäußerung des Staatsbürgers kaum interessiert war, nicht gerechnet.

Ab 1781 nennt sich das *Wiener Diarium*, welches 1703 begründet worden war, *Wiener Zeitung*. Er wurde nunmehr in Spalten gedruckt und erhielt einen festen Seitenspiegel. Auf die inländische Berichterstattung, folgte die ausländische, darauf in einem Anhang die meteorologischen Nachrichten, Lokalberichte, Anzeigen, amtliche Aufrufe für Lizitationen,

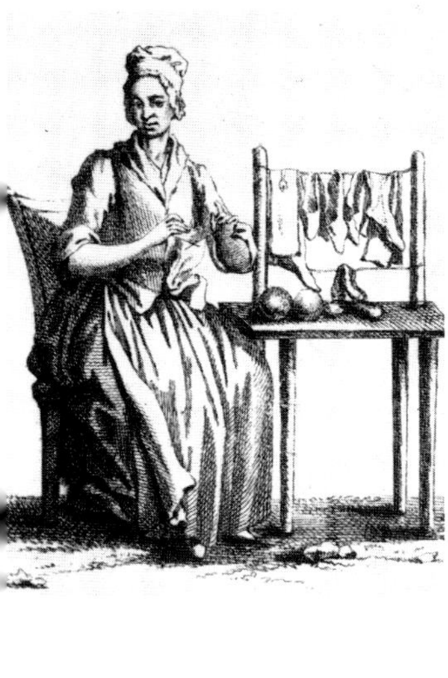

OBEN LINKS: *Der Kunstmäzen, Diplomat und Komponist Gottfried van Swieten (1733–1803).*

OBEN RECHTS: *Der Graben gegen den Kohlmarkt, 1782. Kolorierter Kupferstich von Carl Schütz. Die Wiener hatten endgültig den öffentlichen Raum erobert: Kaffeehäuser, Limonadenhütten, exklusive Geschäfte signalisieren die am Konsum orientierte neue städtische Gesellschaft.*

UNTEN: *Ein Wiener Marqueur, um 1800. Kolorierte Radierung von Josef Anton Kapeller.*

und Ankündigung von Konkursen. Sie kostete 12 Gulden jährlich und erschien zweimal wöchentlich. Die *Wiener Hofzeitung* oder *Diarium* kostete 16 Gulden, der Wiener Bote 12 Gulden im Abonnement. Darüber hinaus gab es einen Auszug aus den ausländischen Zeitungen, sowie jede Menge fremdsprachiger Zeitungen wie den *Magyar Kurier* oder den *Magyar Merkur*, eine griechische Zeitung, englische, französische, italienische Zeitungen und Journale; ab 1787 erschien das *Journal des Luxus und der Moden*, welches man für 12 Gulden im Jahr abonnieren konnte, sowie das *Magazin für Kunst und Literatur*. Um 3 Kreuzer konnte man das sogenannte *Kundschaftsblatt*, eine Annoncenzeitung, erwerben.

Herr Binz am St. Stefansfreythof, Herr Haaß am Schulhof, Herr Wallishaußer auf dem Kohlmarkt, Herr Zehetmayer und die Kienmayerin in der Milchgasse bei St. Peter werden 1797 als jene „Lesekabinette" genannt, wo man gegen eine monatliche oder jährliche Beitrittsgebühr sowie eine äußerst niedrige Leihgebühr Zeitungen und Bücher ausborgen konnte; gegen eine erhöhte Gebühr wurden sie sogar nach Hause geliefert. Hier also kam es – sozusagen mit einem Schlag – zur Entfaltung einer räsonierenden, auf Information und Kritik beruhenden Öffentlichkeit.

Urbanität lebt bekanntlich vom kreativen Umgang mit der eigenen Erscheinung. Ständische Gesellschaften bemühten sich stets, die Mode zu reglementieren. Die erste Kleiderverordnung Leopolds I. aus 1671 sollte die hierarchische, segmentierte barocke Gesellschaft klar unterscheidbar machen. Dennoch hat man seitens aller möglichen städtischen Bevölkerungskreise stets versucht, die verordneten Unterscheidungskriterien auszuhöhlen. Immer wieder wurde Klage darüber geführt. Hinlänglich bekannt ist das Zitat des Hofpredigers Abrahams a Sancta Clara, der empört fest-

OBEN: *„Perückenmacher". Kupferstich aus der Kaufrufserie von Jakob Adam, 1777.*

UNTEN: *Die Haartrachten im 18. Jahrhundert. Prägend für das Erscheinungsbild dieser Epoche wurde die Perücke.*

stellte, daß „sogar der geringste Grundschippel und schlechteste Kuchelschlamp in Frantzösischer Modi daher prangt" ...

Wieder ist es Lady Mary Montagu, die sich kompetent über die Wiener Mode(un)sitten mokiert; vor allem über die „seltsamen Gebilde aus Gaze, ungefähr ein Yard hoch, aus drei bis vier Stockwerken bestehend", die die Damen des Hofes auf ihren Köpfen türmten: „Diese Maschinerien bedecken sie mit ihrem eigenen Haar, dem sie eine große Menge falsches zugeben, da es als besondere Schönheit gilt, Köpfe zu haben, die so groß sind, um in eine mittlere Tonne zu passen. Ihr Haar wird ausgiebig gepudert, um die Mischung zu verbergen und mit drei oder vier Reihen großer Haarnadeln aus Diamanten, Perlen, roten, grünen und gelben Sternen gehalten ..." Gleichzeitig kritisierte sie auch die Fischbeinunterröcke als wesentlich größer als jene, die in England getragen wurden. Insgesamt beurteilte sie die hiesige Mode als kostspielig und sehr geschmacklos.

Maria Theresia stand der Aufhebung der Kleidervorschriften anfänglich noch zögerlich gegenüber; Reglementierungen der Trauerkleidung wurden ebenso erlassen wie Vorschriften, die Tuche, Spitzen und Seidenstoffe dem Adel vorbehielten; die Kaiserin beanstandete zu kurze Röcke und zu tiefe Dekolletés; in der Dienstbotenverordnung von 1756 verlangte sie vom Haushaltsvorstand die Kontrolle der Bekleidung der weiblichen Bediensteten, die „ehrbar" und „anständig" sein sollte; gleichzeitig förderte man jedoch die Luxuswaren, die im Inland produziert wurden – so etwa erlaubte man speziell Gold- und Silberborten an den Kleidern.

Per Handschreiben Maria Theresias vom 24. September 1766 fanden die Kleiderordnungen ihr endgültiges Ende. Jeder sollte ab nun tragen können, was er sich kaufen konnte. Die wirtschaftlichen Beweggründe schaff-

OBEN: *Der bedeutendste Vertreter der josephinischen Aufklärung: Joseph von Sonnenfels (1732–1817). 1776 plädierte er für die Abschaffung der Folter. Kupferstich.*

UNTEN: *Blick in eine Apotheke der josephinischen Zeit. Kupferstich von Johann Ernst Mansfeld (Buchillustration zu Joseph Richters* Bildergalerie weltlicher Mißbräuche, *1785).*

ten hier der Gesellschaft neuen Raum. Joseph von Sonnenfels erklärt in seinen „Grundsätzen der Polizey, Handlung und Finanzwissenschaft" 1771: „Selbst wenn ein Bürger durch Verschwendung seines Vermögens, wegen der Pracht zugrunde gehen sollte, hat er vielleicht 10 arbeitenden Familien dadurch geholfen und Lohn verschafft. Dies Argument zerstreut alle Einwürfe gegen die Pracht."

In den 1780er Jahren fielen auch die den Körper deformierend darstellenden riesigen Reifröcke. Die Stubenmädchen hatten die *Mode à l'Anglais* mit knappem Mieder und darunter freischwingendem Rock als erste für sich entdeckt und damit eine Mode kreiert, die vorerst von allen Schichten übernommen, dann jedoch zum sogenannten „Fräuleingewand", das strenger und weniger kokett war, abgewandelt wurde.

Mit den Erkenntnissen der Ärzte, mit deren Präsenz in der Gesellschaft, mit dem zunehmenden Wissen um den eigenen Körper werden gegen Ende des 18. Jahrhunderts auch neue Formen der Ertüchtigung und der privaten Hygiene entdeckt. An der Donau bzw. an den Donauarmen entstanden Flußbäder. Eines der ersten war das 1781 angelegte Kaltwasserbad des Arztes Josef Pascal Ferro, das aus zwei Kähnen mit acht Badezellen bestand. In den Zellen befanden sich ein Kanapee, Spiegel, Ausziehtisch und ein leinerner Schlafrock. Man stieg zum Baden gleichsam in seiner eigenen Zelle ein paar Stufen in das Donauwasser hinunter. Das Bad konnte von Männern und Frauen frequentiert werden und kostete (1784) 40 Kreuzer.

Karl Graf Zinzendorf hat in seinen Tagebüchern über ein solches erfrischendes Bad vermerkt: „Heute nahm ich ein Flußbad neben dem Augarten. Zunächst war mir das Hineinsteigen unangenehm. Ich setzte mich und rieb mir die Beine am Wasser, dann stieg ich zur zweiten Stufe hinunter und benetzte meinen ganzen Körper, hierauf zur dritten, bis ich mich endlich bis zum Hals im Wasser befand. Ich wusch mir dann vor allem den Kopf, damit mir das Blut nicht zu sehr hinaussteigen sollte. Als ich aus dem Bad kam, war ich krebsrot, Schenkel und Rücken mit kleinen Schwellungen von der absorbierenden Kraft des fließenden Wassers bedeckt. Die Strömung ist an dieser Stelle stark. Eine angenehme Wärme belebte mich, ich ging einmal rund um den Augarten spazieren ..." (1786)

Mozarts „Figaro" hat das Thema über die Zeiten gebracht: Selbst die Liebe und die Ehe waren in der ständischen Gesellschaft von herrschaftlichen Rechten reguliert. Noch zu Anfang des Jahrhunderts war die Heirat zwischen Mittellosen erschwert bzw. verboten, die Ansiedlung junger armer Familien auf den Freigründen der Vorstädte untersagt. Der Stadt oblag das Ehekonsensrecht, d.h. alle Untertanen benötigten die Zustimmungen der Obrigkeit – am Land der Grundherrschaft, in der Stadt des Rates –, um heiraten zu dürfen. Die Bewilligung war abhängig von der ge-

OBEN: *„Das Spital zu St. Marx und das Waisenhaus". Kolorierter Stich von Johann Ziegler.*
UNTEN: *Wer sich modisch kleiden wollte, gewann aus Illustrationen wie dieser seine Informationen. Kupferstich aus dem* Modetaschenbuch für Damen auf das Jahr 1791 *von Hieronymus Löschenkohl.*

sicherten Existenz, d. h. Nichtansässige und Mittellose konnten praktisch keine Bewilligung zur Eheschließung bekommen. Nach den Grundsätzen des Merkantilismus, wonach die Macht des Staates mit der Bevölkerungszahl wachsen sollte, wurde teilweise, unter Joseph II. schließlich ganz auf sie verzichtet, bis mit der Französischen Revolution ein Rückschlag kam. Man sah in der Verweigerung des Ehekonsensrechtes eine unentbehrliche Maßnahme zur Disziplinierung der unteren Schichten.

Uneheliche Kinder aus armen Familien und ledige Frauen hatten aus medizinischen, aber auch aus moralischen Gründen wenig Chancen, zu überleben. Frauen, die uneheliche Kinder erwarteten, waren zahlreichen Diskriminierungen bis hin zum Prangerstehen ausgesetzt. Noch 1771 war es etwa in der Gebärabteilung von St. Marx jedem erlaubt, in die Geburtenklinik einzutreten, was regelmäßig zu einer Verunglimpfung und Verspottung der Wöchnerinnen führte. Mit dem an das AKH angeschlossenen Gebärhaus wurde erstmals ein „allgemeiner Zufluchts- und Rettungsort" für ledige werdende Mütter geschaffen; Frauen erhielten hier die Möglichkeit, anonym zu entbinden. Gleichzeitig konnten sie in dem dem Allgemeinen Krankenhaus ebenfalls angeschlossenen Findelhaus ihre Säuglinge, die sie nicht selbst aufziehen konnten, zur Verwahrung „abgeben".

Tatsächlich war im 18. Jahrhundert nur etwa ein Drittel der Wiener Stadtbevölkerung verheiratet. Darüber hinaus gab es einen Überhang der weiblichen Bevölkerung. Kein Wunder, daß gerade in der Zeit der großen Reformen und der ersten Freiheiten die Prostitution blühte und mit ihr auch die Verbreitung der Geschlechtskrankheiten zunahm. Auch hier gelang

RECHTS: *„Der Spaziergang des Abends am Graben oder der Schnepfen-Strich", 1784. Kupferstich von Hieronymus Löschenkohl. Der Graben, aber auch andere Plätze der Innenstadt, gehörten ab der Abenddämmerung bis etwa zehn Uhr nachts zu den bevorzugten Terrains der Prostitution.*

MITTE und **UNTEN:** Taschenbuch für Grabennymphen, *1781, Titelblatt und Illustration; „Grabennymphe" war das Synonym für Prostituierte.*

es mit der anonymen ärztlichen Behandlung, selbst über den Tod hinaus, eine Verbesserung für die Betroffenen zu erreichen. Wir finden zahlreiche Schriften und Darstellungen aus der josephinischen Zeit zu diesem brisanten Thema: Die Prostituierten oder, wie sie der Wiener Volksmund nannte, die „Schnepfen" und „Grabennymphen", promenierten zwischen Dämmerung und zehn Uhr abends auf den „besten" Plätzen Wiens: auf dem Graben, auf dem Kohlmarkt, auf dem Platz „Am Hof". Die Wirtshäuser am Spittelberg galten ebenfalls als Orte des Prostitutionsgewerbes. Johann Pezzl schätzte die Zahl der „Nymphen" auf 2.000, nicht eingerechnet weitere 500 „ausgehaltene Mädchen". Das Exempel, das Joseph II. statuierte, indem er den Prostituierten – Prostitution galt immer noch als Verbrechen und konnte mit Gefängnisstrafen geahndet werden – die Haare scheren und sie zum Straßenkehren einsetzen ließ, ist durch die Kupferstiche Hieronymus Löschenkohls weitgehend bekannt. Gleichzeitig löste gerade diese rüde Bestrafungspolitik (mit den moralisch zweifelhaften Rückwirkungen auf die Öffentlichkeit) eine lebhafte Diskussion über die Einrichtung von Bordellen aus.

„Von früh bis spät ist der Tag begleitet von Glockengeläute. Frühmorgens beginnt das Primglöcklein von St. Stephan, auf das am Vormittag die jeweiligen Meßläuten folgen, um 12 Uhr ertönt die Betglocke (...), am Nachmittag die Vesperglocke, später zum Salve regina, zum Rosenkranz und zur Litanei und spät Nachts noch einmal zum Gebet." – War der Le-

RECHTS: *„Die Zurückkunft aus dem Zuchthaus", um 1782, Hieronymus Löschenkohl. Die Prostitution war auch noch in josephinischer Zeit verboten und wurde mit Haftstrafen geahndet. Bei Haftantritt wurde den Frauen das Haar geschoren; was diese nach ihrer Entlassung mit Perücken verdeckten.*

UNTEN: *„Krapfenweib" und „Brodsizerinn". Kupferstiche aus der Kaufrufserie von Jakob Adam, 1777.*

Krapfenweib.
Une femme aux gateaux

Brodsizerinn.
Une femme que vend le pain.

bensrhythmus der ersten Hälfte des 18. Jahrhunderts noch hauptsächlich vom Geläute der Kirchenglocken geprägt, so stehen wir Ende des 18. Jahrhunderts einem neuen, großstädtischen Lebensrhythmus Wiens gegenüber, der vor allem von den Ämtern der Stadt reguliert und durch den von ihnen verursachten Verkehr geprägt wurde. Die Stadt erwachte gegen sechs/halb sieben in der Früh mit den Dienstmädchen, die auf die Märkte gingen; um halb neun verließen die Beamten (ca. 4500 Personen: Sekretäre, Registranten, Adjunkten, Konzipisten, Protokollisten, Ingrossisten, Kanzlisten ...) ihre Wohnungen, nach diesen folgten die höchsten Beamten, ca. dreihundert Wägen mit Kanzlern, Vizekanzlern etc.; gegen zehn Uhr füllten sich die Hauptstraßen und die Kaffeehäuser. Um zwölf Uhr begannen für die Beamten die Mittagspausen. Um eins wurde der Verkehr dünner und kam um zwei Uhr völlig zum Erliegen. Die einfachen Leute aßen um 12 Uhr, die Beamten um eins, Leute vom Stand um zwei, der hohe Adel noch später. Um drei Uhr nahmen die Beamten wieder ihre Arbeit auf. Gegen halb fünf nahm der Verkehr auf den Straßen wieder zu, um nach sechs Uhr ganz loszubrechen: Die Beamten und die Arbeiter in den Vorstädten hörten zu arbeiten auf, die Theater starteten bald, man drängte in die Gesellschaftshäuser, in die Wein- und Bierhäuser. Nach neun, wenn sich die Gesellschaften auflösten, vermehrte sich der Verkehr dann wieder. Um zehn Uhr wurden alle Privathäuser geschlossen; um elf Uhr nachts waren die Straßen komplett still und leer. Um drei Uhr nachts erlöschten die Lampen; und um sechs Uhr früh begann wieder alles von vorne.

13. Vom höfischen Fest zum bürgerlichen Vergnügen

In der „Einleitung zur Ceremoniel-Wissenschaft großer Herren" aus dem Jahre 1729 werden wir über die hochfürstlichen *Divertissements* (Unterhaltungen, Vergnügungen) unterrichtet. Diese umfaßten den weiten Kanon von Krönungen und Proklamationen, von Einzügen und Aufzügen in der Residenzstadt, von Huldigungs-, Hochzeits- und Trauerzügen, von Turnieren, Ritterspielen, „Caroussellen", Ringrennen und Roßballetten, von den Karnevalen, Maskeraden und Tänzen, den Wagen- und Pferderennen, von

Damenkarussell in der Winterreitschule am 2. Jänner 1743. Ölgemälde von Martin van Meytens; dieses große Fest der höfischen Gesellschaft fand aus Anlaß der Wiedereroberung Prags im Österreichischen Erbfolgekrieg statt.

OBEN: *Johanna Sacco (1754–1802), Kupferstich. Sacco zählte zu den ersten großen Schauspielerstars des Hofburgtheaters; sie debütierte 1744 und nahm erst 1793 ihren Abschied von der Bühne.*
UNTEN: *„Hauskonzert". Kupferstich von Johann Ernst Mansfeld (Buchillustration zu Joseph Richters* Bildergalerie weltlicher Mißbräuche, *1785).*

Wasser- und Schlittenfahrten, Illuminationen und Feuerwerken, Opern, „Comoedien" und Balletten bis hin zu den Trauerfeierlichkeiten und Begräbnissen.

Ludwig XIV. hat das Modell der Selbstinszenierung des absoluten Monarchen vorgebildet. Die Feste lieferten die Gelegenheit, den Herrscher zugleich gottähnlich als Mittelpunkt des Kosmos und als individuelle Persönlichkeit, die ihrer Umgebung Stil und Verhalten aufzwingen konnte, zu inszenieren. Die Feste, für die ein Heer an Musikern, Architekten, Dramaturgen und anderen Künstlern beschäftigt wurde, waren also ein Mittel, das dem Kaiser die Kontrolle über die Hofgesellschaft sicherte. Die Bedeutung des Schauspiels, zu dem die Teilnehmer gezwungen waren, löste aber auf lange Dauer gesehen die starren Regeln auf und förderte eine schärfere Trennung von öffentlicher Selbstdarstellung und Intimität im engeren Kreis. Das sollte am Ende des Jahrhunderts in eine deutliche Scheidung von kulturellen Großereignissen und privaten Festen münden.

Der Tages- und Jahresablauf des Hofes war streng kategorisiert. Es gab die großen Gala- und Festtage, die Toisonfesttage, die mit den Rittern des Goldenen Vlieses einmal monatlich begangen wurden, sowie die „gewöhnlichen Andachten und Zeremonien", die regelmäßig vormittags oder nachmittags durch den Besuch einer Messe, einer Andacht, eines Segens in den verschiedenen Kirchen Wiens zelebriert wurden.

Die Galatage, die zu Geburts- oder Namenstagen des Kaisers, seiner Gattin oder eines Mitglieds der kaiserlichen Familie begangen wurden, waren in der Barockzeit mit der Aufführung von Musikvorstellungen, von großartigen Operninszenierungen und der Aufführung von Serenaden verbunden. Der „Hof" bildete dabei die Staffage des Festes. Die gesamte adelige Gesellschaft hatte an solchen Tagen ihre Aufwartung zu machen und in der prächtigsten Kleidung, mit bestem Schmuck und kostbarer Equipage zu erscheinen.

Mit der Verbürgerlichung der Gesellschaft wandelten sich im Verlauf des Jahrhunderts die Galatage des Hofes (und die kirchlichen Feiertage) zu Glückwunschtagen um: Neujahr, Ostern, Pfingsten, Weihnachten, Geburtstage, Namenstage des Hausherren und der Hausfrau, aber auch aller Kinder, Schwestern und Tanten wurden gefeiert. In die Glückwunschmanie teilten sich alle Stände der Stadt. Bei wohlhabenden Bürgern und kleineren Beamten feierte man, so Johann Pezzl, sogar die Jahrestage der geschlossenen Ehe, des erhaltenen Amtes etc.: „Alle diese Tage setzten den ganzen Zirkel der Bekannten vom Hause in Bewegung, daß sie sich in Galakleidung steckten, zu Wagen und zu Fuß nach dem beglückten Hause eilten und ihren Kratzfuß machten, sich zu hohen Gnaden oder alter Freundschaft empfehlend."

Die großen Barockopernfeste Leopolds I. – er ließ in seiner Regierungszeit (1658–1705) vierhundert (!) Opern aufführen, wovon vor allen

LINKS: *Der Komponist und Musiktheoretiker Johann Joseph Fux (1660–1741) war ab 1715 Hofkapellmeister in Wien. Bekannt wurde er durch seine Abhandlung* Gradus ad Parnassum *(1725). Zeitgenössisches Porträtgemälde.*

MITTE: *Der „Theatralingenieur" Francesco Galli-Bibiena (1659–1739) inszenierte in der Zeit Kaiser Josephs I. barocke Spektakel in Wien. Selbstbildnis (Florenz, Uffizien).*

RECHTS: *Der Komponist Christoph Willibald Gluck (1714–1787) mit seiner Frau. Ölgemälde von Johann Georg Weikert.*

anderen die Oper „Il Pomo d'oro" aus 1667 zur Legende geworden ist – wurden unter seinen Söhnen Joseph I. und Karl VI. in noch traditioneller Art weitergeführt. Komposition, Ausstattung und Regie der Opern waren ein Monopol der italienischen Künstler. Mit der Aufführung von „Angelica, Vinvitrice di Alcina" brach erstmals ein Österreicher, Johann Joseph Fux, seit 1698 Hofkomponist, in die Domäne der Italiener ein. Lady Mary Montagu hatte Gelegenheit, in der Neuen Favorita dieser vor dem Nachthimmel erstrahlenden „Wasseroper" beizuwohnen. Die Dekoration stammte von Fernando Galli-Bibiena. Gemeinsam mit den Kostümen bezifferte man das Budget auf 30.000 fl. (Gulden). „Die Bühne", schrieb Montagu, „war über einen sehr breiten Kanal gebaut und am Beginn des zweiten Aktes in zwei Teile geteilt, so daß man das Wasser entdecken konnte, auf welchem sofort zwei Flotten mit goldenen Schiffen von verschiedenen Seiten erschienen, die eine Seeschlacht aufführten (...) Die Handlung der Oper ist die Verzauberung der Alcina, die Gelegenheit für den Einsatz zahlreicher Maschinen und Szenenwechsel gibt, die mit überraschender Geschwindigkeit vollzogen werden (...) Das Theater ist groß, daß es dem Auge schwerfällt, sein Ende zu erkennen und die Kostüme, 108 an der Zahl, von äußerster Pracht". In dem aus Böhmen stammenden Willibald Gluck hatte Wien 1754 einen neuen Hofkomponisten gefunden, der die Oper weitgehend reformieren sollte: Gluck führte das (musik)revolutionäre Konzept ein, wonach die dichterische Idee in der Oper die Musik leiten soll, reduzierte die Zahl der Akte und die Anzahl der Schauspieler und Sänger und schuf kurze, in kohärente Szenen integrierte Arien. Nachhaltigen Erfolg erzielte er mit der Bestimmung der Ouverture als musikalischem Ausdruck des Grundgedankens des Werks.

Noch in der Zeit Karls VI. werden jährlich zehn große Opern- bzw. Oratorienproduktionen vom Hof in Auftrag gegeben; dann verliert die höfische Oper als Spektakel ihre Bedeutung. Auf der einen Seite bildete sich ein regelrechter Markt für Kompositionen und musikalische Aufführungen, was

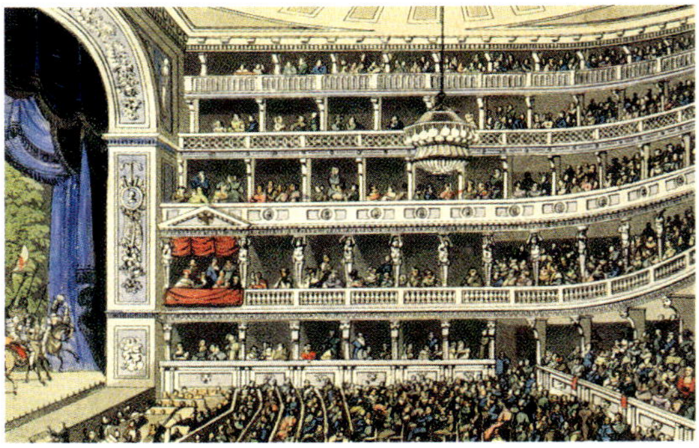

OBEN: *Die Zuschauerräume des Theaters an der Wien sowie des Kärntnertortheaters.*

UNTEN: *Das Kärntnertortheater, erbaut 1709, um 1750. Kupferstich.*

etwa 1771 zur Gründung der „Tonkünstler-Societät" führt, die regelmäßig öffentliche Konzerte, in den 1780ern Abonnenten-Konzerten im Augarten, gibt; auf der anderen Seite – und ganz im Geist der auf Schriften beruhenden Aufklärung – wird das Sprechtheater zum kulturellen Mittelpunkt.

In dem 1709 durch den kaiserlichen Architekten Antonio Beduzzi errichteten Kärntnertortheater sollte neben dem Hof und dem Adel, erstmals die Bürgerschaft Zugang haben. Das Kärntnertortheater, vielfach auch „Stadttheater" genannt, spezialisierte sich auf die „deutsche Volkskomödie". Diese war im 17. und frühen 18. Jahrhundert noch an Wanderbühnen gebunden. So spielte auch der 1705 nach Wien gekommene Joseph Anton Stranitzky viele Jahre lang auf einer mobilen Holzbretterbühne, zuerst auf der Freyung, dann auf dem Neuen Markt, der sich zu einer Art frühem Vergnügungszentrum entwickelt hatte. 1712 übersiedelte Stranitzky in das steinerne Theater am Kärntnertor. Hier feierte er mit der burlesken Figur des „Hanswurst", des aus dem Salzburgischen kommenden Krautschneiders, große Erfolge. Der spitze schwarze Hut, der schwarze Bart, die rote Joppe, die weiße Halskrause wurden zum Symbol. 1725 gab Stranitzky diese Rolle an Gottfried Prehauser weiter, der eine „wienerische" Variante des Hanswurst schuf. Diesen wiederum beerbte Johann Joseph Felix von Kurz, der eine neue Figur, die des Bernardon, in Wien einführte. Das deutsche Stegreiftheater beinhaltete noch Musikelemente, die auf bekannter Tanzmusik und beliebten Volksliedern beruhten, womit nicht zuletzt der Pomp der großen Opern parodiert wurde. Man spielte (laut Küchelbecker) bereits das ganze Jahr hindurch, Fastenzeit und Advent ausgenommen; freitags wurde ein „stilleres" Stück gegeben. Im Theater wurden auch Bier, Brot und Würste verkauft, die man offenkundig während der Aufführungen verzehrte.

1748 wurde im Ballhaus der Hofburg ein neues Theater errichtet. Hier wollte die höfische Gesellschaft Maria Theresias noch ganz unter sich bleiben. Das „Burgtheater", wie es später genannt werden sollte, besaß dicht

OBEN: *Die Figur des Lungauer Sau- und Krautschneiders Hanswurst eroberte die Stegreifbühnen Wiens. Kolorierter Stich von Martin Engelbrecht* (links); *Gottfried Prehauser (1699–1769) als Hanswurst. Kupferstich* (Mitte); *Kleine Hanswurstfigur, Holz, Ende 18. Jh.* (rechts).
UNTEN: *Joseph Felix von Kurz (1717–1784). Kupferstich von Felix Landerer; Kurz kreierte die Figur des „Bernardon".*

an der Bühne einen eigenen Zugang von der Hofburg zur „Hofloge". Es war das „Wintertheater", für die Sommersaison ließ man die Schloßtheater in Schönbrunn (1747) und Laxenburg (1753) errichten.

Die für Wien historisch so nachdrücklich belegte Theaterleidenschaft erfaßte die lange davon ausgeschlossene Wiener Stadtbevölkerung in raschem Tempo: 1776 hob Joseph II. das höfische Theaterprivileg auf und ermöglichte die Gründung von Privattheatern. Gleichzeitig löste er den für Burg- und Kärntnertortheater bestehenden Pachtvertrag auf und erhob das Burgtheater, das er wieder dem Hof unterstellte, zum „Nationaltheater". Das Theater sollte, so jedenfalls hatte es Lessing konzipiert, zur pädagogischen Anstalt werden, in dem allgemeine Verhaltensregeln am Beispiel des selbstverantwortlichen Individuums exemplarisch vorzuführen waren. Auch Johann Pezzl sprach mit Rücksicht auf die Errungenschaft „des Jahrzehnts" von der vorzüglichen Rolle des Schauspiels bei der Hebung der allgemeinen Sittlichkeit. Das Burgtheater, das 1125 Besucher faßte, wurde aus dem Hofärar finanziert, die Schauspieler wurden den Hofbeamten gleichgestellt und erhielten eine Staatspension ausbezahlt.

Nach und nach setzte sich das Burgtheater bei allen Publikumsschichten durch. In den 1780er Jahren kamen langsam auch die Besucher aus den Vorstädten. Zumindest die vierte Galerie wurde gegen Ende des Jahrhunderts immer mehr von den „Gassen- und Schnipferbuben" erobert. Diese Agioteure waren als erste bei den Kassen, kauften Plätze für 17 kr. auf der Galerie und ließen sich diese dann teuer ablösen. Die „richtigen" Theaterliebhaber saßen zwischen „schmutzigen Kuchelmenschern und Gassen-

OBEN LINKS: *Hauskonzert, um 1785. Tusche/Aquarell von Hieronymus Löschenkohl.*
OBEN RECHTS: *Fächer mit der Darstellung der Familie Leopolds II. Kolorierter Kupferstich von Hieronymus Löschenkohl.*
UNTEN: *„Über öffentliche Theater". Kupferstich von Johann Ernst Mansfeld (Buchillustration zu Joseph Richters* Bildergalerie weltlicher Mißbräuche, *1785).*

buben", vermerkte Joseph Richter in seinen Eipeldauer-Briefen. Auch stand nicht immer das Theaterstück im Mittelpunkt des Interesses. „Sie sollten die Augengläser nur sehen, die unsere Stuzzer nach den Logen und der dritten Gallerie zu richten pflegen", um „jedes runde volle Gesicht, geschminkt oder nicht ... jedes schwarze Auge, jeden schönen Busen im ganzen Schauspielhause aufzuspüren." Der „Wahlwiener" Johann Friedel notierte zum Burgtheater, es sei das Haus, „wo man sich die Rendez vous bestellt ..."

Im Zuge der Nationalisierungs- und Sprachenpolitik Josephs II. wurde das Burgtheater zum „deutschen" Kulturmittelpunkt. Vorerst mußten wegen des Mangels an deutschsprachigen Stücken auch deutsche Singspiele und italienische Opern aufgeführt werden, womit beispielsweise der heute weithin unbekannte Ignaz Umlauff („Die Bergknappen", 1778) beauftragt wurde. Dadurch wurde das Burgtheater jedoch auch zum Aufführungsort der bahnbrechenden Werke eines jungen Salzburger Komponisten: Im Verlauf des „musikalischen Intermezzos" gelangten hier Wolfgang Amadeus Mozarts „Entführung aus dem Serail" (1782), „Die Hochzeit des Figaro" (1786) oder „Cosí fan tutte" (1790) zur Aufführung.

In Wien etablierten sich jetzt die Vorstadttheater, die ansatzweise eine Arbeitsteilung unterhielten. Carl Marinelli begründete das Theater in der Leopoldstadt, welches er 1781 eröffnete und mit komischen Lust- und deutschen Singspielen betrieb. Hier, in der Jägerzeile, kreierte Marinellis Schauspieler La Roche die Wiener Figur des „Kasperls", eines dummen und naiven Bauernjungen, dessen derbe Einlagen besonderen Beifall erzielten. 1787 wurde das Wiedener Theater im Freihaus eröffnet, ein Jahr später folgte das Theater in der Josefstadt. Die Anschlagtafeln mit den Ankündigungen der Aufführungen quollen über, im Mittelpunkt freilich standen die Schauspieler, die den Aristokraten den Rang als dominante Personen der Öffentlichkeit streitig zu machen begannen.

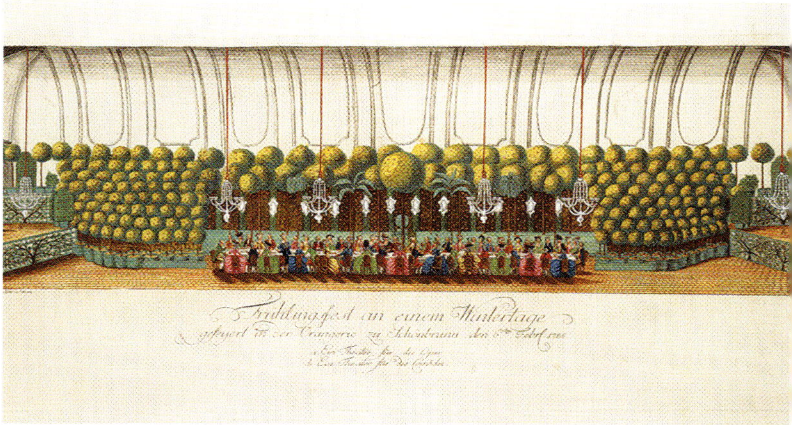

OBEN LINKS: *Der Komponist Wolfgang Amadeus Mozart (1756–1791), 1785. Porträtsilhouette von Hieronymus Löschenkohl.*

OBEN RECHTS: *Frühlingsfest an einem Wintertage, 1785. kolorierter Kupferstich von Hieronymus Löschenkohl.*

UNTEN: *Der Komponist Joseph Haydn (1732–1809), 1792. Ölgemälde von Joseph Hardy.*

Die Unterhaltungslust der Wiener entwickelte sich „ungebremst". Die Abwechslung war groß. Neben den Puppen- und Marionettenspielen berichtet Friedrich Nicolai von verschiedenen Wirtshäusern in den Vorstädten, wo in großen Sälen Possenspiele für ganz geringes Entgelt gespielt wurden. Er hebt „die Scherzerische Gesellschaft" hervor, die im „Bauernfeindischen Saal" in der Josefstadt spielte. Auch hier wurden während des Schauspiels Bier und Wein, Würste und Kaiserfleisch „gierig" getrunken und gegessen.

In den achtziger Jahren hatte – für uns heute erstaunlich – auch das Wiener Hetztheater seine beste Zeit. Nach mehrfachen Anläufen wurde erst der in der Vorstadt Unter den Weißgärbern errichtete dreistöckige Bau aus Holz mit gemauerten Tierkäfigen, der bis zu 3.000 Besucher aufnehmen konnte, zum Publikumshit. Hier zeigte man Tierhetzen, d. h. Bären, Wölfe, Schakale, Ochsen, Wildschweine, gelegentlich auch einmal ein Leopard oder Löwe, wurden von den Hetzhunden, den Hauptakteuren, verfolgt und zu Tode gebissen.

Das blutige Hetztheater wurde von allen Ständen frequentiert. Da kein schützendes Dach vorhanden war, brauchte es für die Vorführungen gutes Wetter. Diese fanden für gewöhnlich in den Monaten März bis November an Sonn- und Feiertagen zwischen vier und sechs Uhr nachmittag statt. Eine Musikkapelle hatte die Aufgabe, mit fremdklingender, türkischer Musik die Stimmung anzuheizen. Die Bewerbung der Veranstaltungen verlief äußerst professionell. In der Innenstadt, aber vor allem in den Vorstädten wurden samstags die sogenannten „Hetzzettel" verteilt, die von berühmten Schriftstellern wie Josef Rautenstrauch textiert wurden. Parolen, wie „Eine scharfe Hetze, eine blutige Hetze, eine sehr blutige Hetze, eine sehr scharf kämpfende Hetze, eine Hetze auf Mord und Tod, ein starker herrlicher Tierkampf ...", sollten, wie es Johann Pezzl kritisch vermerkt, zum schauri-

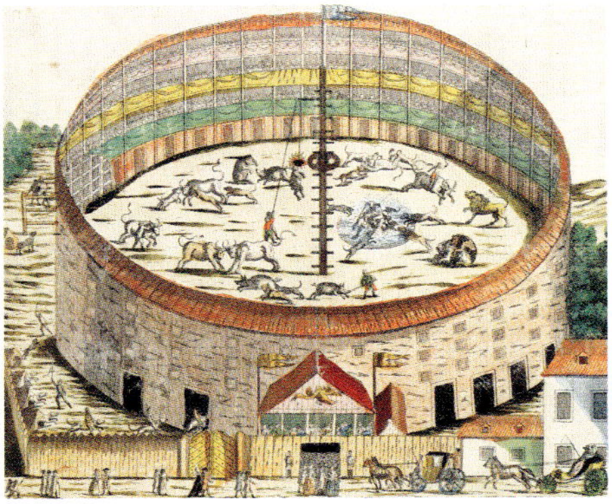

OBEN LINKS: *„Das Hetzamphitheater" in Wien, um 1790. Kolorierte Radierung von H. Sommer.*
OBEN RECHTS: *„Die Damen umgürten die Ritter vor dem Carußel...". Kolorierter Kupferstich von Hieronymus Löschenkohl.*
UNTEN: *„Über Tanzsäle". Kupferstich von Johann Ernst Mansfeld (Buchillustration zu Joseph Richters* Bildergalerie weltlicher Mißbräuche, *1785).*

gen Spektakel anlocken. Wegen seines großen eingespielten Gewinnes wurde das Hetztheater, entgegen der sonstigen Linie der „Domestizierung" und „Veredelung" der Bürger, vom Staat erworben und verpachtet, wobei die Einnahmen nun in eine Armenkassa – eine Art Lustbarkeitsabgabe war gebildet worden – flossen. 1796 brannte das Hetztheater ab und wurde nicht wieder aufgebaut.

Die Liebe zum Spektakel wich nur langsam der bürgerlichen Innerlichkeit. Die Stadt organisierte sich auch nach der Schaulust, und so finden wir das ganze Jahrhundert hindurch reges Interesse des Publikums an der Präsentation menschlicher Abnormitäten. 1752 wurde ein 14jähriges „Weibsbild", 2,32 Meter groß, aus Linz vorgeführt; 1763 wurde der 2,5 Meter große „Riese" Bernhard Gilli gegen Entgelt von 34 Kreuzern präsentiert; 1771 war es eine Zwergin, nur 72 cm groß, die beim „Goldenen Greifen" im ersten Stock gegen drei Kreuzer zu besichtigen war und auch noch mit einem Bauchtanz aufwartete. Friedrich Nicolai beschäftigte die Sensationslüsternheit der Wiener aus Anlaß des Papstbesuches von 1782, welcher nach der Abreise des Heiligen Vaters sofort von der nächsten Attraktion, der Präsentation einer weiteren Riesin, verdrängt wurde.

Die „Wirthschafften", spezielle Maskenfeste, welche eine Bauernhochzeit nachstellen sollten, galten noch in der ersten Hälfte des 18. Jahrhunderts als Höhepunkt der Faschingsfeiern am Hof. Das Kaiserpaar trat als „Wirt" und „Wirtin" auf, die einander in Losen zugeteilten Paare trugen vorwiegend bäuerliche Maskierungen bzw. Verkleidungen, die die unteren Volksschichten simulierten. Nachtwächter, Hausknechte, Spielmänner, Köche, Dorfjuden, Herrschaftspfleger wurden ebenso dargestellt wie Trachtenpaare verschiedener Nationalitäten (Ungarn, Franzosen, Polen etc.). Aber auch Verkleidungen als Römer, Perser oder Ägypter, Sklaven oder Jäger waren zu finden. Es wurde getafelt und anschließend „deutsch" getanzt. Die wohl

OBEN: *Michaelerplatz, 1784. Kolorierter Kupferstich von Carl Schütz; rechts ist die Fassade des Hof(burg)-theaters zu sehen, daran anschließend die k. k. Reitschule* (links). *Rückfahrt vom Damenkarussell in der Reitschule am 2. Jänner 1743, Federzeichnung, aquarelliert* (rechts).

UNTEN: *Maskenball anläßlich der Vermählung Erzherzogin Maria Annas mit Carl von Lothringen, 12. Jänner 1744, Kupferstich von Georg Nicolai* (links).
Der Kupferstich rechts von I. A. Pfeffel zeigt die Ausschmückung der Reitschule anläßlich dieser Hochzeit.

berühmteste barocke „Wirthschafft" war jene, an der der inkognito reisende Zar Peter der Große im Juni 1698 teilnahm. Diese Veranstaltung wurde im Großen Saal der Neuen Favorita gegeben. Der Zar hatte das Kostüm eines friesländischen Bauern zugeteilt erhalten, der damalige Erzherzog Joseph trat als „Persianer" auf.

Der Fasching, für die Wiener ein „hohes heiliges Fest", begann am 7. Jänner und endete mit dem Aschermittwoch. Schon damals fand der Wiener Fasching nicht in den Straßen statt, sondern konzentrierte sich ganz auf die Tanzsäle. Denn er war dem Tanzen gewidmet, vor allem einer Frühform des in der zweiten Hälfte des 18. Jahrhunderts immer populärer werdenden „Walzertanzens". Seit 1716 gab es einen öffentlichen Tanzsaal, die Mehlgrube auf dem Neuen Markt, der jedoch dem Adel als Ballsaal vorbehalten war. Ab 1748 kamen die Redoutensäle in der Hofburg dazu, die bis zu dreitausend Menschen faßten. Anfänglich ebenfalls nur für den Adel offen, fanden hier

Schlittschuhläufer und -läuferin, Wiener Porzellan, um 1760.

überwiegend Maskenbälle statt. Sie wurden im Jahr 1772 für alle Stände geöffnet. Lediglich Diener in Livreen oder Dienstmädchen mit der Schlepphaube sowie „anstößige" Verkleidungen wurden abgewiesen. In den 1780er Jahren kamen die Faschingskostümierungen immer mehr aus der Mode, man begnügte sich zumeist mit „einfacher Putzkleidung" und steckte die Larve an den Hut.

Der Adel zog sich teilweise zu „privatimen" Hausbällen in den eigenen Palais und Häusern zurück. Wer kein entsprechendes Haus führen konnte, besuchte die geschlossenen Bälle bei den Trakteurs oder in Gasthäusern. Hier entwickelten sich bereits neue Stätten der Öffentlichkeit.

Die Vergnügungen des Mannes von vornehmem Stande – dazu zählten auch sportliche Betätigungen wie Fechten, Reiten und Billard. Öl auf Holz, um 1785.

Die feierliche Huldigung der österreichischen Stände für Maria Theresia am 22. November 1740. Maria Theresia wird in einer Sänfte mitgetragen, hinter ihr eine leere Kutsche zum Zeichen der Trauer um ihren Vater Karl VI. Kupferstich von Georg Christoph Kriegl, 1741.

Bei den Wirtshäusern wurden große „moderne" Tanzsäle eingerichtet. Der „Neueste Wienerische Wegweiser von 1792" nennt bereits sechs große Tanzsäle, die in der sich etablierenden bürgerlichen Ballkultur der Biedermeierzeit so wichtig werden sollten. Sie siedelten sich in den Vorstädten in der Nähe ihres Publikums an, beispielsweise „Zum grünen Thor" in der Roßau; „Zum Mondschein" beim Schwarzenbergischen Garten; „Zum Sperl" oder „Zum Fasan" in der Leopoldstadt. Die Zahl der Tanzstätten wird in der neueren Literatur für die 1780er Jahre auf imponierende 460 Plätze geschätzt, wobei auch die Zahl der Veranstaltungen stetig wuchs. Die „Tanzwütigkeit" der Stadtbewohner setzte demnach bereits Jahrzehnte vor dem Wiener Kongreß ein.

Für das „gemeine Volk" gab es kaum Festtage, an denen es selbst im Mittelpunkt des Geschehens stand. Das wichtigste – und legendär noch in den Zeiten Franz Grillparzers – war das gesamte 18. Jahrhundert hindurch das Kirchweihfest zu St. Brigitta, das in der Brigittenau „auf einer sehr luftigen Wiesen im Buschholz, oder im Hospital zu St. Markus, mit kleinem Jahrmarkt" (Küchelbecker) stattfand. Schon in den 1730er Jahren pilgerten mehrere tausend Menschen in die Brigittenau, darunter auch Adelige, die neugierig waren und das Fest des gemeinen Volkes sehen wollten. Das im Grunde religiöse Fest wandelte sich nach dem Gottesdienst zu einem durchaus profanen. Wie wir aus Beschreibungen des Jahres 1779 wissen, wurde da ausgiebig „getanzt, gespielt, geschmaust und gezecht".

Joseph II. hatte die vormals exzessiven Galatage des Hofes abgeschafft, er ließ lediglich am Neujahrstag, am 1. Jänner, die großen Honneurs bei Hofe zu. Als einziger kirchlicher Prozessionstag im Jahr war das Fronleichnamsfest übriggeblieben, das allerdings eine riesige Menschenmenge in die Innenstadt zog. Die großen Hoffeste, Opern- und Theateraufführungen, aber auch die Schlittenfahrten und „Caroussellen", waren bereits unter Maria Theresia eher selten geworden, in den 1780er Jahren erloschen sie fast völlig.

*) DIE WIENER JAHRE DES WOLFGANG AMADEUS MOZART

LINKS: *Leopold Mozart mit seinen Kindern Wolfgang Amadeus und Maria Anna, 1764, Kupferstich.* **RECHTS:** *Porträt W. A. Mozarts. Gemälde von seinem Schwager Josef Lange, um 1782/83.*

Drei Aufenthalte in Wien in Folge (1762, 1767/1768 und 1773) hatten kein ersichtliches „Engagement" des Kaiserhauses für den Kinderstar Mozart bzw. den heranwachsenden jugendlichen Komponisten ergeben. Dennoch brach der 25jährige Mozart mit seinem bisherigen Dienstgeber Erzbischof Fürst Colloredo, um sich 1781 in Wien niederzulassen.

Wolfgang Amadeus Mozart kam in den „schnellsten Jahren" des 18. Jahrhunderts nach Wien; es waren die Jahre des raschen gesellschaftlichen Umbruchs. In der Stadt überstürzten sich die Ereignisse. Joseph II. war gerade erst Alleinherrscher geworden und peitschte nun sein Reformwerk, welches vom Toleranzpatent bis hin zu revolutionären Rechts-, Eigentums- und Steuerregulierungen reichte, in atemberaubendem Tempo durch.

Mozart wohnte vorerst im Deutschordenshaus, dann als Untermieter Cäcilie Webers im Haus „Zum Auge

Gottes" (I., Milchgasse 1/Petersplatz 8/Tuchlauben 6). Er hatte die Familie in Mannheim kennengelernt und schwärmte für deren Tochter Aloysia, die jedoch 1780, bevor Mozart nach Wien kam, den Maler und Schauspieler Josef Lange geheiratet hatte. Es zog Mozart offensichtlich trotzdem wieder in die Nähe der Familie, wiederum war es eine Tochter – Constanze – die sein Interesse auf sich zog. „Wegen dem Geschwätze der Leute" mußte er ausziehen, doch es dauerte nicht allzu lange, bis er – obwohl es seine finanzielle Lage eigentlich nicht erlaubte – am 4. August 1782 Constanze Weber im Wiener Stephansdom ehelichte, nach langen Auseinandersetzungen mit seinem Vater, der ihm den Ehekonsens verweigerte.

Mozart war inzwischen in der adeligen und großbürgerlichen Gesellschaft berühmt geworden. Er lebte von Aufträgen des Kaiserhauses für Opern, von Hauskonzerten bei Adeligen, von Musikakademien sowie vom Privatunterricht. Vor allem Frauen der Gesellschaft wie z. B. Maria Theresia von Trattner, die junge Gattin des Verlegers und Großdruckereibesitzers Johann Thomas von Trattner, und Wilhelmine Gräfin von Thun zählen zu seinen Schülerinnen. Er trat im Augarten bei den Morgenkonzerten auf bzw. bei den Konzertaufführungen in der „Mehlgrube", einem Ballsaal auf dem Neuen Markt, der auch als Konzertsaal fungierte, gleichzeitig arbeitete er an der Oper „Die Entführung aus dem Serail", die im Juli 1782 am Burgtheater aufgeführt wurde.

Mozarts Wiener Jahre sind von stetiger Unruhe gekennzeichnet. Er wechselt seiner finanziellen Situation entsprechend nicht weniger als dreizehnmal die Wohnung. In manchen wohnt er nur für wenige Wochen, in manchen Monate, lediglich im sogenannten „Camesinahaus" (benannt nach dem Stukkateur Albert Camesina, Schulerstraße 8/Domgasse 5) hat es ihn und seine Familie länger gehalten. Zweieinhalb Jahre hatte Mozart in der Beletage dieses Hauses eine großbürgerliche Wohnung – vier Zimmer, zwei Kabinette, eine Küche – gemietet. Mozart schaffte standesgemäße Möbel an, richtete sich ein eigenes Billardzimmer ein und gab viel Geld für luxuriöse Kleidung aus. Im Camesinahaus komponierte er die Oper „Le Nozze di Figaro",

Der Hofkomponist Antonio Salieri (1750–1825). Ölgemälde eines unbekannten Meisters. Salieri wurde bereits mit 24 Jahren Hofkompositor (1774) und galt als die Musik-Autorität Wiens.

wofür er hundert Bücher durchsah, bis er den Librettisten Lorenzo da Ponte bat, das Stück von Beaumarchais „Le Mariage de Figaro" so umzuarbeiten, daß es die Zensur passieren würde.

Der brisante Stoff, der die Abschaffung adeliger Privilegien und die Gleichstellung aller Untertanen behandelt, wurde in Wien trotz vieler Intrigen drei Jahre vor der Französischen Revolution, am 1. Mai 1786, uraufgeführt. Mozart setzte sich mit der für die damalige Zeit völlig neuen Realistik durch. (Erstmals hatte Mozart mit dieser Oper kein Auftragswerk geschaffen.) Die Oper wurde ein Erfolg. Doch der Aufbruchstimmung folgte die Enttäuschung auf dem Fuße. Der „Figaro" wurde nach nur neun Aufführungen vom Spielplan abgesetzt.

Der Komponist und Schauspieler Emanuel Schikaneder (1751–1812). Porträtsilhouette von Hieronymus Löschenkohl.

Mit dem nachfolgenden „Don Giovanni", der am Prager „Ständetheater" Ende Oktober 1787 uraufgeführt wird, ergeht es ihm nicht anders: fünfzehn Aufführungen in Wien. Der Ausspruch Josephs II. – „Diese neue Oper, ich weiß, ist nichts für die Zähne meiner Wiener" – ist hinlänglich bekannt.

Stetig wachsende Schulden veranlassen Mozart, kurzfristig in ein bescheidenes Vorstadthaus auf der Landstraße zu ziehen. Auch die Stelle eines Kammermusikus bei Hof, die er nach Willibald Glucks Tod erhielt und die mit 800 fl. (Gulden) jährlich dotiert war, konnten seinen aufwendigen Lebensstil nicht sichern. Zudem wendet sich ab 1788 die Stimmung gegen ihn. Er, dessen Popularität von Jahr zu Jahr zugenommen hatte, verliert die Gunst des Publikums. Der Plan eine Subskriptionsreihe herauszugeben, scheitert. Die neue Auftragsoper „Cosí fan tutte", uraufgeführt am 26. Jänner 1790, wird insgesamt zehnmal gespielt und verschwindet dann vom Spielplan des Burgtheaters.

Auch der Tod Josephs II. im Februar 1790 bringt Mozart nicht jene Zuwendung, die er sich von dessen Bruder und Nachfolger Leopold erhoffte. Er erhielt lediglich den Auftrag für eine Oper zu dessen Krönung zum König von Böhmen „La Clemenza di Tito".

Inzwischen arbeitete Mozart an seinem letzten großen Werk, an der freigeistigen „Zauberflöte". Das Libretto stammte von seinem Freund und „Freimaurerbruder" Emanuel Schikaneder. Schon Ende 1784 war Mozart Mitglied der Freimaurerloge „Zur Wohltätigkeit" geworden und hatte wohl schon 1785 den Meistergrad erworben. Er war begeisterter Freimaurer, seine Logenbrüder standen ihm bis zuletzt (auch finanziell) bei.

Knapp vor seinem Tod konnte Mozart doch noch einmal das Wiener Publikum überzeugen. Allerdings war es ein anderes Publikum als im k. k. Nationaltheater; „Die Zauberflöte" wurde im „Freihaustheater" des Emanuel Schikaneder, im neuen Vorstadttheater auf der Wieden, am 30. Oktober 1791 uraufgeführt. Vierundzwanzig Vorstellungen im

Oktober, fünfunddreißig bis Anfang Dezember dokumentierten den anhaltenden Erfolg und retteten Schikaneder und Mozart vor dem Ruin. Mozart sollte diesen Erfolg jedoch nicht mehr erleben, er verstarb am 5. Dezember 1791 in seiner Wohnung in der Rauhensteingasse an „hitzigem Frieselfieber" im Alter von sechsunddreißig Jahren. Er erhielt ein josephinisches, d. h. ein damals für seinen Stand übliches Begräbnis III. Klasse in einem Schachtgrab für 8 Gulden und 56 Kreuzer.

Mozart hat knapp über zehn Jahre in Wien verbracht. Er hat hier die Geburt seiner sechs Kinder erlebt, von denen vier starben; sein erster Sohn im Alter von zwei Monaten, der dritte Sohn wurde nicht einmal einen Monat alt; die erste Tochter verstarb im Alter von acht Monaten, die zweite Tochter Anna wurde notgetauft und starb am Tag der Geburt. (Die

Die ältesten erhaltenen Szenenbilder zu Mozarts „Zauberflöte", um 1793. Kolorierte Kupferstiche von Joseph und Peter Schaffer; sie zeigen mit ziemlicher Sicherheit nicht die Uraufführung am Freihaustheater, die viel opulenter gestaltet war, sondern eine Inszenierung der Oper 1793 in Brünn.

LINKS: *W. A. Mozart. Porträtgemälde im Profil von unbekanntem Meister. Pastell, 1786.*

RECHTS: *Der große Erfolg rettete Mozart und Schikaneder vor dem Ruin: Theaterzettel der Uraufführung von Mozarts Oper „Die Zauberflöte" am 30. Oktober 1791 im Theater auf der Wieden (Freihaustheater).*

Kindersterblichkeit war noch in den 1780er jahren erschreckend hoch – mehr als die Hälfte der Kinder starben noch im 1. Lebensjahr.) Lediglich einen Sohn hat Mozart aufwachsen sehen, Carl Thomas, der bei seinem Tod schon im achten Lebensjahr stand, während sein zweiter ihn überlebender Sohn erst wenige Monate vor seinem Tod geboren wurde. Die letzte Wiener Wohnung Mozarts befand sich in der Rauhensteingasse 8 im „Kleinen Kaiserhaus". Das Nachlaßinventar Mozarts verzeichnete vier Sofas, achtzehn Sessel, fünf Tische, einen Billardtisch, fünf Schränke, einen Sekretär, einen Manuskriptschrank, zwei Bücherregale, ein Ehebett und drei weitere Betten, ein Fortepiano und ein Spinett; weiters eine Kücheinrichtung und eine Dienstboteneinrichtung. Auch ein Pferd bzw. einen Wagen soll er kurzfristig besessen haben.

Mozart war von der Haupt- und Residenzstadt Wien, in die er entgegen den Ratschlägen seines Vaters zog, sehr überzeugt. Zahlreiche Bemerkungen in den Briefen an seinen Vater belegen, wie wohl er sich anfänglich in dieser Stadt gefühlt hat, wie sehr er dieses Klima des aufklärerischen Wien genossen hat: „... wir gehen erst um 12 Uhr ins bett, und stehen um halb 6 auch 5 uhr auf, weil wir fast alle tage in den Augarten gehen", hielt er 1784 fest. In den Jahren nach 1788 verlor er den Glauben an diese Stadt, die ihm nunmehr „widrig" war.

14. Wien und seine „Fremden"

Die „Ökonomische Notwendigkeit", schreibt die Philosophin Julia Kristeva mit Rücksicht auf die Stellung des Fremden, des „Metöken", in den antiken griechischen Städten, „ist ein (schmaler) Durchlaß zwischen Xenophobie und Kosmopolitismus". Daran, so meint sie, habe sich auch in der Gegenwart wenig geändert. Höchstens, daß die feineren Unterschiede zwischen Fremden, die sich auf Dauer niederlassen, Reisenden oder Menschen, die nur vorübergehend Aufenthalt nehmen, zugenommen haben. Die Verhältnisse im Wien des 18. Jahrhunderts waren da nicht so viel anders. Die Bedeutung der Stadt, die binnen weniger Jahrzehnte zur bevölkerungsreichsten Stadt Zentraleuropas aufstieg und zu einem handels-, wirtschafts- und finanzpolitischen Zentrum wurde, hing wesentlich von der Immigration ab.

„Einzug des marokanischen Botschafters in Wien den 28. Febr. 1783". Kolorierter Kupferstich von Hieronymus Löschenkohl. Der Besuch des marokkanischen Botschafters, der dem Abschluß eines Freundschafts- und Handelspaktes diente, erregte großes Aufsehen in Wien. Die Marokkanergasse erinnert noch heute an diesen Besuch.

„Was die innere unmerkbare Verschiedenheit der Bewohner Wiens betrifft", schrieb Pezzl Ende des Jahrhunderts, „in dieser Rücksicht ist es wahr, daß keine Familie ihre einheimische Abstammung mehr in die dritte Generation hinaufführen kann. Ungarn, Böhmen, Mährer, Siebenbürger, Steiermärker, Tiroler, Niederländer, Italiener, Franzosen, Bayern, Schwaben, Sachsen, Schlesier, Rheinländer, Schweizer, Westfähler, Lothringer usw. usw. wandern unaufhörlich in Menge nach Wien, suchen dort ihr Glück, finden es zum Teil und naturalisieren sich. Die originalen Wiener sind verschwunden." Das äußere Gepräge der Stadt, so wie es Pezzl schildert, unterschied sich grundlegend von der Einförmigkeit deutscher Städte; namentlich durch die vielfältigen „Nationalkleidungen" und den Habitus, den die verschiedenen Volksgruppen an den Tag legten – bis hinein in die Art des Gehens. Den Wienern schrieb man zeitgenössisch außerordentliche Gastfreundschaft zu und weitestgehende Bereitschaft, Fremde (gleichen Standes) in die „Gesellschaft" aufzunehmen. Andererseits begegneten sie den Fremden wieder mit größtem Mißtrauen. Das galt vor allem gegenüber Besuchern „aus dem feindlichen Ausland", die in erster Linie als „verdächtige Fremde" und Spione betrachtet wurden. Die Behörden arbeiteten kontinuierlich an der Verbesserung des Systems der Kontrolle über alle Ein- und Abreisende und beschäftigten ein ganzes Heer an (freiwilligen und gezwungenen) Informanten. Schon das späte 16. und das 17. Jh. hindurch hatten die Regenten Patente erlassen, um die Fremden mittels Meldezettel zu erfassen. Nach dem Ende der Türkengefahr sind diese Vorschriften nicht gelockert, sondern noch strikter gefaßt worden: Gastwirten und anderen Quartiergebern wurde untersagt, Fremde auch nur für eine Nacht ohne Anmeldung beim Bürgermeister (in den Vororten an den Richter) zu beherbergen. Dabei hatten sie Namen, Herkunft und Lebensunterhalt anzugeben. Auch die Fuhrleute, die Fremde in die Stadt brachten, waren zur Abgabe von Meldelisten verpflichtet, wobei allerdings so mancher Fremde schon draußen vor den Linien von der Landkutsche in einen heimischen Kobelwagen umstieg und sich so als Einheimischer tarnte. „Verstecke" für die Fremden boten offensichtlich vor allem die Quartiere auf den Basteien sowie die Freihäuser, ferner bürgerliche Beneficiaten und Stiftungshäuser. Auch diese sollten eigentlich monatlich Listen mit den Namen ihrer Bewohner abliefern. (Solange die Häuser nicht numeriert waren, stellte die Kontrolle und die Aufspürung verdächtiger und gesuchter Personen trotz der Häuserlisten ein ziemliches Problem dar; auch die Administration der Listen konnte offenkundig nicht hinreichend durchgeführt werden.)

Eine Polizei im eigentlichen Wortsinn gab es vor Mitte des 18. Jahrhunderts nicht. Die polizeilichen Agenden (einschließlich Markt- und Feuerpolizei und ähnliches) wurden vom Stadtgericht oder vom Magi-

LINKS: *„Welscher mit Figuren". Kupferstich aus der Kaufrufserie von Jakob Adam, 1777.*

RECHTS: *Der Hofdichter Pietro Metastasio (1698–1782) kam 1729 nach Wien; seine Libretti wurden u. a. von Christoph Willibald Gluck und von Wolfgang Amadeus Mozart vertont.*

strat ausgeübt, denen die sogenannte „Rumorwache" und die Stadtguardia zur Verfügung standen. Beide Wachkörper waren höchst ineffizient. (Siehe Kapitel 3, S. 52f.) Im Alten Rathaus in der Wipplingerstraße sowie bei der Schranne am Hohen Markt wurden zwei „geheime" Anzeigestellen eingerichtet, wo illegal in Wien weilende Fremde gemeldet werden konnten. 1703 wurden zur Visitierung der Häuser eigene Viertel- und Gassenkommissäre aufgestellt. Sie sollten alle Haus-, Quartier- und Bestandsinhaber anhalten, ihnen jede Veränderung, die sich bei Bedienten, Dienstboten, Kost- und Bettgehern ergaben, zu melden.

Doch erst Maria Theresia stellte die Bevölkerungskontrolle auf „moderne" administrativ-polizeiliche Grundlagen: Ab 1751 wurden neue, für Standespersonen und gemeine Personen getrennte Meldezettel eingeführt und 1754 das Anzeigenamt, ein Vorläufer des Meldeamtes, gegründet.

Wien bot in der ersten Hälfte des 18. Jahrhunderts ein multikulturelles Bild. Da waren zum einen die vielen Italiener, die im Zuge des Baubooms nach Wien kamen: Architekten, Baumeister, Stukkateure, Steinmetze ... Das Gewerbe der Rauchfangkehrer war – nachdem man die deutschen Kamine durch bessere italienische ersetzt hatte – fest in der Hand italienischer Familien aus dem Südkanton der Schweiz. Aus Venedig kamen Glasbläser und Spiegelschleifer. Das künstlerisch-kulturelle Leben wurde durch die Anwesenheit zahlreicher italienischer Literaten und Musiker stark geprägt. Hier seien nur die berühmtesten im Wien des 18. Jahrhunderts genannt: Lorenzo da Ponte, Antonio Salieri und der fast 50 Jahre in Wien tätige Hofdichter Pietro Metastasio.

Eine „zugereiste" Gelehrtenfamilie: Doppelbildnis Nikolaus Joseph und sein Sohn Joseph Franz von Jacquin, Punktierstich, 1802. Joseph Franz von Jacquin wurde 1797 Nachfolger seines Vaters als Direktor des Botanischen Gartens.

Die Umgangssprache in Wien war Deutsch, aber, wie sich Küchelbecker mokierte, von einem unangenehmen Dialekt: die „Pronunciation ist sehr grossiere, und der Accent überaus unangenehm"; man setzte in die meisten Wörter mehr Vokale als drinnen sein sollen und sprach diese auch aus, zum Beispiel sagte man statt ‚Fuß' ‚Fueß' ... „Die Diphthongos spricht man zu hart aus ... Die Construction der Sprache ist ebenfalls höchst ungereimt", kritisierte er auch die Grammatik der Wiener, „man bedient sich vieler Flickwörter, als: thun, mein ich, halter, schauts". Zahlreiche Lehnwörter aus dem Italienischen, Spanischen, Französischen und Latein bereicherten die Alltagssprache.

Der Hof sprach Spanisch und Französisch, hauptsächlich aber Italienisch. Dies sollte sich grundlegend ändern: Schon in der ersten Hälfte des 18. Jahrhunderts kamen einflußreiche Franzosen nach Wien. Prinz Eugen, selbst in Paris geboren, beschäftigte bei der Ausstattung seines Belvederes etwa Claude Le Fort du Plessy, der u. a. die Büchergalerie der Hofbibliothek oder die Ausstattung der ehemaligen Gemäldegalerie in der Stallburg gestaltete; der französische Gartenarchitekt Jean Trehet schuf die barocken Gärten der Neuen Favorita, der Sommerpalais Liechtenstein und Schwarzenberg sowie der habsburgischen Besitzungen Schönbrunn und Augarten; 1716 wurde der Porträtmaler Jacob van Schuppen nach Wien berufen, der zehn Jahre später eine Reform der Wiener Akademie der bildenden Künste nach Pariser Vorbild durchführen sollte.

Mit der Hochzeit Maria Theresias und Franz Stephans von Lothringen verstärkte sich dieser „französische Einfluß", was sich bei Hof vorerst in der Abschaffung des spanischen und der Einführung des französischen Hofzeremoniells ausdrückte. Waren die Franzosen bisher in puncto „Gestaltung der Landschaft und des Innenraums" und Fragen des „guten Geschmackes" in Wien tonangebend gewesen, so begannen sie nun auch die Naturwissenschaften zu beeinflussen, die teils von ihnen erst aufgebaut werden mußten: Jean Chevalier de Baillou wurde Direktor des (ihm abgekauften) Hof-Naturalien-Cabinets, Joseph Angelo des France Generaldirektor der k. k. Schatzkammern, Galerien und Kostbarkeiten, Valentin Jameray Duval Direktor des Münzkabinetts, Nikolaus Edler von Jacquin Universitätsprofessor für Botanik und Chemie sowie Direktor des Botanischen Gartens. Auch unter den Architekten veränderte sich die Nationalität: Der Hof berief zunehmend französische Architekten wie Jean Nicolas Jadot de Ville-Issey (Kammer- und Kronprinzengarten, Universität) oder in der Folge den in Vincennes geborenen Isidor Canevale, der seine Karriere in Wien mit der Umgestaltung der Retirade von Schönbrunn zu einem Vieux-Laque Zimmer im Rokokostil begann und in der Folge die wichtigsten Beispiele des Revolutionsklassizismus wie das Lusthaus im Prater oder den Narrenturm im Allgemeinen Krankenhaus errichtete.

Bedeutende Gemeinschaften anderer *Forestrieri* waren die Griechen, Türken, Armenier und Perser, die sich nach den Friedenschlüssen mit dem Osmanischen Reich (Karlowitz 1698, Passarowitz 1718) in Wien niederließen. So stieg die Stadt nach und nach zum Handelszentrum mit dem Orient auf, von hier aus wurde über ein ausgedehntes Transportsystem der europäische Handel mit der Türkei, der Levante, Persien und Ägypten abgewickelt. Auch die Gründung des ersten „Wiener" Kaffeehauses, 1685, geht auf einen Armenier – Johannes Diodato (Deodat) – zurück, der ein zwanzigjähriges Privileg erhielt. Sein Kaffeehaus befand sich im Hachenbergischen Haus in der Nähe des Rotenturmtores.

Der „orientalische Verkehr" prägte vor allem das Gebiet zwischen Wollzeile und Donaukanal sowie die Leopoldstadt. Die Griechen – mit rund 600 vorwiegend im Handel tätigen Personen eine der größten und einflußreichsten Gemeinschaften – waren am Fleischmarkt angesiedelt; die Kroaten, die vor allem mit Spielwaren und Küchengeräten handelten, wanderten vom Spittelberg, wo zunehmend Bürgerhäuser gebaut wurden, in die Alservorstadt (zwischen Mariannengasse und Lazarettgasse bis zur Höfergasse) ab und bildeten dort ein neues „Krowotendörfel".

Von der Mitte des 18. Jahrhunderts an wuchs Wien aufgrund der Zuwanderer vor allem aus den deutschen Ländern an.

Sie wurden in der Verwaltung als Beamte und in den verschiedenen Gewerben gebraucht. Auch viele Böhmen kamen nach Wien, die sich vorwiegend im heutigen 3. und 4. Bezirk ansiedelten und hauptsächlich als Händler und Kaufleute tätig waren; sie weilten in der Regierungszeit Maria

Aus der Serie „Der Kaufruf in Wien" von Johann Christian Brand, 1775/76: „Griechischer Kaufmann" und „Schlawack mit Rohrdecken".

Theresias vor allem als Glaswaren- und Tuchhändler in der Stadt. In den 70er Jahren des 18. Jahrhunderts kamen mit den Teilungen Polens erstmals auch Polen und Ukrainer in größerer Zahl. Die Serben, die sich in Wien niederließen, erhielten ein Monopol auf den Druck serbischer Schulbuchliteratur.

Neben mehreren ungarischen Adelsfamilien – laut Häuserbeschreibung von 1766 waren 27 Häuser im Besitz von Ungarn oder ungarischen Institutionen – lebten auch zahlreiche ungarische Studenten in Wien. 1786 erschien die erste ungarische Zeitung, bereits 2 Jahrzehnte früher war ein tschechisches Blatt gedruckt worden. Im späten 18. Jahrhundert wird Wien also nach und nach und – wie wir am Beispiel der Juden noch sehen werden – mit Inkonsequenzen behaftet die multiethnische Metropole des Vielvölkerstaates.

„Fremd" war keine einfache Kategorie. Es gab Fremde aus den Kronländern der Monarchie, und selbst Niederösterreicher wurden als „Fremde" gezählt, ganz zu schweigen von „Steyrern" oder Tirolern oder Bürgern fremder Staaten. Aber auch die Religionszugehörigkeit war ein Merkmal von „Fremdheit", ebenso wie in manchen Fällen die Volkszugehörigkeit und der Beruf. Bei den Griechen führte dies etwa zur Scheidung der Handelsleute, die türkische Untertanen waren, von den Untertanen der Habsburger. Bei den Juden unterschied man die „tolerierten" k. k. Untertanen von den türkischen, die von ersteren auch räumlich separiert lebten. Die Hautfarbe spielte gegenüber Stand, Religion und lokaler Herkunft im gesellschaftlichen Leben keine von vornherein dominierende Rolle, auch wenn die in Wien lebenden Schwarzafrikaner, die meist als Sklaven gekauft worden waren, herrschaftliche Dienstboten waren. (Sie standen meist im Dienste spanisch-portugiesischer oder englischer Gesandter, doch auch mehrere Adelsfamilien wie die Harrachs oder die Seilern hatten schwarze Bedienstete. Ihre Zahl läßt sich ermessen aus den Sterbeverzeichnissen, die zwischen 1649 und 1798 32 Todesfälle von Schwarzafrikanern registriert haben.) Beeindruckend ist hier die Karriere des Afrikaners Angelo Solimans, der bei den Fürsten Liechtenstein im Dienst war, bei der Abholung der kaiserlichen Braut Isabella von Parma sowie bei der Krönung Josephs II. in Frankfurt wichtige repräsentative Funktionen übernahm. Angelo Soliman erreichte 1784 seine Entlassung aus der Untertänigkeit gegen seinen fürstlichen Dienstherren und heiratete (nicht, ohne damit einen gesellschaftlichen Skandal auszulösen). Seit 1782 war er Mitglied der Freimaurerloge „Zur wahren Eintracht". Er zählte zweifellos zur geistigen und politischen Elite Wiens. Zu den bezeichnenden Grausamkeiten gegen den Fremden zählt wiederum, daß der Leichnam Angelo Solimans konserviert und im Hofnaturalienkabinett zur Schau gestellt wurde.

„Aus der Türkei eingewanderte jüdische Familie in Wien". Aquatintaradierung von Georg Emanuel Opiz (1775–1841).

LINKS: *Nach dem Tod wurde sein Leichnam konserviert und im Hofnaturalienkabinett zur Schau gestellt: Angelo Soliman (1721–1796), um 1750. Schabblatt von Johann Gottfried Haid.*

RECHTS: *Lady Mary Montague (1689–1762). Punktierstich von Friedrich Wilhelm Bollinger nach einem zeitgenössischen Bildnis, um 1820.*

Jede Stadt verdankt den Fremden auch einen entscheidenden Anstoß zur Selbsterkenntnis, wird sie doch gezwungen, ihre Alltagsgewohnheiten zu überdenken und nichts als selbstverständlich zu betrachten. Den Reisenden, und vor allem den schreibenden Reisenden kam hierbei große Bedeutung zu. Solchen Fremden verdanken wir die ersten genaueren Beschreibungen der k. k. Haupt- und Residenzstadt im 18. Jahrhundert. Verfaßt wurden sie mit dem neugierigen Blick auf die „Kaiserstadt" von außen bzw. mit fast wissenschaftlicher Akribie: Da sind zum einen die Briefe der englischen Lady Mary Montague zu nennen, die mit ihrem Gatten, einem britischen Gesandten, zur Hohen Pforte reiste und für einige Wochen in Wien blieb. Sie hat ihre Eindrücke von Wien in Briefform – die im übrigen von Anfang an zur Veröffentlichung bestimmt waren – abgefaßt. Diese Briefe, geschrieben zwischen September 1716 und Jänner 1717, zählen zu den aufschlußreichsten und dichtesten Dokumenten über das damalige Wien.

Johannes Basilius Küchelbecker, ein Jurist und Protestant, der zumindest zweimal mehrere Monate in Wien weilte, hinterließ uns die erste umfassende und „systematische" Beschreibung und Darstellung Wiens, die neben einer kurzen Geschichte auch die Topographie, das gesellschaftliche, kulturelle und geistige Leben einschließt. In der Geschichtsschreibung wur-

LINKS: *Juden vor einer „k. k. Lotterie Collectur". Aquatintaradierung, koloriert, von Georg Emanuel Opiz, um 1810.*

RECHTS: *Polnische Juden und ein Wiener Fuhrmann. Aquatintaradierung, koloriert, von Georg Emanuel Opiz, um 1810.*

de lange Zeit kolportiert, daß die erste Auflage seiner mehr als 700 Seiten umfassenden „Allerneueste(n) Nachricht/ vom/ Römisch/ Kayserl.Hofe/ Nebst einer ausführlichen/ Historischen Beschreibung/ der Kayserlichen/ Residentz=Stadt Wien,/ und der umliegenden Oerter,/ theils aus den Geschichten, theils aus eigener Erfahrung zusammen/ getragen und mit saubern Kupffern ans Licht gegeben" aufgrund seines kritischen Tones verboten und in der 2. Auflage ohne die zensurierten Stellen erschienen sei – eine Kritik, die von der neueren Forschung allerdings zurechtgerückt wurde.

Eine besondere Art der Ausgrenzung des „Fremden" erfuhren die Juden im ausgehenden 17. und frühen 18. Jahrhundert. 1670/73 wurden nach heftigen antijüdischen Tumulten die ca. 3.000 in Wien lebenden Juden vertrieben, das jüdische Ghetto aufgelöst und an dessen Stelle die „Leopoldstadt" begründet. Schon kurze Zeit nach der Vertreibung aber baute das an chronischem Geldmangel leidende Kaiserhaus wieder Beziehungen zu vermögenden jüdischen Familien auf, die eine relativ selbstständige Gruppe innerhalb der jüdischen Gemeinde bildeten. Die wichtigste Person unter ihnen war Samuel Oppenheimer, ein aus der Pfalz stammender Kaufmann und Finanzier. Er organisierte die Heereslieferungen für die Habsburger-Armee im Krieg gegen die Türken, und ihm war wesentlich die Rettung Wiens 1683 zu verdanken, als er für Munition und Proviant der Alliierten sorgte.

Der sogenannte „Kriegsoberfaktor" Oppenheimer mußte sich dennoch sein Wohnrecht in Wien erst erkaufen, und auch dies brachte ihm noch keine Rechtssicherheit. (Im Rahmen der vormodernen Rechtsordnung unterstanden die Juden direkt der Gerichtsbarkeit des Kaisers.) 1697 wurde er willkürlich verhaftet und erst nach Zahlung eines Lösegeldes von 500.000 Gulden wieder freigelassen. Am 22. Juli 1700 kam es vor dem Hintergrund einer andauernden Anfeindung Oppenheimers durch die katholische Kirche zu Ausschreitungen vor seinem Haus am Bauernmarkt, wobei die Fenster eingeschlagen, das Haus geplündert und seine Geschäftsunterlagen vernichtet wurden. Zwölf Personen wurden während des Tumults teils getötet, teils verwundet. Zwei Rädelsführer der Plünderer wurden kurzerhand justifiziert und am Gitter über dem Eingang des geplünderten Hauses aufgehängt. Gegen solche Übergriffe stattete der Kaiser Oppenheimer, der auch für die Organisation der habsburgischen Donauflotte sorgte, mit seinem persönlichen Schutz aus.

Oppenheimer, der 1703 starb, folgte Samson Wertheimer nach, diesem dessen Schwiegersohn Bernhard Eskeles der Ältere (1692–1753). Familien wie die Oppenheimer, Wertheimer und Eskeles, die zu den bedeutendsten Finanzunternehmern im Habsburger-Reich aufstiegen, hielten nur lose Beziehungen zu ihrer Konfession und förderten die Entwicklung zur modernen Bildung und Kultur. Sie wurden sogar geadelt, doch verwehrte man ihnen die gesellschaftliche Integration. Sie blieben durch gesetzliche Verbote außerhalb der ständisch-zünftlerischen und der Grundbesitzer-Klassen und waren so auf den direkten Schutz der kaiserlichen Macht angewiesen. Die Habsburger nutzten das wirtschaftliche Potential, über das die Familien der jüdischen Hochfinanz durch weitgestreute Handelsverbindungen verfügten, aber sie setzten immer wieder auch – nicht zuletzt aus religiösen Vorurteilen – brutale Vertreibungsakte, so nach dem Österreichischen Erbfolgekrieg, als die Juden gezwungen wurden, Prag zu verlassen.

Karl VI. und auch noch Maria Theresias betrieben eine restriktive Politik, die auf eine zahlenmäßige Minimierung und rigide Beaufsichtigung der Juden in Wien abzielte. 1777 lebten nicht mehr als 520 Juden in Wien, und selbst diese Zahl hielt Maria Theresia für zu hoch. Mit Verboten gegen den Straßenverkauf versuchte man vor allem, die ärmeren Juden von Wien fernzuhalten. Auch mit dem Erscheinen des „Toleranzpatentes" 1782 fand kein Wechsel zu einer projüdischen Politik statt. (vgl. Kapitel 8, S. 100)

Epilog: Von der Kaiserstadt zur Großstadt

Franz I. Stephan von Lothringen am Totenbett, 1765. Gouache auf Schwanenhaut von Gabriele Beyer; aus dem Gebetbuch Maria Theresias. Nachdem Franz Stephan von Lothringen völlig überraschend gestorben war, übernahm der 24jährige Joseph an der Seite seiner Mutter die Mitregentschaft.

„Die Kultur des barocken Europa lebte in der Stadt, für die Stadt und durch die Stadt", schrieb der französische Historiker Pierre Chaunu in seinem Standardwerk aus den 1960er Jahren über den Aufstieg Europas. Idealtypisch war die barocke Stadt mit der Funktion einer Residenzstadt verbunden. Sie erhielt vom Herrscherhof und von der an ihn gebundenen Aristokratie ihr Gepräge. Sie war Zentrum sowohl der Politik wie des Geschmacks und ökonomischer Mittelpunkt des Landes, aus dem Steuern und Renten zuflossen, die hier verteilt oder verbraucht wurden.

Um 1700 gab es in Europa etwa 12 „Großstädte", was damals eine Bevölkerungszahl von über 100.000 Einwohnern bedeutete. Neben den nordwesteuropäischen Städten Paris, London, Amsterdam, Antwerpen lagen diese großen Städte ausschließlich in den Mittelmeerländern (z. B. Lissabon, Rom, Neapel etc.); Wien war gerade erst zur Kaiserstadt aufgestiegen. Unter Ferdinand II. hatte es im 17. Jahrhundert endgültig über seine Konkurrenten Graz und Prag den Sieg davon getragen. Wien wurde alleiniger Aufenthaltsort der Habsburger, und es rückte nach Beendigung der Türkenbelagerung immer mehr ins Zentrum (zumindest) des Habsburgerreiches. Auch topographisch: Mit der energischen Rückeroberungspolitik der Habsburger, die zum Wiedergewinn Ungarns, Siebenbürgens, des Banates etc. führte, endete seine extreme Randlage, auf die es im 20. Jahrhundert dann wieder zurückfallen sollte.

Die „Gestalt" Wiens entsprach Anfang des 18. Jahrhunderts in keinster Weise unseren heutigen Vorstellungen von einer Stadt; weder dem Bild einer großen Stadt, noch dem einer prächtigen Residenzstadt. Eher haben wir es mit einem großen Dorf zu tun. Die Vorgaben für den Umbau zu einer idealen Barockstadt waren ungünstig. „Diese Stadt, die die Ehre hat, des Kaisers Residenz zu sein, entsprach gar nicht meinen Vorstellungen; sie ist viel kleiner, als ich es erwartet habe. Die Straßen sind sehr schmal und so eng, daß man die schönen Fassaden der Paläste nicht sehen kann ...", brachte es Lady Mary Montagu auf den Punkt und machte klar, daß Wien nicht mehr ohne die Vorstädte existieren konnte. Die Vorstädte waren es denn auch, die die Bevölkerungsexpansion zu tragen hatten.

Doppeladler und Kreuz, Bekrönung des Hohen Turms von St. Stephan, 1686/87, mit Monogramm „LI" (= Leopold I.). Nach der Zweiten Türkenbelagerung hatte Leopold I. die frühere Bekrönung der Stephanskirche (Halbmond und Stern) demontieren und durch dieses Kreuz ersetzen lassen.

Wien vollzog gegenüber den nordwesteuropäischen Städten einen verspäteten Übergang zu absolutistischer Repräsentation. Wohl war dieser in den ersten drei Jahrzehnten der Regentschaft Leopolds I. (vor allem im Bereich der Hofopernfeste) schon spürbar, doch die Stadt sollte sich erst nach 1683 tatsächlich wandeln – zur Palaststadt, in der der Adel, und etwas verspätet auch das Kaiserhaus, die prägenden architektonischen Zeichen setzte.

Obwohl Wien in den ersten Jahrzehnten des 18. Jahrhunderts einen fundamentalen architektonischen Wandel erlebte – Plätze wurden neu genutzt, Bürgerhäuser zusammengelegt und zu Palais umgebaut, Kirchen und Denkmäler errichtet – blieb es eine eher „altmodische" Stadt; während sich in anderen Ländern und Städten längst „modernes" aufklärerisches Gedankengut breit machte, war hier die starke Bindung an die katholische Kirche, vor allem an die Jesuiten stark spürbar. Eine hermetische Zensur und die Abweisung der Nicht-Katholiken läßt es in seinem Aufstieg ziemlich provinziell erscheinen, auch wenn gerade das „fremde Element" aufgrund des Fehlens einer eigenen städtebürgerlichen Identität in allen Bereichen im Vordergrund steht.

Sämtliche Wien-Beschreibungen der Zeit vermerken die Strenge und den Ernst des Habsburgerhofes: Das Kaiserhaus spiegelte mit seinem übertriebenen Frömmigkeitsanspruch Rückständigkeit wider, besonders auch durch die spanische Tracht und die steife Förmlichkeit des Hofzeremoniells, das nur in den Sommerresidenzen außerhalb der Stadt gelockert erscheint. Das umständliche Zeremonialwesen des Hofes sowie die durch Etikette reglementierte Aristokratie hielten die ganze Stadt gefangen. Wien war zwar Kaiserstadt, blieb aber, wie es der Stadthistoriker Hans Tietze formuliert,

Ein intimer Blick in die Privatsphäre Maria Theresias: Nikolobescherung in der kaiserlichen Familie, um 1760. Aquarell/Gouache, gemalt von Erzherzogin Marie Christine.

Kleinstadt, „die bürgerliche Kraft, die ... zur Großstadt binden könnte, ist nicht da, weil die Hypertrophie des Adels sie verkümmern macht."

Andererseits war es gerade der Hof als Ort der politischen und gesellschaftlichen Elite und erst in zweiter Linie die Attraktion der Stadt, die nach 1683 mehr und mehr Menschen nach Wien zog. Laut Johann Basilius Küchelbecker umfaßte der kaiserliche Hofstaat unter Karl VI. 2.175 Personen. Noch Mitte des 17. Jahrhundert war er mit knapp über 500 Personen ausgekommen. Mit den dazugehörigen Familien lebten ca. 10.000 Menschen vom Hof, was immerhin 20 % der in der Altstadt lebenden Personen ausmachte.

Der loyale katholische Adel drängte zum kaiserlichen Hof, denn nur über ihn konnte man zu den wichtigen Ämtern im Staatsdienst gelangen. Der Hof hatte seinerseits einen enormen Bedarf an Personal. Es galt die Wohnungen zu versorgen, Nahrungsmittel und Kleidung zu beschaffen und zu ordnen. Eine Reihe von Einrichtungen sorgte für die leibliche und geistige Wohlfahrt. Hierher zählten auch die Hofämter, deren Aufgabe im Schutz der persönlichen Sicherheit des Monarchen und seiner Familie lag (Wachen, Garden), sodann jene Gruppen, die Aufgabe hatten, Ruhe und Ordnung bei Hof zu bewahren (Hofpolizei), weiters Hofdiener, denen die Besorgung der Rechtspflege oblag (Hofmarschallgericht), dann die Geistlichen, die Seelsorge und Kirchendienst versahen, die Bediensteten der Stallungen, der Wagenburg, der Verwaltung der Schlösser und Gärten und schließlich jener Komplex von Ämtern, dessen Aufgabenbereich in der Durchführung der zahlreichen Opern- und Theateraufführungen, der Feuerwerke, der Triumphzüge und der Feste, die im höfischen Alltag eine große Rolle spielten, lag. Die Hocharistokratie wiederum betrieb ihre eigene Hofhaltung, wobei diese sich innerhalb des Standes sehr differenziert darstellte. Ende des 18. Jahrhunderts ist Wien deshalb auch eine Stadt der Dienstboten. Sie werden auf 40.000, fast ein Fünftel der gesamten Stadtbevölkerung, geschätzt. Im gesellschaftlichen Leben dominierte die Herkunft. Lady Mary Montagu vermerkte zum hier herrschenden Standesdünkel in bezug auf Gatten oder

Liebhaber scharfsichtig: „Der Stammbaum wird von ihnen (von den Wienerinnen) weit schärfer berücksichtigt als das Aussehen oder die Züge (...). Glücklich sind diejenigen Frauen, die unter ihren Ahnen Reichsgrafen zählen können. Sie brauchen weder Schönheit, Geld noch gutes Benehmen, um einen Liebhaber und Gatten zu bekommen." Und auch der weitgereiste Küchelbecker hat wiederholt vor allem die Unart der Wiener Frauen moniert, die sich beim Kennenlernen auch gleich nach dem Stand eines Mannes erkundigen. Geist und Esprit, verbunden mit Bürgerlichkeit, waren noch nicht gefragt. Auch mit der in der zweiten Hälfte des 18. Jahrhunderts zunehmenden Verbürgerlichung der Stadt änderte sich dies kaum – typisch dafür war die ausgeprägte Titelsucht der Stadtbewohner und deren beständige Nachahmung der adeligen Gesellschaft. Wer zum Hof gehörte, hatte nicht nur mit einer regelmäßigen Bezahlung seiner Dienste, sondern auch mit allerlei Vorzügen zu rechnen. Unter anderem wohnten Hofleute sehr billig.

Die Residenz- und Adelsstadt Wien hat ihre Bürger sukzessive verdrängt – auch durch Maßnahmen wie die (schon im 16. Jahrhundert) begründete „Hofquartierspflicht", die Beherbergung aller zum Hof gehörenden Personen, die den Wiener Bürgern aufgelastet wurde. Den Hauseigentümern konnten ein Drittel bis zur Hälfte aller verfügbaren Räume entzogen und an die Mitglieder des Hofes zwangsvermietet werden. Das bedeutete einen erheblichen Entgang von Mieten. Durch die barocke Bauoffensive und durch das Wachsen des Hofes und der damit verbundenen Dienstleistungen

„Theresiens letzter Tag". Kupferstich laviert von Hieronymus Löschenkohl, 1780.

„Titelsucht". Kupferstich von Johann Ernst Mansfeld (Buchillustration zu Joseph Richters Bildergalerie weltlicher Mißbräuche, *1785).*

verschärfte sich zugleich das Wohnungsproblem der Stadt und damit der soziale Gegensatz. Bürgerliche Hausbesitzer und Handwerker wurden durch Hof, Adel, Geistlichkeit und die „hofzugewandten Schichten" langsam aus der Stadt verdrängt. Die zünftisch organisierten Handwerker hatten zudem noch mit den sogenannten „hofbefreiten" Gewerbetreibenden und den „Dekretisten", die mittels einer Erlaubnis des Landesfürsten unzünftisch arbeiten durften, zu kämpfen. Der Hof und mit ihm die Aristokratie brauchte und förderte hingegen die Luxusgewerbe, ohne die eine entsprechende Repräsentation bzw. ein Aufstieg der Wirtschaft nicht möglich gewesen wäre.

In den späten Regierungsjahren Maria Theresias und verstärkt unter der Regentschaft Josephs II. veränderte sich die Stadt wesentlich; eine straffe Zentralisierung auf dem Gebiet der Verwaltung des Reiches ließ Wien nun auch immer stärker zur Beamtenstadt werden. „Wien ist unstreitig eine von den herrlichsten, prächtigsten, und reichsten Städten Europens", heißt es in einer Beschreibung von 1770. „Der kaiserlich königliche Hof; eine große Zahl der vornehmsten und ansehnlichsten Familien, die hier ansäßig sind; mehr als dreyßig hohe und niedere Rathscollegien; etliche und funfzig Aemter und Kanzleyen, welche alle mit Präsidenten, Directoren, Räthen, Sekretarien u.s.f. hinlänglich besetzet sind, lassen nebst einer Menge auswärtiger Gesandten, Minister, Residenten, Agenten, und vieler andern ansehnlichen Personen, leicht ein Urtheil von dem großen Aufwande fällen, der hier gemacht wird, das Geld in beständigen Umlauf bringet, und jedem Nahrungsstande zum Vortheile gereichet." Die Beamtenstellen dieser Zeit waren zwar vorwiegend in den Händen wohlhabender und reicher Männer, die aus der Aristokratie stammten und auch ein großes Haus zu führen hatten, zunehmend brachen aber auch schon „Bürgerliche" in die Domänen der Aristokratie ein. In den 1780er Jahren war das Heer der Beamten in Wien auf vier- bis fünftausend Männer angewachsen, die jedoch sozial und kulturell, abgestuft in Hierarchien, eine sehr inhomogene Gruppe bildeten.

Mit der Etablierung des Großhandels gewann Wien als Standort für Finanzunternehmen zunehmend an Bedeutung; mit der Trennung der den heimischen Bedarf deckenden Polizeigewerbe von den für den Export arbeitenden Kommerzialgewerben wurde auch die Wiener Wirtschaft auf eine „moderne" Grundlage gestellt. Die Ansiedlung von Manufakturen, die den Export tragen sollten, wurde nun in den Vorstädten stark gefördert. (vgl. S. 64) Mit diesen Manufakturen, die durchschnittlich zwischen 100 und 300 Leuten beschäftigten, entstand eine neue Klasse der Stadtbewohner: die Fabriksarbeiter. Mit den Ereignissen der Französischen Revolution begann jedoch bereits die Angst vor dieser „Gattung nahrungsloser und größtenteils ungesitteter Menschen" zu wachsen. Diese, so meinte man, hätten nichts zu verlieren und durch eine Revolution nur zu gewinnen. Dieser Angst,

LINKS: *Osterfest anläßlich des Papstbesuches, 1782. Kolorierter Kupferstich von Carl Schütz.*

RECHTS: *Joseph II. in grüner Dragoneruniform. Ölgemälde von Joseph Hickel, 1771. Ab Anfang der 1770er Jahre setzte Joseph II. eine verstärkte Politik in Richtung „aufgeklärten Absolutismus" durch.*

die durch die Wiener Jakobinerverschwörung noch geschürt wurde, begegnete man mit einem Verbot neuer Fabriksansiedlungen und von Eheschließungen unter den Mittellosen und kehrte damit zum Stand des frühen 18. Jahrhunderts zurück. (Erst um 1800 werden Fabriksansiedlungen im Umkreis von 4 Meilen diskutiert.)

Wien wurde in den 1780er Jahren zunehmend städtischer; dies drückte sich unter anderem im neuen Miethausbau aus. Hans Tietze hat nicht bloß einen quantitativen Anstieg geortet, sondern vielmehr auch ein verändertes Bewußtsein der kulturellen Verantwortung. Wien wurde zunehmend eine internationale Stadt, die europäisch aufzutreten wünschte.

Dennoch: Die alte, befestigte Residenzstadt blieb weiterhin das Zentrum der Macht und der Hierarchien. Sie blieb das offizielle, gesellschaftliche und geschäftliche Herz von Wien. Die heute noch bestehende Konzentration auf die Innenstadt, beruhend auf dem zentralistischen Verwaltungsaufbau und der gesellschaftlichen Tradition, war damals schon in vollem Gange. Johann Pezzl stellte 1787 zu dieser Citybildung fest: „Alles, was mächtig, groß, edel und wohlhabend ist, hat sich in die Stadt zusammengedrängt."

Während Maria Theresia noch versuchte, die Reste der zunehmend unwichtig werdenden absolutistischen Repräsentation aufrechtzuerhalten, gab sich ihr Sohn und Nachfolger Joseph II. radikal bürgerlich. Er bediente sich dabei vor allem jener Maßnahmen, die Öffentlichkeit und öffentliche Räume entstehen ließ, gab zahlreiche, bisher dem Kaiserhaus bzw. dem Hochadel vorbehaltene Orte wie Prater, Augarten, den Schloßpark von

Tafel Leopolds II. anläßlich der Vermählungsfeierlichkeiten seiner Söhne Franz und Ferdinand. Kolorierter Kupferstich von Hieronymus Löschenkohl.

Schönbrunn, aber auch Theater frei, verzichtete selbst auf förmliches Auftreten und mischte sich vielfach selbst unter die Leute. Viele haben ihm dies übel genommen. Der Hof könnte prächtiger sein, wurde laut Johann Pezzl des öfteren moniert, man fürchtete mit dieser „neuen Bescheidenheit" auch den Verlust der Anziehungskraft. Die Verbürgerlichung der sozial führenden Gesellschaftsschichten wurde von oben her eingeleitet; der jüngere Adel folgte dem Prinzip der vereinfachten, bürgerlich anmutenden Lebenshaltung Josephs II. Diese Männer waren dem neuen Staatsdienerideal verbunden und fügten sich zunehmend in Militär- und Bürokratiehierarchien ein. Während man im Barock mit einem gesellschaftlichen und wirtschaftlichen Übergewicht des Adels konfrontiert ist, wird nun wechselseitige Annäherung möglich. Aus Angehörigen der Aristokratie, aus Beamten, Militärs, Ärzten, Juristen und Wissenschaftlern, aus Künstlern, Kaufleuten, Gewerbetreibenden und sonstigen gehobenen Gruppen des Bürgertums entsteht nun eine neue Mittelschicht (entspricht dem sozial nicht eindeutig gebundenen Begriff des *gentleman* der englischen Gesellschaft). Wien hatte fünf Jahrzehnte (1740–1790) hindurch eine stürmische Erneuerung und Modernisierung, sozial und ideell, erlebt. Was noch in der ersten Hälfte des 18. Jahrhunderts undenkbar schien, wurde nun, noch dazu vom Staat verordnet, allen zugänglich.

Wien brauchte indessen den Hof nicht mehr als alleinigen Anziehungspunkt. Die kaiserlichen Sammlungen wie etwa die Schatzkammer, das Hofnaturalienkabinett, die Hofbibliothek oder die Gemäldegalerie, der über Jahrhunderte angehäufte Reichtum der Dynastie, waren mittlerweile musealisiert worden und für jedermann regelmäßig oder zumindest auf Anfrage zugänglich geworden, ebenso die großen kaiserlichen Reservate und Parks.

Der Tod Leopold II. am 1. März 1792. Kolorierter Kupferstich von Hieronymus Löschenkohl; Leopold II. starb völlig unerwartet nach eineinhalbtägiger Krankheit und nur zweijähriger Regentschaft.

Wie auch immer – die Dualität von extremem Luxus und schier unglaublicher Armut ist auch im aufgeklärten Wien erhalten geblieben. Die neuere Forschung hat aufgrund der Durchsicht von Verlassenschaftsakten belegt, daß 1790, im Todesjahr Josephs II., fast zwei Drittel der Wiener ohne jedes Vermögen starben. Als „Vermögen" galt damals eine zweite Garnitur an Kleidung bzw. der Besitz von mehr als einem Bett, einem Tisch und einem Sessel. 96 % der Taglöhner, 80 % der Dienstleute, 55 % der Handwerksgesellen sowie 40 % der Beamten hatten nicht einmal diesen bescheidenen Besitz erwerben können.

Längst war Wien über die Rolle des politischen Zentrums hinausgewachsen. Zwischen der Innenstadt und den Vorstädten entwickelte sich eine Arbeitsteilung mit starker Dynamik; neue Stadttechnologien (Beleuchtung, Häusernumerierung, Stadtpost) und die Verbesserung erprobter Systeme (Wasserleitungen, Straßenpflasterung, Kanalisierung) brachten eine wirkungsvolle Organisation des urbanen Raumes. Die Verbesserungen im Bewirtungswesen, das Auftauchen kommerzieller Unterhaltungsformen (Feuerwerke, Abonnementkonzerte), die Gründung von Lesezirkeln und Clubs (Kasinos) sowie die Modernisierung des Schul- und Universitätsbetriebes förderten die Verbürgerlichung der Gesellschaft. Am Ende des 18. Jahrhunderts öffnete sich der Stadtraum unabweislich zu einem anonymen urbanen Erfahrungsraum – ein Prozeß, ohne den keine Stadt den Sprung zur Großstadt schaffen konnte.

DIE KRIEGE GEGEN FRIEDRICH DEN GROSSEN UM SCHLESIEN

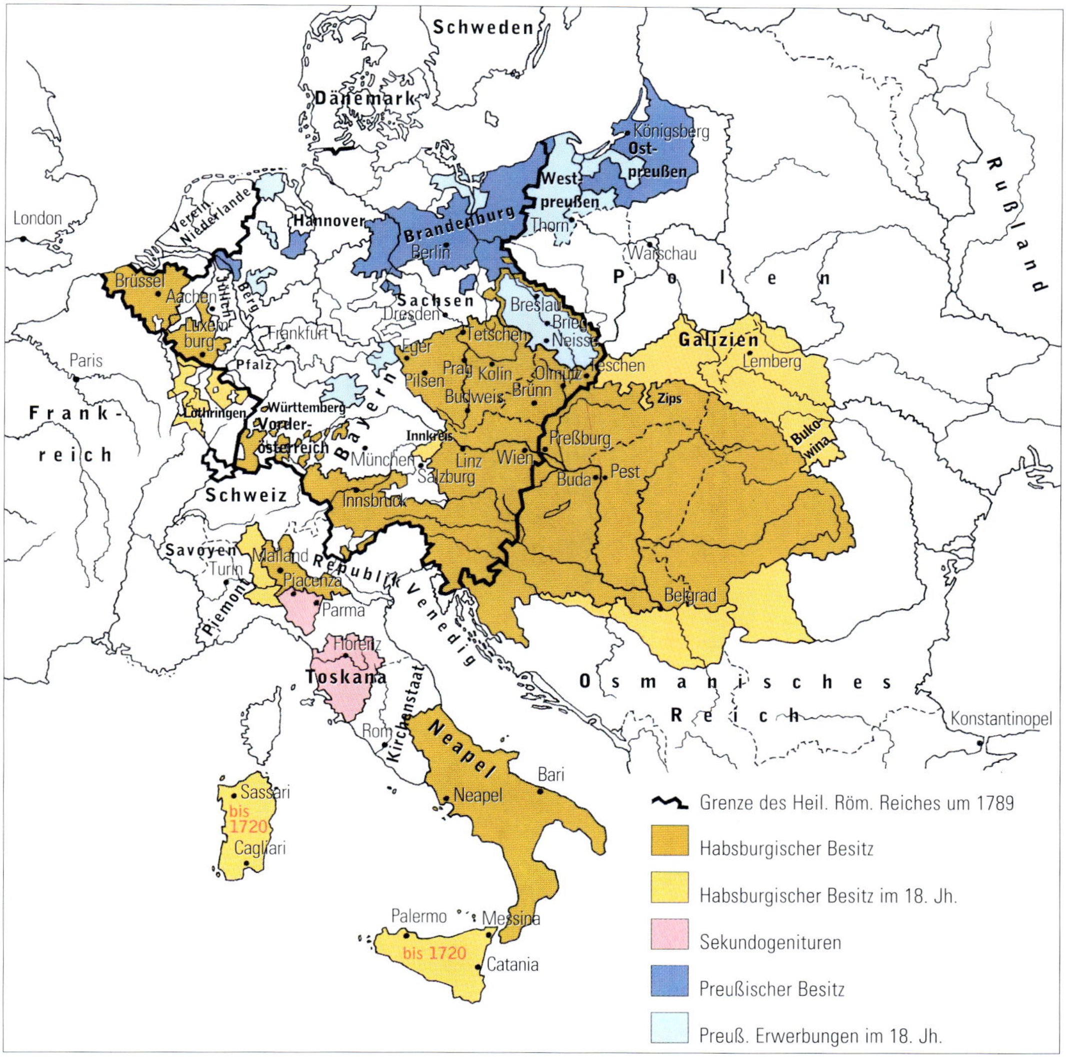

DAS HABSBURGERREICH UND SEINE NACHBARN IM 18. JAHRHUNDERT

Zeittafel

12. 9. 1683	Entsatzschlacht um Wien, Ende der 2. Türkenbelagerung.
17. 1. 1685	Johannes Diodato erhält das Privileg, „Caffe ... zu praeparieren"; Eröffnung des ersten Kaffeehauses.
5. 6. 1688	Die 1687 probeweise in der Dorotheergasse eingeführte Straßenbeleuchtung wird auf die gesamte Innenstadt ausgedehnt.
1689	Michael de la Place erhält ein Privileg zur Beschäftigung von Sesselträgern.
11.9. 1691	Erstes Auftreten der Pest in Wien durch eine aus Ofen einreisende Person, trotz rascher Maßnahmen sterben 36 Personen.
1692	Peter Strudel gründet eine private Kunstschule, eine Vorläuferin der Akademie der bildenden Künste.
13. 5. 1694	Anschaffung von Feuerlöschspritzen durch die Stadt. Es ist der erste Beleg für die Verwendung der 1672 von Jan van der Heyde erfundenen Feuerwehrschläuche in Wien.
1698	Die Tabormaut (Wien II.) wird vom nordwestlichen Ende des Augartens zum „Neuen Tabor" verlegt und dort wird ein Mauthaus errichtet.
5. 7. 1698	Leopold I.erläßt für Wien ein Burgfriedensprivileg.
26. 6.–30. 7. 1698	Zar Peter der Große auf Besuch in Wien.
1699	Die Stadt Wien läßt vom Uhrmacher Jakob Oberkircher eine neue Turmuhr für St. Stephan anfertigen.
30. 1. 1700	Einzug des türkischen Großbotschafters Ibrahim Pascha in Wien. Die bisher größte und glanzvollste Großbotschaft kam mit 561 Mann, 450 Pferden, 180 Kamelen, 120 Maultieren an und nahm Quartier in der Leopoldstadt.
1701	1. gedrucktes Wiener Häuserverzeichnis.
8. 8. 1703	Erste Ausgabe des „Wienerischen Diariums" erscheint.
26. 4. 1704	Die Bauarbeiten zum Linienwall beginnen.
10. 10. 1704	Eine Bauordnung für Wien wird erlassen. Häuser sollen mit Ziegeln gedeckt werden und müssen dem Stadtbild angepaßt werden.
8. 3. 1706	Errichtung des „Wiener Stadt-Banco" (= erste Bank auf Wiener Boden).
1707	Gründungspatent für das Versatz- und Fragamt (Pfandleihanstalt, Versatzamt; Vorläufer des Dorotheums).
30. 11. 1709	Eröffnung des Kärntnertortheaters.
1713	Ausbruch der Pest, 9.565 Personen erkranken, fast 90 % sterben.
13. 5. 1717	Geburt Kaiserin Maria Theresias in der Hofburg. An diesem Tag legt die Kaiserinwitwe Amalie den Grundstein für das Salesianerinnenkloster.

1718	Claudius Innozenz du Paquier erhält auf 25 Jahre ein Privilegium zur Herstellung von Porzellan.
3. 3. 1718	Wegen häufiger Wirthausraufereien an Sonntagen wird den Handwerksgesellen durch landesfürstlichen Befehl das Degentragen verboten.
9. 11. 1720	Ein Sturm in Verbindung mit einem Erdbeben richtet große Schäden an. Der Turm von Mariabrunn stürzt ein.
Oktober 1721	In und vor der Stadt alle vier Wochen Generalvisitationen, um Diebe und Räuber aus Wien wegzubringen, die Stadttore werden geschlossen, mißliebiges Gesindel wird abgeschoben.
26. 11. 1721	Der Stadtrat genehmigt die Anstellung von vier „Feuerknechten" im Unterkammeramt. (Gründung der späteren Wiener Berufsfeuerwehr.)
1721/22	Aufstand der Schuhknechte in Wien; Forderungen nach Verbesserungen der oft skandalösen Arbeitsbedingungen werden von den Behörden blutig unterdrückt; der Aufstand endet mit zwei Hinrichtungen.
1. 6. 1722	Mit der Bulle *Suprema dispositione* erhebt Papst Innozenz XIII. Wien zum Erzbistum (Wr. Neustadt als Suffraganbistum unterstellt).
1728	Nach etwa zehnjähriger Arbeit wird die Neugestaltung der kaiserlichen Gemäldegalerie in der Stallburg abgeschlossen.
28. 1. 1728	Ein Vorstadtbäcker wird, da er zu kleines und zu schlechtes Brot bäckt, „an dem gewöhnlichen Ort in dem allhiesigen Donau-Armb, unter Zulauff vieler tausender Zusehern, zur Straf geschupfft ..."
April 1728	Charles-Louis de Secondat Montesquieu zu Gast bei Prinz Eugen.
1729	Im Frühjahr und Sommer zweimalige Überschwemmungen der Leopoldstadt, der Roßau und des Weißgärbergrundes.
1730	„Allerneueste Nachricht vom Römisch-Kayserl. Hofe Nebst einer ausführlichen Beschreibung der Kayserlichen Residentz-Stadt Wien ..." von Johann Basilius Küchelbecker erscheint.
22. 2. 1734	Ein kaiserliches Patent ordnet die Ausweisung aller Franzosen aus Wien und den Erbländern an.
1736	Das erste Wiener Kochbuch erscheint.
12. 2. 1736	Vermählungsfeierlichkeiten Maria Theresia und Franz Stephan von Lothringen.
21. 4. 1736	Prinz Eugen von Savoyen stirbt in seinem Stadtpalais.
März 1737	„Stadt-Wiener Wirtschaftskommission" wird aktiviert: zuständig für alle „Handwerkssachen, Stadtsäuberung, Pflasterung; Beleuchtung, Wohlfeilheits- und Marktangelegenheiten" (ab 1782 übernimmt diese Angelegenheiten der Stadthauptmann).
12. 12. 1738	Ein kaiserliches Patent ordnet erneut die Straßenreinigung durch alle Klöster, Hauseigentümer und Gewölbeinhaber an.
1739	„Alt- und Neues Wien ..." von P. Matthias Fuhrmann erscheint in zwei Bänden.

1. 4. 1740	Der Magistrat gründet zum „Trost und Behuf" der Armen eine Lotterie, von deren Erträgnis der zehnte Teil der Armenpflege zugute kommt.
20. 10. 1740	Maria Theresia tritt nach dem Tod ihres Vaters die Regierung an.
1741	Theaterunternehmer Carl Joseph de Sellier erhält die Erlaubnis das alte Hofballhaus zum Theater „nächst der Burg" umzuwandeln.
13. 3. 1741	Geburt Josephs II.
Herbst 1741	Wien wird in Verteidigungszustand versetzt.
20. 11. 1741	Maria Theresia ordnet die Auflösung der Stadtguardia an.
24. 2. 1746	Die neue Favorita wird den Jesuiten übergeben, mit der Auflage hier ein „Seminarium nobilium", ein Kollegium für die adelige Jugend einzurichten. Dieses Institut wird schon 1749 in eine kaiserliche Akademie („Theresianische Ritterakademie") umgewandelt (= Gründung des Theresianums).
18. 8. 1751	Ottavio di Cataldi erhält das Privileg zur Abhaltung des Zahlenlottos.
13. 2. 1754	Durchführung einer „Seelenkonsignation": bei dieser ersten Volkszählung werden in Wien und den Vorstädten 175.609 Einwohner festgestellt.
5. 10. 1754	Maria Theresia erteilt dem Buchdrucker Johann Thomas Trattner ein Privilegium für die Hofbuchdruckerei in Triest und Wien.
1755	Eröffnung der in der Universität eingerichteten Sternwarte (1., Dr. Ignaz-Seipel-Platz) und Berufung des berühmten Jesuiten P. Maximilian Hell zum k. k. Hofastronomen.
	Der Franzose Carl Defraine erbaut ein großes, 3.000 Personen fassendes hölzernes Amphitheater mit drei Galerien in der Vorstadt Unter den Weißgärbern (etwa Wien 3., Hetzgasse 2/Hintere Zollamtstraße 13).
5. 4. 1756	Eröffnung des 1753–1755 von dem französischen Architekten Jean Nicolas Jadot de Ville-Issey erbauten neuen Universitätsgebäudes (heute Sitz der Österreichischen Akademie der Wissenschaften).
1759	Bernardo Bellotto hält sich in Wien auf und malt im Auftrag Maria Theresias und des Fürsten Liechtenstein mehrere Wiener Veduten.
1765	Franz Stephan von Lothringen stirbt; Joseph II. wird Mitregent Maria Theresias.
1766	Joseph II. gibt den Prater zur allgemeinen Benützung frei.
10. 3. 1770	„Konskriptionspatent", durch das neben der „Seelenbeschreibung" auch die Häusernumerierung angeordnet wird.
1770/71	Über das Glacis werden neue Geh- und Fahrwege angelegt.
2. 9. 1771	Eröffnung der als staatlicher Institution errichteten Börse.
1. 3. 1772	Einführung der Klapperpost.
16. 2. 1773	Josef Georg Hörl tritt das Amt des Wiener Bürgermeisters an.
10. 9. 1773	Aufhebung des Jesuitenordens.
30. 4. 1775	Joseph II. öffnet den Augarten für das Publikum.
1775	Die alte Rumorwache wird durch die Polizeiwache abgelöst.
23. 3. 1776	Das Theater nächst der Burg wird zum Hof- und Nationaltheater.

3. 5. 1776	Maria Theresia ordnet die Verlegung der kaiserlichen Gemäldegalerie in das Belvedere an.
1776	Straßenbeleuchtung wird auf das Glacis ausgedehnt.
1778	Man beginnt, die Straßen Wiens „mit ins Gevierte gehauenen, gleichwinklichten" Granitsteinen zu pflastern.
1779	Kaiser Joseph II. begründet im Bürgerspital ein Institut für Taube und Stumme.
29. 11. 1780	Gegen 9 Uhr abends stirbt Maria Theresia in der Hofburg.
11. 7. 1781	Das Zensurpatent Josephs II. bringt eine fast uneingeschränkte Pressefreiheit und damit auch eine Flut von Broschüren.
12. 1. 1782	Mit dem Beginn der Klosteraufhebungen werden die großen kirchlichen Reformen Josephs II.eingeleitet.
22. 3. 1782	Erster Papstbesuch in Wien: Pius VI. wohnt Am Hof 4.
12. 7. 1782	Uraufführung der Oper „Entführung aus dem Serail" von W. A. Mozart im Burgtheater.
1783	Beginn der Umgestaltung des Großarmenhauses zum Allgemeinen Wiener Krankenhaus.
20. 4. 1783	In Wien tritt die neue Pfarreinteilung in Kraft.
16. 8. 1783	Das Hofdekret über die Magistratsreform wird erlassen.
1783	Der Wirt Joseph Merina soll im Gasthaus „Zum Roten Apfel" (I.,Singerstraße 3) erstmals in Wien Speisekarten ausgegeben haben („Kuchelzettel").
1783	Mit Jahresanfang werden alle Friedhöfe innerhalb des Linienwalls aufgelassen, die Bestattungen erfolgen in den 5 „Kommunalfriedhöfen".
6. 7. 1784	Georg Johann Stuwer unternimmt seine erste Ballon-Vorführung.
16. 8. 1784	Eröffnung des Allgemeinen Krankenhauses.
23. 8. 1784	Die neue Begräbnisordnung untersagt die Bestattung in Särgen, es darf nur ein wiederverwendbarer „Josephinischer Klappsarg" benützt werden.
7. 11. 1785	Eröffnung des „Josephinums", der Ausbildungsstätte für Militärchirurgen.
1. 5. 1786	Uraufführung der „Hochzeit des Figaro" von W. A. Mozart.
1787	Einführung der Beleuchtung in den Vorstädten.
7. 5. 1788	Erste Wiener Aufführung von Mozarts „Don Giovanni".
22. 10. 1788	Eröffnung des Theaters an der Josefstadt.
20. 1. 1790	Uraufführung von Mozarts „Cosí fan tutte" im Burgtheater.
	Joseph II.stirbt; Nachfolger wird sein Bruder Leopold II.
6. 7. 1791	Jean-Pierre Blanchard steigt mit seinem Ballon vom Prater aus auf und landet in Groß-Enzersdorf.
2. 3. 1792	Franz II. tritt die Regierung an.
1794	Jakobinerprozeß.
1. 9. 1796	Das Hetztheater am Weißgärbergrund brennt ab.
29. und 30. 4. 1798	Uraufführung der „Schöpfung" von Joseph Haydn im Schwarzenbergpalais.

QUELLEN

Beschreibung der k. k. Haupt und Residenstadt Wien, als der dritte Theil zur österreichischen Topographie. Wien 1770

D. Johann Basilii Küchelbeckers... Allerneueste Nachricht vom Römisch=Kayserl. Hofe Nebst einer ausführlichen Beschreibung der Kayserlichen Residentz=Stadt Wien, und der umliegenden Oerter,... Hannover 1732

P. Mathias Fuhrmann — Historische Beschreibung Und kurz gefaste Nachricht Von der Römisch Kaiserl. und Königlichen Residenz=Stadt Wien, und Ihren Vorstädten. Wien 1766/1770

Lady Mary Montagu — Briefe aus Wien, übertragen und herausgegeben von Maria Breunlich. Wien 1985

Neuester wienerischer Wegweiser für Fremde und Inländer vom Jahre 1792. Oder kurze Beschreibung aller Merkwürdigkeiten Wiens. Wien 1792

Friedrich Nicolai — Beschreibung einer Reise durch Deutschland und die Schweiz. Bd. II–V. Berlin und Stettin 1984

Johann Pezzl — Skizze von Wien. Ein Kultur- und Sittenbild aus der josefinischen Zeit (Hrsg. von Gustav Gugitz und Anton Schlossar). Graz 1923

„Und's ist alles noch wahr!" Denk- und Merkwürdigkeiten aus „Briefe eines Eipeldauers an seinen Herrn Vetter in Kakran, über d'Wienstadt." 1785–1813 (Mit Fußnoten versehen von Paul Angerer). Wien/München 1998

WEITERFÜHRENDE LITERATUR

Philippe Ariès/Georges Duby (Hg.) — Geschichte des privaten Lebens, Bd. 3: Von der Renaisance zur Aufklärung. Frankfurt am Main 1991

Werner T. Bauer — Die Wiener Märkte. Wien 1996

Werner T. Bauer — Wiener Friedhofsführer. Genaue Beschreibung sämtlicher Begräbnisstätten nebst einer Geschichte des Wiener Bestattungswesens. Wien 1988

Viktor Bibl — Die Wiener Polizei. Eine kulturhistorische Studie. Leipzig/Wien/New York 1927

Gunda Barth-Scalmani/Brigitte Mazohl-Wallnig/Ernst Wangermann (Hg.) — Genie und Alltag. Bürgerliche Stadtkultur zur Mozartzeit. Salzburg/Wien 1994

Günter Brucher (Hg.) — Die Kunst des Barock in Österreich. Salzburg/Wien 1994

Pierre Chaunu — Europäische Kultur im Zeitalter des Barock. Frankfurt am Main 1989

Werner Chaloupek/Peter Eigner/Michael Wagner — Wien. Wirtschaftsgeschichte 1740–1938. 2. Bd., Wien 1991

Felix Czeike — Wien und seine Bürgermeister. Sieben Jahrhunderte Wiener Stadtgeschichte. Wien 1974

Felix Czeike — Geschichte der Stadt Wien. Wien/München/Zürich/New York 1981

Peter Csendes — Geschichte Wiens. Wien 1990

Franz Endler — Wien im Barock. Wien/Heidelberg 1979

Gerhard Fischer — Infame Räume – Wien um 1700. In: Die Erfindung der Gegenwart. (Hg. Gruppe daedalus). Frankfurt am Main 1990

Karl Fischer (Hg.) — „Das ist die stat Wienn" – Vom Albertinischen Plan zur Computerstadtkarte. Ein halbes Jahrtausend Wiener Stadtkartographie. Wiener Geschichtsblätter, Beiheft 5/1995

Gernot Gruber (Hg.) — Musikgeschichte Österreichs, Vom Barock zum Vormärz. Wien-Köln-Weimar 1995

Henry-Louis de la Grange — Wien. Eine Musikgeschichte. Frankfurt/Leipzig 1997

Kurt Kahl — Die Wiener und ihr Burgtheater. Wien/München 1974

Monika J. Knofler — Das Theresianische Wien. Der Alltag in den Bildern Canalettos. Wien/Köln/Graz 1980

Walter Koschatzky — Maria Theresia und ihre Zeit. Wien 1979

Richard Kralik u. a. — Wien. Geschichte der Kaiserstadt und ihrer Kultur. Wien 1912

Hellmut Lorenz — Johann Bernhard Fischer von Erlach. Zürich/München/London 1992

Hanns L. Mikoletzky — Österreich. Das große Jahrhundert. Wien 1967

Gerda Mraz — Maria Theresia. Ihr Leben und ihre Zeit in Bildern und Dokumenten. 1979

Gabriele Praschl-Bichler — Wien speziell. Architektur des Barock. Wien 1990

Gabriele Praschl-Bichler — Alltag im Barock. Graz/Wien/Köln 1985

Wolfgang Pircher — Verwüstung und Verschwendung. Adeliges bauen nach der Zweiten Türkenbelagerung. Wien 1984

Friedrich Polleroß (Hg.) — Fischer von Erlach und die Wiener Barocktradition. Wien/Köln/Weimar 1995

Roman Sandgruber — Ökonomie und Politik. Österreichische Wirtschaftsgeschichte vom Mittelalter bis zur Gegenwart. Wien 1995

Hannes Stekl (Hg.) — Architektur und Gesellschaft von der Antike bis zur Gegenwart. Salzburg 1980

Hans Tietze — Die Juden Wiens. Leipzig 1933

Hans Tietze — Wien. Kultur/Kunst/Geschichte. Wien/Leipzig 1931

Reinhard Urbach — Die Wiener Komödie und ihr Publikum. Stranitzky und die Folgen. Wien/München 1973

Gerhard Winner — Die Klosteraufhebungen in Niederösterreich und Wien. Wien/München 1967

H. Zatschek — Handwerk und Gewerbe in Wien. Wien 1949

KATALOGE

Der Verlag Artaria. Veduten und Alltagsszenen. 1981

Barocke Natur. Naturverständnis zwischen Spätbarock und Aufklärung. Ausstellungskatalog der gleichnamigen Ausstellung im Finanzministerium/Winterpalais des Prinzen Eugen. Wien 1989

Das barocke Wien. Stadtbild und Straßenleben. Ausstellungskatalog des Historischen Museums der Stadt Wien, 1966

Georg Raphael Donner, 1693–1741. Ausstellungkkatalog der Österreichischen Galerie, 1993

Evangelisch in Wien – 200 Jahre evangelische Gemeinden. Ausstellungskatalog des Historischen Museums der Stadt Wien, 1982

Himmlisches Räderwerk. Die astronomische Kunstuhr Frater Cajetanos (1726–1796). Ausstellungskatalog des Historischen Museums der Stadt Wien, 1996

Hieronymus Löschenkohl. 1753–1807. Ausstellungskatalog des Historischen Museums der Stadt Wien, 1959

Josephinische Pfarrgründungen in Wien. Ausstellungskatalog des Historischen Museums der Stadt Wien, 1985

Maria Theresia und ihre Zeit. Ausstellunggskatalog Schönbrunn, 1980

Österreich zur Zeit Kaiser Josephs II. Ausstellungskatalog zur Niederösterreichischen Landesausstellung in Stift Melk, 1980

Wien zur Zeit Joseph Haydns. Ausstellungskatalog des Historischen Museums der Stadt Wien, 1982

Wien zur Zeit von Franz Anton Maulbertsch. Ausstellungskatalog des Historischen Museums der Stadt Wien, 1974

Wir. Zu Geschichte und Gegenwart der Zuwanderung nach Wien. Ausstellungskatalog des Historischen Museums der Stadt Wien, 1996

Zaubertöne. Mozart in Wien. Ausstellungskatalog des Historischen Museums der Stadt Wien, 1991

Zirkel und Winkelmaß. 200 Jahre Landesloge der Freimaurer. Ausstellungskatalog des Historischen Museums der Stadt Wien, 1984

BILDNACHWEIS

Umschlagbilder, Vor- und Nachsatz, Frontispiz: Historisches Museum der Stadt Wien
AKG Berlin: 7 (links), 8 (oben), 20 (oben), 30 (oben rechts), 68, 76 (rechts), 115, 145 (Mitte), 146 (unten), 162, 164, 165 (rechts), 166
Bildarchiv Preußischer Kulturbesitz: 11, 16, 21, 22 (oben links), 23 (oben), 30 (unten), 37 (oben), 79 (links), 108 (rechts), 122, 145 (links), 149 (unten), 154 (rechts), 155, 158 (links), 161 (rechts)
Bildarchiv der Österreichischen Nationalbibliothek: 22 (oben rechts), 34, 35 (unten links), 58 (oben links), 78 (oben), 87 (rechts), 108 (Mitte), 110, 120, 139 (oben), 144 (oben), 147 (unten), 152 (unten), 158 (unten)
Österreichische Nationalbibliothek: 78 (unten), 108 (links), 153
Wiener Stadt- und Landesbibliothek: 93 (unten), 94, 95, 141 (Mitte u. unten)
Kunsthistorisches Museum, Wien: 32 (links), 40 (oben rechts), 43 (oben), 143, 170
Gemäldegalerie der Akademie der bildenden Künste in Wien: 126
Naturhistorisches Museum, Wien: 125
Graf Harrachsche Familiensammlung, Rohrau: 28
Staatliche Kunstsammlungen Dresden: 44 (links)
Kurpfälzisches Museum Stadt Heidelberg: 33 (links)
Stiftung Preußische Schlösser und Gärten Berlin-Brandenburg: 103
Niederösterr. Landesregierung, Bildstelle: 74
Haus-, Hof- und Staatsarchiv, Wien: 76 (links)
Institut für Geschichte der Medizin, Wien: 80 (rechts), 83 (links: © by Verlag Christian Brandstätter), 84 (Mitte u. unten)
Ernst Hausner: 36 (rechts)
János Kalmár, Wien: 14, 19, 25, 33 (rechts), 37 (unten), 38 (oben links)
Peter Pleyel: 18 (oben links), 30 (oben links), 31 (unten rechts), 38 (unten), 54 (rechts), 66, 79 (rechts), 87 (links), 102 (oben links), 138 (unten)
Rudolf Stepanek (© Histor. Museum d. Stadt Wien): 27 (links), 35 (rechts), 70
Richard Dech, Klosterneuburg: 99 (rechts)
Archiv Pichler Verlag: 51, 73 (unten)

Die Karten auf den Seiten 176/77 wurden von Peter Pleyel gezeichnet.

Alle anderen Bildvorlagen wurden vom Historischen Museum der Stadt Wien zur Verfügung gestellt.

Autorin und Verlag bedanken sich für die freundlichen Abdruckgenehmigungen. Die Rechtslage bezüglich der reproduzierten Bildvorlagen wurde – soweit möglich – sorgfältig geprüft; eventuell berechtigte Ansprüche werden bei Nachweis vom Verlag in angemessener Weise abgegolten.